鈴木いづみ
プレミアム・コレクション

스즈키 이즈미

수 옮김

여자와   세상

스즈키 이즈미 프리미엄 컬렉션

문학과
지성사

여자와 여자의 세상
스즈키 이즈미 프리미엄 컬렉션

제1판 제1쇄 2023년 9월 26일

지은이 스즈키 이즈미
옮긴이 최혜수
펴낸이 이광호
주간 이근혜
편집 김은주 김인숙
마케팅 이가은 최지애 허황 남미리 맹정현
제작 강병석
펴낸곳 ㈜**문학과지성사**
등록번호 제1993-000098호
주소 04034 서울 마포구 잔다리로7길 18 (서교동 377-20)
전화 02) 338-7224
팩스 02) 323-4180(편집) 02) 338-7221(영업)
대표메일 moonji@moonji.com
저작권 문의 copyright@moonji.com
홈페이지 www.moonji.com

ISBN 978-89-320-4195-7 03830

여자와 여자의 세상

스즈키 이즈미 프리미엄 컬렉션

Suzuki Izumi Premium Collection
by Suzuki Izumi

ⓒ 2006 by Suzuki Azusa
First published in Japan in 2006 by BUNYU-Sha Inc.
Korean translation rights arranged with BUNYU-Sha Inc.
through Shinwon Agency Co.

Korean edition ⓒ 2023 Moonji Publishing Co., Ltd.

차례

일러두기

1. 이 책은 鈴木いづみ의 鈴木いづみプレミアム・コレクション(東京: 文遊社, 2006)을 우리말로 옮긴 것이다.
2. 본문의 주는 모두 옮긴이의 것이다.
3. 원문에서 강조점이 찍힌 부분은 고딕체로, 강조의 의미를 담아 가타카나로 쓰인 부분은 명조체로 진하게 표기했다.

소설

여자와 여자의 세상

오늘 아침, 남자아이가 집 앞을 지나갔다.

언니에게 그 얘기를 하니, 아사코는 "바―보"라고 했다. "이 근처에 있을 리가 없잖아."

하긴 그렇다.

옛날, 지구에는 여자밖에 없었다. 평화롭게 살고 있었지만, 어떤 한 여자가 그때까지와는 다른 아이를 낳았다. 체형도 기형이었지만 하는 일마다 난폭하고 거칠어서, 남들에게 엄청난 민폐를 끼치고는 자손을 남기고 죽어버렸다. 그것이 남자족의 시작이다.

남자들의 수는 그 뒤로 계속 점점 더 늘어났다. 전쟁과 거기에 쓰는 도구를 발명한 것은 아마 그들일 것이다. 더욱 몹쓸 사실은 그들이 다양한 관념을 농락하고 그것에 열중하며 살기 시작했다는 것이다. 혁명이라든가 일이라든가 예술이라든가. 그렇게 형태가 없는 것에 쓸데없는 에너지를 쏟아 넣는다. 그리고 그들은 그것이야말로 남자의 가장 훌륭한 특질이라고 말하기까지 했다. 모험이라느니 낭만이라느니, 일상생활에는 전혀 도움이 안 되는 일에 정열을 불태우는 것. 남자들이란 어른이면서도 아이이며 복잡한가 싶다가도 단순한, 참으로 감당이 안 되는 생물이었다.

여자들에게도 '사랑'이라는 것이 있었지만, 그것은 관념이 아니라 갓난아기의 울음소리를 참아내고 잠이 와도 기저귀를 갈아주는 것이었다. 먹을 것을 발견하면 자기가 보호하고 있는 약하고 작은 생물에게 나누어주는 것이었다. 단, 남에게는 주지 않는다. 그렇게 하면 자신과 자기 혈족이 살아갈 수 없기 때문이다.

남자들의 수가 늘어나자, 여자들은 그들 한 명 한 명에게 붙어 감시해야만 했다. 그것은 고생스러운 일이었다. 하지만 여자들 대부분에게는 그런 재능이 있었다고 한다. 여자들은 가정을 지켰다.

기나긴 세월이 지나, 남자들은 폭력과 지능으로 사회의 지배자가 되어 전쟁만 해댔다. 그들은 크고 작은 전

쟁에서 사는 보람을 찾아내고 있었던 것일까. 전쟁은 일
상생활에까지 파고들어 와, 교통 전쟁이라든가 입시 전
쟁이 생겨났다. 그런 것들이 궁지에 몰리자 끝내 전쟁이
라는 말을 쓸 수가 없었다. 물론 사태가 나빠진 것은 남자
들의 책임이다. 그리고 교통사고와 입시 경쟁이 눈 뜨고
볼 수 없을 지경이 되자, 그것들은 지옥이라는 말로 바뀌
어갔다. 교통 지옥, 입시 지옥 같은 말이 되었다고 한다.

공장은 계속해서 생산을 하고, 시대는 진보와 조화의
기쁨을 담은 노래를 하고 있었을 터이다. 그러나 이상하
게도 20세기 후반부터, 태어나는 남자아이의 수가 적어
지기 시작했다. 공해라는 것 때문이라고 한다. 증기기관
을 발명한 남자들은 그것 때문에 자신들이 멸망할 거라
고는 생각지 못했을 것이다.

어쨌든 남자들은 적어졌다. 어떻게 그런 일이 가능했
는지는 모르지만, 한 명의 여자는 한 명의 남자를 사랑
한다는 습성이 생겨나 있었기에 여자들은 몹시 슬퍼했
다. 그래도 남자의 수는 줄어들어갔다.

지금은 특수 거주구에 가지 않으면 볼 수가 없다.

"너, 착각한 거 아냐?"

아사코는 홍차를 우렸다. 듣고 보니 자신이 없어진다.

"그런가? 근데 그러고 나서 책을 찾아보니까, 20세기

후반 남자 복장이라는 부분에 비슷한 게 있었어. 머리가 짧고 나팔바지 입은 거."

"나도 그렇잖아."

아사코는 머리를 아주 짧게 깎고서 여름 니트를 입고 있다.

"어, 뭐, 그렇긴 한데, 바지 끝이 그다지 퍼져 있지 않고 다리에 딱 붙어 있었어. 그리고 가슴이 납작하고."

"그런 여자, 있어."

"전체적인 느낌이 달랐어. 체격이 좋고, 키도 크고, 시원시원했어. 뭔가 박력 있었어."

"어머…… 너, 태어나 처음 봤다면서 잘도 단정하네. 난 학교 졸업하던 해에 거주구 견학을 갔는데, 남자가 그렇다는 생각은 안 들었어. 거칠고, 이상한 냄새가 나고, 다—들 어쩐지 기분 나빠. 갇혀 있기 때문인지도 모르지만, 게으름뱅이 같아 보이고 말이야. 너도 보러 가면 알 거야. 엄청 불쾌해. 근데 책에서 찾아봤다니, 그런 책이 어디 있었어?"

남성에 관한 자료는 발행이 금지되어 있다.

"친구 집."

"아니, 어떻게?"

"그 친구 엄마가 정보국에서 일한대. 걔도 잘 모르지

만. 서재 문을 머리핀으로 열고, 읽고 싶은 책 읽어도 된
대서."

"기막히게 불량하네."

"영상도 꽤 있었는데."

"발각되면 난리가 나. 유코, 넌 잘 모르겠지만 그런
건 사회 규칙을 어지럽히게 되니까. 잘 기억해둬. 제일
중요한 건, 질서야. 정해진 걸 지키는 거라고. 모두가 그
렇게 하면 인류는 멸망하지 않아."

언니답게, 상냥하게 타이른다. 나는 홍차에 우유를
넣었다.

"인류라는 건, 여자를 말하는 거야?"

"당연하지. 선생님이 그렇게 말하지 않았어?"

"그랬어."

"그럼 그런 거야."

"남자는?"

"그것도 인류의 한 변종이지만, 어차피 이단異端이고
기형이야."

"하지만 번성했던 시대가 있었잖아?"

학교에서는 그 부분을 자세히 가르쳐주지 않는다. 그
렇게 나쁜 것은 친구와 비밀 이야기로 알게 되는 것이
다. 2, 3년 전「남자들 연구」라는 팸플릿이 비밀리에 출

판되었다. 나도 친구가 보여줘서 보았다. 결국 그것은 경찰의 단속으로 압수되었다. 범인들은 바로 잡히고 수용소에 감금되었다.

'호기심을 자극하는 무서운 출판물'이라고 벽신문은 보도했다.

옛날, 할머니 시대에 신문은 매일 아침 집집마다 배달되고, 교통망은 가로세로로 온통 둘러쳐져 있었다고 한다. 지금도 예전에 고속도로였던 곳에 가면, 굵은 콘크리트 기둥이 몇 개나 서 있다. 언제 무너질지 모를 위험이 있으니 근처에는 거의 가지 않는다. 자원이 적어져서 공장이 생산을 줄였던 무렵, 남자들의 수도 적어졌다. 그런 무서운 문화를 만든 것은 남자라고, 선생님은 가르쳤다. 석유는 자칫하면 거의 바닥날 판이었다. 매장량이 거의 남아 있지 않은 것이다. 따라서 현재의 에너지원은 거의 대부분을 태양열에 의존하고 있다. 남자들이 황폐하게 만든 지구를, 여자들은 근근이 지켜나갈 수밖에 없는 것이다.

그 무렵에는 텔레비전이라는 것이 어느 집에든 있었다고 한다. 나는 상상도 안 간다. 손잡이를 당기면 아침부터 한밤중까지 다양한 프로그램이 나왔었다는 것이. 그것을 전부 공짜로 볼 수 있다니. NHK라는 곳에서는 요금을 걷은 모양이지만, 말기가 되자 아무도 내지 않게 되었다. 그것은 여자들의 큰 오락거리였다. 할머니 같은 사람도 어린 시절 매일 텔레비전을 봤다고 한다. 남자 여자 할 것 없이 입시 지옥에 뛰어들었던 시대였지만, 할머니의 어머니는 그런 것에 대해 잔소리를 하지 않았다. 할머니는 가수가 되고 싶었다고 이야기해주었다. 그 시절의 가수라는 사람들은 계속 텔레비전에 나왔다고 한다. 텔레비전은 사람들 대부분이 보니까 유명해진다. 유명해지면 콘서트와 리사이틀에 손님이 얼마든지 온다고 한다. 나는 우선, 거의 모든 사람이 텔레비전을 본다는 사실을 믿을 수가 없다. 방송국이 망하고, 남자들의 모습이 사라져가는 것은 몹시 쓸쓸한 일이었다고 말한 적도 있다.

"쓸데없는 얘기하지 말고, 얼른 자…… 8시니까 전기 끊길 시간이야."

언니가 그렇게 말한 순간, 별반 밝지 않은 전구가 순식간에 어두워졌다. 테이블 위에 달빛이 줄무늬를 그렸다.

"저거 봐, 어쩐지 붉고 큰 달이네. 저런 데 있다니."

아사코가 손가락질했다. 우리는 남은 홍차를 마시고, 달을 보았다. 달은 낮은 데 있었다. 퉁퉁 부은 듯한 기분 나쁜 색을 띠고 있었다.

"엄마는 지금쯤 뭘 하고 있을까?"

나는, 하면 안 되는 말을 한 것 같다. 하지만 언니는 혼내지 않았다.

"다음 달에도 또 만날 수 있잖아."

오히려 위로하듯 그렇게 말한다.

"……응."

하지만 한 달에 한 번의 면회는 겨우 10분 정도로 끝난다. 옆에 감시원이 있어서 생각을 그대로 말할 수는 없다. 요즘 엄마는 면회가 끝날 때쯤 자주 눈물을 글썽인다.

"어쩌다 수용소에 갇힌 거야?"

"법률을 어겼겠지."

언니는 당연한 대답을 했다. 실은, 그녀도 사정을 잘 몰랐다. 엄마는 어느 날 갑자기, 낯선 사람들에게 끌려갔다. 언니는 네 살인가 다섯 살이었기에 잘 기억하고 있다.

"할머니 말로는 위험인물을 하숙시키고 있었대."

언니의 말투에 자신이 없어졌다.

"그 사람은?"

"물론, 잡혔어. 그래서 다른 데 보내졌겠지. 하지만 우린 면회가 가능하니, 괜찮아. 끌고 간 사람은 아마 비밀경찰일 거야."

"그런 게 있어?"

"아마도…… 이건 내 추측이니까 아무한테도 말하면 안 돼."

"알고 있어."

"그거랑 정보국이랑 관계가 있지 않을까 싶어. 물론 이것도 비밀이야."

"알고 있어."

"엄마는 죽은 걸로 되어 있으니까. 이게 세상에 탄로 나면 질서를 어지럽히는 게 되는 거야."

"OK."

언니는 너무 신경질적인 게 아닐까, 생각한다. 어린 시절에 엄마와 떨어진 탓일까.

"직장도 못 다니게 되니까."

아사코는 너무 끈질기게 거듭 주의를 준다. 나는 초에 불을 붙였다. 지독한 싸구려지만 빛에는 인색하지 않도록 하고 있다. 다른 집에서는 동물성 기름에 심지를 넣은 것을 쓰는 일이 많다. 냄새가 지독하고 연기가 난다.

"나, 이제 잘래. 그릇은 내일 치울게."

내가 일어서자 언니는, "괜찮아, 내가 설거지해둘게"라고 말했다. "계단, 어둡지 않아? 촛불 가져가."

"익숙한데 뭐."

계단 아래에도 달빛이 흘러들고 있다. 오늘 아침에는 일찍 일어난지라 졸렸다.

사실, 새벽 4시 즈음 숨 막히게 더워서 눈이 뜨였다. 작은 창문이 닫혀 있기에 활짝 열었다. 그때 남자아이가 아래쪽 길을 지나갔다. 그런 시간에 밖에 나가는 사람은 없으니, 뚫어져라 보았다.

2층으로 올라가 나는 달빛 속에서 일기장을 펼쳤다. 이것은 열여섯 생일에 할머니가 준 것이다. 두 해나 쓰고 있다.

오늘 아침의 일을 쓸까도 했지만, 언니의 말 때문에 확신이 없어졌다. 나는 눈이 정말 좋지만, 달빛 아래서 매일 글씨를 쓰니까 머지않아 나빠질 것이다. 남자아이에 관한 건 아무에게도 말하지 말아야지. 그러니까 일기장에도 쓰지 않는다. 날짜를 써넣고서, 잠시 생각했다.

(선생님이 극장에 데려가주셨습니다. 낮에도 전깃불을 켜놔서 밝았기에 깜짝 놀랐습니다. 나는 번화한 곳이 처음이라 여러모로 놀랐습니다. 마키가 말했습니다. "극장엔 가끔 남자가 출연한대. 복싱 같은 걸 한대." 그러자 레이가 말했습니다. "그건 이런 데서 하는 게 아냐. 체육관 같은 데서 하지." 선생님이 와서 우리는 잠자코 안으

로 들어갔습니다. 안의 조명도 밝고 예뻤습니다. 돌아오는 길에는 마차를 탔습니다.)

언니는 마차도 머지않아 없어질 거라고 했다. 그러고 보니 그 수가 적어졌다. 하긴, 마차도 그렇고 그것보다 많은 무공해 자동차도 그렇고, 이용하는 것 자체가 사치이다. 사람들은 대부분 한 시간 정도의 거리라면 걸어간다. 나는 마차를 탔다는 것 자체가 기뻐 견딜 수 없어서 일기에 쓴 것이다. 아사코는 에너지를 연구하는 곳에서 일하고 있다. 우라늄과 플루토늄은 서서히 실용화되고 있다고 한다. 태양에너지 연구도 점점 활발해지고 있다. "왜냐면 태양은 수소폭탄 덩어리 같은 거거든." 그녀는 뒤숭숭한 이야기를 했다.

창문을 열어 아래쪽 길을 내다보았지만, 물론 아무도 없다.

오늘 아침에는 역시 잘못 본 것이었을까.

나는 침대에 누웠다.

창문 밖에서 느티나무가 술렁이고 있다.

계단이 삐걱이는 소리가 들렸다.

"벌써 자?"

문밖에서 언니가 말을 걸어왔다.

"으음……"

내 애매한 대답은 신음 소리와 비슷해졌다.

"알았지? 아까 한 얘기는 아무한테도 말하지 않는 거야."

아사코는 목소리를 새삼 낮춘다.

"응, 알았어."

나는 졸린 듯한 목소리를 냈다.

"남자애를 봤다는 둥, 그런 말 하면 안 돼."

정말 끈질기다.

"알았다니까."

아사코는 촛불을 들고 계단 위에 서 있는 거겠지. 잠시 침묵하고 있다. 무언가 생각에 잠긴 걸까. 하지만 시위처럼 느껴지기도 한다.

"……알았어. 그럼, 잘 자."

언니는 드디어 자기 방으로 들어갔다.

"잘 자."

나는 무뚝뚝하게 중얼거리고(그 목소리는 언니에게 들리지 않은 듯하지만) 담요와 그 아래 시트를 가슴팍까지 끌어올렸다. 언제나 자기 전, 두 시간이나 세 시간은 깨어 있다. 하지만 오늘 밤은 일찍 잠들 것 같다……

눈을 떴지만 캄캄했다.

몇 시쯤인지는 모르겠다. 시계는 거실에 놓여 있다. 보러 가기는 귀찮아서 그대로 침대에 누워 있었다.

꿈의 단편을 이어 붙이려 했지만, 잘 안 된다. 게다가 다시 자고 싶다는 생각이 들지 않을 정도로 머릿속이 개운했다. 잠은 어디에도 남아 있지 않다.

일어나 어둠 속에서 옷을 갈아입었다.

책상 서랍을 열어 언니 방에서 몰래 가져온 담배를 꺼냈다. 냄새 때문에 들킬지도 모른다. 하지만 언니는 자기도 담배를 피우니까 모를 것이다. 할머니는 거의 안 오고.

불을 붙여 들이마시니 몇 초도 지나지 않아 온몸의 피가 빠져나가는 기분이 든다. 머릿속에서 공기가 빠지는 듯한. 그런 다음 어질어질해져서 의자에 걸터앉았다. 손끝도 차가워진 기분이 든다.

그러고 있으려니까 낮에 극장에서 들었던 음악이 되살아났다. 신작 뮤지컬은 연애물인데, 여주인공의 극 중 이름이 삿포인가 사포였고 굉장히 인기가 많았다. 학생들 대부분은 멋지다고 하면서 흥분했다. 나도 공감했지만, 분해서 가만히 있었다. 슬슬 애인이 생길 나이인데 익명의 러브레터밖에 안 오기 때문이다.

막간에는 로비에서 과자를 사 먹었다. 사귀는 사이인 커플들이 여기저기 있다. 선생님이 있으니 애정행각 같은 건 못 하지만, 패씸한 것에는 변함이 없다.

마키도 레이도 애인이 없으니 다가와서 함께 비스킷을 먹었다. 못난이 삼총사 같은 느낌이었겠지.

"저 주연 멋지다. 저런 사람이랑 같이 살고 싶어."

레이의 눈 주변은 옅은 복숭앗빛을 띠었다. 뭘 흥분까지 하고 그러나, 하고 나는 생각했다.

"같이 살아서 뭐 하게?"

마키가 묻는다.

"매일 도시락 싸줄 거야."

"흥, 부질없어라. 그런 데 열을 올린다 해도 좋을 거 없어. 분명 바람피울 테니까. 여기저기 네코*가 있으니까."

그런 상스러운 은어는 우리 사이에서만 쓴다. 마키는 다치**라는 소문이 있다. 전혀 인기가 없지만. 마키가 러브레터 쓰는 것을 도운 적이 있는데, 장황하게 쓴 문장이 몹시 노골적이라 고치게 한 적이 있다. 하지만 마키가 실제로 보낸 것은 처음에 자기 혼자서 생각했던 쪽이

* 동성애 관계에서 수동적인 쪽을 뜻하는 은어. 여성의 성기를 뜻하는 은어인 'pussycat'에서 유래되었다는 설과 공사 현장에서 쓰는 일륜차인 '네코구루마'에서 유래되었다는 설이 있다.

** 동성애 관계에서 리드하는 쪽을 뜻하는 은어. 남성의 성기를 은유적으로 이르는 말인 다치太刀(긴 칼)에서 유래되었다는 설과 가부키의 남자 역할을 뜻하는 다치야쿠立役에서 유래되었다는 설이 있다.

었는데, 그 탓인지 아닌지는 모르지만 결국 또다시 차였다. 상대였던 후배가 건달 같은 연상의 여자와 도망가버린 것이다.

마키는 '불량해져 주지' 하고 결심했지만, 담배를 피우기 시작한 것 외에는 이전과 변함없이(때때로 내게도 대여섯 대 주니까 감사하다) 여전히, 전혀 인기가 없다.

담배라는 것은 고급품이라 아무 데서나 팔지 않는다. 지나치게 매캐한 맛이 나면서 포장도 지저분한데, 쌀 2킬로 가격으로도 살 수가 없다.

"배우 같은 건 안 돼. 그런 건 적이야."

마키는 씩씩대고 있었다.

이제 곧 졸업이라 요즘은 모두 설쳐댄다. 학교는 9월로 끝이다.

얼마 전에는 영화연구클럽 학생들이 비밀상영회에 가서 문제가 되었다. 그 일은 신문에도 나서, 결국 전원 퇴학 처분을 받았다.

그들은 형법 개정 이전의 옛날 작품을 감상했던 것이다. 「아메리칸 그래피티」*인가 뭔가 하는 제목인데 너무

---

* 조지 루카스 감독의 1973년 작 청춘 코미디 영화. 국내 개봉 제목은 「청춘 낙서」.

많은 남자가 나오고, 심지어 그려내는 방식이 바람직하지 않다고 한다. 세계가 이렇게 되기 전에는 참으로 끔찍한 세상이었는데, 그것을 매력적으로 연출했으니 좋지 않은 것이라고 한다. 문화센터에서 필름을 꺼내 온 사람은, 물론 학생들이 아니다.

영화에 남자가 나오는 일은 있지만, 모두 성인만 볼 수 있게 되어 있다. 그냥 얼굴이 나오는 것만으로도 18세 이하는 보면 안 된다.

귀중품인 담배를 천천히 다 피우자 창밖은 새벽을 향해 움직이기 시작한 듯하다.

나는 창가로 의자를 가져와서 밖을 내다보았다.

착각이 아니라면 오늘도 여기를 지나갈 가능성이 있다. 팔을 괴고 기다렸지만 좀처럼 오지 않는다. 그 남자아이는 내가 지켜보고 있었던 것을 알고 있을까. 거주구에서 탈출한 것일지도 모른다. 그렇다면 경고해둘 필요가 있는 것 아닐까. 목격자가 나니까 다행이지, 다른 사람이었다면 틀림없이 경찰에 신고할 것이다.

나는 창밖의 기척에 신경을 곤두세운 채 책상으로 돌아왔다.

"너, 이름이 뭐야? 어째서 이런 데 있어? 아무한테도 말하지 않을 테니까(진짜야) 가르쳐줘. 친구가 되고 싶어."

노트를 찢은 종잇조각에 그렇게 쓰고서 홀쭉하게 접었다. 도자기로 된 토끼 인형 목에 감고, 그 위로 리본을 달아 묶었다. 이 리본은 지난주 일요일 언니와 함께 번화가에 가서 사 온 것이다. 짙은 남색에 반짝이가 들어가 있다. 한 번도 머리에 맨 적이 없어서 좀 아깝지만, 뭐 괜찮다.

창가로 돌아와서 토끼 인형을 가지고 계속 기다렸다. 그가 글자를 못 읽으면 어쩌지? 언니가 하는 얘기를 봐서는, 특수 거주구(게토)에는 학교 같은 게 없을 테니까.

이윽고 나무 그늘에서 어제와 같은 인물이 나타났다. 별로 서두르는 것도 아닌 듯하지만, 어쩐지 소리가 안 나는 것처럼 걸어서 그런 느낌이 드는 건지도 모른다.

나는 그 발치에 토끼 인형을 떨어뜨렸다. 그는 고개를 들었다. 안심시키기 위해 방긋 웃고, 하는 김에 근처에 있던 얇은 면손수건도 떨어뜨렸다.

그 손수건은 직접 컷워크* 해서 사흘에 걸쳐 만든 것이다. 언니는 수예를 싫어해서 할머니께 배웠다.

* 천을 도안에 따라 버튼홀 스티치로 수놓고, 풀리지 않게 된 부분을 잘라 내어 무늬를 만드는 자수 기법.

남자아이 같은 그 인물은 처음에는 놀란 듯했지만, 내 미소를 의심스럽게 쳐다보았다. 그가 겁쟁이는 아닌 것 같다는 사실이 나를 기쁘게 했다.

그는 토끼 인형을 줍고, 뭔가를 물어보려는 듯한 표정을 지었다. 나는 끄덕이고서 겁을 주지 않기 위해 창문에서 물러섰다. 애당초 조금도 겁먹지 않은 듯했지만.

침대에 누워 머리 아래로 팔을 포갰다. 딱히 뭔가를 생각한 건 아니고 잠시 멍하니 있었다. 그러는 사이에 창문 아래를 지나갔던 인물은 확실히 하나의 인상으로 굳어졌다.

나는 아래층으로 내려갔다. 먹을 것을 찾았지만 찬장 안에는 빵과 통조림 정도밖에 없었다. 냉장고 같은 물건은 일반 가정에는 없다. 할머니 시대에는 보통 어딜 가든 있었다고 하던데.

과연, 세계는 퇴보한 것일까. 그렇게 말하면 언니는 화를 낸다. "진보라는 개념으로 세계를 보면 강과 바다가 오염돼"라고 하면서. 딱히 그럴 생각은 아닌데. "시간은 흐르고, 지구는 수많은 역사를 가진 채 쇠락해가. 그뿐이야"라는 말도 했지만.

지금은 런던에 가든, 뉴욕에 가든, 다 이런 상태라고 한다. 애당초 외국에 가기가 무척 어렵다. 외국에 다녀오면 그 지방의 명사가 될 수 있을 정도다. 직장과 학교와 기타 공공시설에만 배부되는 신문에 실리고, 라디오에도 나갈 수 있다. 라디오는 방송국이 두 군데뿐이고, 방송 시간도 아침 7시에서 10시, 저녁 5시에서 8시까지다. 외국에 가는 것이 내 꿈이지만 아마도 평생 못 이루겠지.

나는 식탁에 팔을 괴고 나무뿌리 같은 맛이 나는 빵을 한 입 베어 물었다. 맛있는 걸 먹고 싶다는 생각이 든다. 하지만 우리 집은 언니의 수입만으로 살아가고 있다. 범죄자를 배출한 가정이라 공공적인 원조를 일절 받을 수 없다. 할머니는 부업을 하고 있지만 그것도 큰돈은 되지 않는다. 직장과 학교의 급식이 무료라 먹고살 수 있는 것이다. 나는 포기하고 빵에 마가린을 발랐다. 시계를 보니 5시 17분을 가리키고 있다. 그 인물이 창문 아래를 지나간 시간은 4시쯤이었을 것이다.

빵을 든 채로 샌들을 신고서 밖으로 나가보았다. 내 방 창문 아래를 확인한다. 도자기 토끼와 손수건은 없어졌다. 가지고 간 것이다. 그대로 있었다면 얼마나 실망했을까.

나는 선 채로 빵을 먹었다. 주변은 완전히 밝아져 있었다.

"유코, 왜 가방까지 메고 서 있어? 잠이 덜 깼나 봐. 오늘은 수업 같은 거 없어."

마키가 말한다.

"요즘, 좀 이상해. 누구랑 사귀는 거 아냐?"

레이는 연필을 물고 있다.

"아니, 뭐…… 그렇다고 할 수 있지."

나는 애매하게 대답했다. 그로부터 2주 정도 지났다. 나는 아침 일찍 일어나 새벽이면 늘 창밖을 살피게 되었다. 그는 사흘에 한 번 정도 꼴로 그곳을 지난다. 아직 이야기해본 적은 없다. 서로 손을 흔들며 신호할 뿐이다.

"상대는 누구야?"

마키가 눈을 동그랗게 떴다.

"히힛, 비밀."

나는 의미가 있는 듯한 표정을 지었다. 나는 내실이 없을수록 더 과장해서 떠들어대는 버릇이 있다. 마치 무슨 일이 있었던 것처럼 말했기에 둘은 흥미를 잃은 듯했다.

"레이가 말야, 그 배우한테 매일 편지를 쓰고 꽃을 보냈대. 바보야."

마키는 화제를 다른 데로 돌렸다.

"그래서?"

"답장이 왔는데 어떻게 할까 싶어."

레이는 걱정스러운 듯 연필을 계속 씹었다.

"보고 싶다 보고 싶다,라고 써서 매일 아침 배우네 집 까지 가서 우편함에 넣다가, 그때 집에 들어온 그 사람 이랑 한 번 마주쳤대. 레이를 보더니 '너 귀엽다'라나 뭐 라나 하면서 손을 잡았다는데……"

마키는 레이를 돌아보았다. 레이는 화난 듯한 표정을 지었다.

"사실은 그 이상의 짓을 당한 거지. 그치?"

마키는 레이의 목 아래를 간지럽혔다. 레이는 움찔하 며 그 손을 뿌리쳤다.

"한번 만나고 싶다는 답장이 온 거야?"

나는 의무적으로 물었다. 그 배우는 조금도 멋지다는 생각이 안 든다. 이른 아침 창문 아래를 지나는 수수께 끼의 인물이 신경 쓰이기 시작하고 나서는 그렇다. 그때 까지는 배우라든가 스타라든가 하는 사람에게 열을 올 린 적도 있었다. 반년에 한 번 정도, 없는 용돈을 모아 극 장에 가는 것이 낙이었다.

"그게 말이지, 우리 집으로 답장이 온 거야. 함께하고 싶다고."

레이는 우울해 보인다. 하지만 사실은 기뻐하고 있는 건 확실하다.

"동거하자는 거야?"

시시한 화제다. 하지만 분위기를 맞춰준다.

"관공서에 신고한대. 식도 올리고, 아이도 가지고 싶대."

"와, 굉장하잖아."

어떤 연령 이상이 되어 아이를 가지고 싶어지면 병원에 간다. 미혼이라도 양육할 능력이 있으면 상관없다. 아마도 무슨 약물을 주입하는 거겠지.

"취직은 안 해?"

"나, 일하는 게 적성에 안 맞아."

레이는 태연히 말했다.

"이번에 얘기가 잘 안돼도, 선볼 거니까 괜찮아."

레이는 귀여운 얼굴과 흰 피부로, 누군가에게 부양받을 생각일 것이다. 옛날에는 남자가 일하고 여자는 가정의 잡다한 일을 하는 것이 보통이었다고 한다. 지금도 그 형태가 없어지지는 않았다. 다만 남자 같은 여자가 바깥으로 나가고, 가사에 재능 있는 쪽이 자질구레한 일을 할 뿐이다.

수업 시작 벨이 울렸다.

"오늘은 뭐가 있어?"

마키에게 묻는다. 그녀는 자못 불결하다는 듯,

"거주구 견학이래. 싫다. 일부러 보러 가다니. 하지만 공부가 되기도 하니까, 갈까?"

여자와 여자가 함께 생활한다. 이상하게도 한쪽은 가능한 한 그 옛날 〈남자다움〉이라 불렸던 것을 모방하려고 한다. 그런 의미에서 '공부'라고 말한 거겠지. 소녀들 관념 속의 〈남자다움〉 따위, 믿을 게 못 되는데.

버스가 멈추자 교외의 거주구 앞이었다.

"고대 로마의 격투장 같네. 밖에서 보니." 마키가 말한다.

높은 벽으로 둘러싸인 그곳은, 난공불락의 요새 같기도 했다.

"데이비 크로켓*이 나올 것 같아."

"뭐야, 그게?"

레이가 졸린 듯한 눈을 하고 있다.

"알라모 요새."

내가 대답하자 흥미 없다는 듯 "아아, 예전 역사 말이지?"

"자, 모두 내려. 두 줄로 서자."

* Davy Crockett(1786~1836): 미국 군인이자 정치가로, 멕시코군에 저항하다 알라모 전투에서 처형되었다.

교사가 외치고 있다.

학생들은 지하로 난 좁은 계단을 내려갔다. 숨죽여 웃는 소리와 비밀 이야기가 주위의 벽에 부딪쳐 울린다.

"어째서 지하야?"

"지상은 텃밭으로 되어 있대."

경비실이 있었다. 경비원 두 명이 무장하고서 담배를 피우고 있다. 한 명은 회색 제복이 잘 어울렸지만, 또 한 명은 가슴이 너무 커서 어쩐지 이상했다.

교사는 창구에 견학 허가증을 내밀었다. 경비원은 머릿수를 셌다. 일단 얼굴을 훑어보는 것은 게릴라가 잠입해 있지 않은지 경계하기 위해서인 것 같다. 그런 거라면, 학교 학생에게 견학시키는 일 따위 관두면 좋을 텐데.

하지만 이 기회를 놓치면, 일반인은 남성이라는 생물이 어떤 것인지 전혀 모른 채 일생을 끝내는 것이다.

경비원 한 명이 철문의 자물쇠를 열었다. 학생들은 흥분해서 이야기를 나누며 들어간다.

"지금도 남자아이가 태어나는 일이 있어?"

"있어. 무식하긴."

마키가 대답했다.

"왜 거리에는 안 보이는 거야? 유모차 안에는 여자

아기들뿐이잖아."

"그건, 남자는 거의 안 태어나니까. 유전자도 공해의
영향을 받은 거겠지."

"그렇다고 해도 말이야."

"게다가 남자 아기는 태어나면 곧바로 빼앗겨버려.
남자아이가 태어나면 남들한테는 '사산이었다'고 한대.
그러는 편이 모두가 행복하게 살 수 있으니까. 그치만
쉬쉬하는 느낌이지. 뭐, 남자로 태어났다는 건 기형이랑
마찬가지니까 포기하게 하는 수밖에 없지만."

마키는 꽤 자세히 알고 있다.

기나긴 지하도의 천장에는 형광등이 박혀 있다. 아마
도 여기에는 자가발전장치가 있을 것이다. 병원과 큰 호
텔에는 있으니까. 그렇다면 밖에서 본 것보다 의외로 큰
시설이라는 얘기다.

지하도 끝에는 경비실이 또 있었다. 그곳에도 역시 경
비원 두 명과 안내원 같은 인물이 지루한 듯 있었다.

한 경비원은 책을 읽으면서 머리를 쥐어뜯으며 페이
지 사이로 비듬을 떨어뜨리고 있었다. 호르몬 이상인지
입 주변에는 희미하게 수염이 나 있지만, 가슴도 부풀어
있다. 어쩐지 기분 나쁘다. 병원에 가서 남성호르몬 주사
라도 맞은 것일까.

요즘은 상고머리를 하고서 가슴을 풀어헤치고 나풀거리는 바지를 입은 여자를 보면 기분이 나빠서 견딜 수가 없다. 그런 감각을 가지게 된 것은 도자기로 된 토끼 인형을 줬던 남자아이를 만나고 나서부터다. 그에게는 일종의 상쾌함과 시원시원함이 있었다. 하지만 그 옛날의 〈남자다움〉을 잘 알지도 못하면서 모방한 여자를 보면, 뭔가 숨이 턱 막히고 기분 나쁘다. 다행스럽게도 그런 사람들이 그다지 많지는 않다. "그런 건 흘러간 유행이야. 지금은 더 쿨하거든. 우리는 모두 동성이니까, 새삼스럽게 성의 분업화를 흉내 내면 안 된다고." 레이가 그런 말을 했던가.

그곳에도 역시 철문이 있었다. 경비원이 열고, 안내원이 앞장섰다.

"그럼, 우선 부엌부터 보여드리지요."

내부는 꽤 넓은 것 같다. 어쩌면 저 벽으로 구획이 나뉜 지상보다 지하가 더 클지도 모른다. 통로와 실내 공간을 보면 안다. 아니면, 지하는 3층이나 4층으로 되어 있을 가능성도 있다.

학교 학생들에게 보여주는 부분은 일부에 지나지 않을 것이다.

"여기는 큰 병원 같은 곳입니다. 남자로 태어나버린

불쌍한 사람들을 돌보고 있습니다."

안내원이 그렇게 말했다.

부엌은 휑하고 그저 넓다. 커다란 냄비와 국자들이 놓여 있다.

"지금은 점심시간이라서 모두 나가고 없습니다."

딱히 재미있는 구경거리는 없다. 커다란 배를 견학하는 것과 비슷하다. 단, 호화 여객선에 비하면 아무래도 처연하고 초라하며 좀 지저분한 느낌이 든다. 그건 이 시설이 낡았기 때문일까.

"여기가 자는 곳입니다. 이런 방이 여러 개 있습니다."

침대가 줄줄이 놓여 있다. 생쥐 같은 얼굴을 한 남자가 그중 한 침대에 누워 있었다.

"아니, 너 오늘 무슨 일이야?"

안내원이 말을 걸었다. 학생들은 술렁였다. 감상과 비평을 곧바로 입에 담는다.

"배가 아파서요."

나이를 알 수 없는(다시 말해, 전혀 생기가 없는) 남자는 비참한 목소리를 냈다. 그러고는 학생들을 안 보는 척하면서 흘끗흘끗 곁눈질을 한다.

"또 한 명, 발목을 삔 사람은?"

안내원이 물었다.

"그건 B-0372입니다. 목발을 짚고 식당에 갔습니다."

그들에게는 이름이 없는 것이다!

그것은 그들이 인간으로 간주되지 않기 때문이다. 그보다는, 인간이 아니기 때문이다. 하지만 강아지나 고양이에게도 이름은 있는데…… 심지어 여자들은 자손을 남기기 위해 남성의 협력을 필요로 하는데도.

그런 부분에 대해서 확실히는 모르지만, 아마도 남성의 분비물 같은 것 때문에 그들을 이런 시설에서 돌보고 있다는 것 같다. 그 이상은 잘 모른다.

"꿀벌 기르는 거랑 비슷한 거야?"

나는 그 분야 권위자인 마키에게 물었다.

"글쎄, 그거랑은 좀 달라. 하지만 우리 사회의 성적性的 형태는 그거랑 비슷할지도 몰라. 근데 벌이라면 여왕벌은 한 마리뿐이지만."

"모두가 여왕벌"이라고 하면서 레이가 큭큭 웃기 시작했다.

"가능성이 있다는 것뿐이잖아? 병원에 가면 아이가 생기니까. 갖기 싫은 사람은 안 가면 되고. 인구 문제는 이걸로 해결됐대."

나도 모자란 지식을 과시했다.

학생들은 그 생쥐 같은 남자에게 아무런 매력도 흥미

도 느끼지 못했기에, 또다시 제각기 시시한 수다를 시작했다. 나는 어땠냐 하면, 꽤나 큰 충격을 받았다.

그 느낌은 견학이 끝날 때까지 계속되었다. 왜냐하면 여기에 있는 남성들은 그 새벽길을 걷던 소년과는 전혀 다르기 때문이다. 같은 부류라고는 생각할 수 없다. 그 남자아이와 말을 주고받은 적은 없지만, 그가 여자가 아니라는 사실에는 확신이 있었다. 하지만 여기에 있는 남성에게서 그 남자아이가 가진 분위기를 찾으려 해도, 그런 건 없었다.

그들은 하나같이 무기력하고 겁쟁이 같았으며, 지능이 낮은 듯 멍한 표정을 짓고 있었다.

학생들도 점차 지루해진 것 같다. 줄을 아무렇게나 서서 장난을 시작하기도 한다.

"조용, 여러분, 조용!"

교사가 혼자서 진땀을 흘리고 있다. 안내원은 미소 짓고 있다.

"오랜만에 젊은 아가씨들을 만나니 정말 좋군요. 다들 발랄하고 건강하고. 여기에선 별로 일하는 보람이 없습니다. 뭘 해줘도 별로 고마워하지도 않고, '고맙습니다'라고 해도 말뿐이고, 마음이 안 담겨 있고 말입니다. 그들은 지독한 무감동에 중독되어 있습니다. 뭐, 그게 남성의 특질이라고 한다면 어쩔 수 없지만요."

틀렸다.

무언가가 엇나간 듯한 기분이 든다. 나도 이런 곳에 갇혀 평생 나갈 수 없다면 무감동 상태가 될지도 모른다고 생각한다.

견학을 마치고 돌아가려고 했을 때 사건 하나가 일어났다.

식당 앞을 지나가는데, 식사 시간이 지나 내부에 사람이 있다는 기척은 없었지만 한 남자가 뛰어나왔다. 남자는 여학생 한 명에게 달려들어 끌어안았다. 그 학생은 꺅인가 뭔가 하는 소리를 질렀다. 교사와 안내원이 급히 달려와 바로 떼어냈다.

안내원은 남자를 질책하면서 벨을 눌렀다. 경비원 셋이 달려와 그를 붙들었다.

학생 본인은 단지 놀랐을 뿐, 기절하지도 않았다.

"다행이다, 아무렇지 않아서. 아가씨, 미안합니다. 그 남자는 예전에도 그런 짓을 했습니다. 정신이상은 아니지만, 역시 이상한 거죠. 당한 사람이 견학자는 아니었지만…… 몇 번을 해야 성에 찰까요."

그 이상 말하면 안 되겠다고 생각했는지 안내원은 입을 닫았다.

"위험하군요."

교사는 그렇게 말했다.

어째서 위험한지 전혀 모르겠다. 그보다 저 남자가 덮쳐 온 이유를 전혀 모르겠다. 이 거주구 바깥에 있는 인간에 대해 증오를 느낀 거라면 칼이나 식칼 같은 흉기를 들고 있었을 것이다. 무슨 목적으로 덮친 건지, 끌어안은 건지 모르겠다.

어쩌면 교사도 잘 모를지도 모른다.

돌아오는 버스 안에서 학생들은 "기대한 거랑은 달랐어" 같은 말을 하고 있다. 지금 학교에서는 예전 만화가 유행이다. 예전 것은 영화나 소설 등 금지된 것이 많지만, 그 무렵 순정만화라 불렸던 것은 허가되어 있다. 거기에 나오는 남자들은 주로 소년이 많은데, 굉장히 매력적이다. 남자를 모방하는 여자들은 이 순정만화를 참고로 하는 경우가 많다. 소녀들은 그런 것이 남자라고 믿고 있다.

여주인공이 마음을 둔 상대는 대체로 말랐다. 돼지보다 살찐 남자는 조연으로 나오는 경우는 있어도 주연은 못 된다. 연약하고 긴 팔다리에 얼굴이 섬세하게 생겼고, 차갑거나 상냥하거나 순정파다. 정열적인 사람은 거의 안 나온다. 그 남자다움으로 소녀들에게 인기가 많은 배우는, 레이의 말에 따르면 '무척 정열적'이라고 한다.

소녀들은 예전 만화를 읽고서 남자란 이런 거였다고 믿고 있으니, 오늘은 실망한 것이다.

"기분 나쁜 느낌이었어."

그렇게 말한 사람은 레이다.

"잘생긴 사람, 한 명도 없었으니까. 하얀 손에 손가락이 긴 남자 따위 한 명도!"

모두, 아름다운 남자를 기대하고 있었던 것이다.

"동물원 같아."

"그 정도는 아니어도 종족이 다르다는 느낌."

"어째서 예전엔 남자 같은 거랑 결혼을 했을까?"

"예전 남자들은 만화에 나오는 사람 같지 않았을까?"

"질이 떨어진 거야, 분명."

"아니면 예전 만화는 꿈같은 이야기만 쓴 거 아닐까? 진짜 남자란 그런 게 아니라 더 든든한 걸지도 몰라. 우리 고모할머니가 그랬었거든. 고모할머니는 남자랑 같이 산 적이 있대. 보통 남자는 순정만화에 나오는 것보다 훨씬 믿음직스럽댔어."

"근데 말이야, 다들 느꼈어? 그 냄새. 뭔가 지독해서 난 쓰러질 뻔했어."

"응, 메슥거리는 불쾌한 냄새 났었지."

"배구부 로커 룸에서도 그런 냄새 나."

"안 나거든?"

정말이지, 활기차다.

나만 홀로 생각에 잠겨 있었다.

새벽녘, 창가에 앉는다.

그가 오는지 안 오는지, 언제나 기다리는 것이 습관이 되어버렸다.

오늘이야말로 말을 걸어보자. 친구가 되어보자. 일대 결심을 했다. 물론 학교 같은 건 빠져버릴 생각이다. 할머니와 언니에게 들키면 안 되기 때문에, 마키에게 잘 얘기해달라고 부탁해두었다.

"왜 빠지는 건데?"

"비행소녀가 되려고." 마키의 질문에는 이렇게 대답해두었다. "히, 히, 히." 그녀는 묘하게 웃으면서 알겠다고 했다. 잘 얼버무려주겠지.

언제나 대체로 같은 시간에, 소년은 지나갔다. 그는 창문 아래에서 작은 새를 흉내 내며 휘파람을 불었다. 언니에게 들키지 않기를. 하지만 언니는 늘 "잠이 안 와"라면서 약사 친구가 몰래 빼내준 수면제를 먹고 있으니 괜찮겠지. 마침, 할머니는 귀가 약간 어둡다.

"지금 내려갈 테니 기다려."

쪽지에 그렇게 쓰고는 아래로 떨어뜨렸다. 그는 다 읽더니 바지 주머니에 그것을 넣고, 손으로 크게 OK 사인을 했다.

늘 가지고 다니는 커다란 가방을 끌어안고서 나는 살금살금 계단을 내려갔다. 이 계단은 약간 삐걱거린다.

"너, 이름이 뭐야?"

창문 아래에서 기다리고 있던 소년에게 나는 작은 목소리로 물었다.

"히로."

그는 한마디 하고는 걷기 시작했다.

"남자지?"

나도 나란히 걷는다. 그는 나보다 훨씬 키가 크다. 2층에서 봤을 때는 이 정도일 줄 몰랐지만.

"맞아."

"그럼, 어떻게 이런 데를 어슬렁거리는 거야? 남성은 특수 거주구에 있어야 하잖아."

"쉿."

그는 입술 앞에 손가락을 세웠다.

그의 발걸음은 빨라서 따라가기가 힘들다.

이 주변은 조금만 가면 집이 없어진다. 밭과 공장이

있었던 공터가 나온다. 그는 인적이 드문 곳을 골라 걷고 있는 듯하다.

"우리 집에 갈래?"

한참 전에 조업을 멈춘 자동차 공장 담장을 따라 걸으면서 그가 물었다. 나는 끄덕였다. 어째서인지 이유는 모르지만, 굉장히 행복한 기분이 든다.

"이건, 다른 사람한테는 말하면 안 돼."

그는 일단 말했지만, 나를 처음부터 신용하고 있다는 것을 알 수 있었다.

"나, 우리 집이 없어. 그래서 여길 빌려 쓰고 있어."

그는 그 자동차 공장 담장이 무너진 곳을 통해 안으로 들어갔다. 커다란 건물에서 조금 떨어진 곳에, 학교로 치면 수위실이나 숙직실 같은 건물이 있었다. 그는 그곳으로 들어갔다.

"나, 거의 밖에는 안 나가. 널 만난 건, 그러니까 행운이고 우연이라는 거야. 아무래도 남자 복장으로 밖에 나가고 싶을 때가 있어. 한 달에 한 번 정도지만, 그럴 때는 한밤중에 산책을 가."

"한 달에 한 번?"

나는 되물었다. 그는 문을 안쪽에서 잠갔다. 안은 어둡다. 두 방향으로 창이 있지만, 둘 다 덧문이 닫혀 있다.

"어. 그 토끼 받고 나서 어쩐지 다시 곧바로 얼굴을 보고 싶어졌어. 그래서 위험하지만 그냥 나간 거야. 몇 번이나. 용케 안 들켰다 싶어. 식은땀이 나, 지금 생각하면."

방이 두 개 있는 것 같다. 그는 신발을 벗어서 들고 들어갔다. 나도 흉내를 냈다.

"넌 괜찮아. 여자 신발이니까."

그는 웃었다.

"이 신발은 말이지, 우리 아빠가 신던 거야. 좀 커."

"아빠?"

"남자 부모 말이야."

"어, 남자면서 부모라니, 그런 게 있어?"

나는 기겁을 하고 큰 소리를 냈다. 그렇다면 생식에 관여하면 부모라는 게 되는 걸까.

"맞아, 너한테도 남자 부모가 있을 거야."

그는 차분한 목소리로 말했다.

"없어. 엄마도 없고."

"그래도 엄마는 처음엔 있었잖아."

히로는 웃고 있다.

나는 갑자기 모든 것을 알려주고 싶다는 기분이 들어서 내 가족과 학교에 대해 이야기하기 시작했다.

"그, 언니라는 사람은 너랑 한 핏줄인 형제인 거야?"

히로가 정확히 그렇게 묻기에 나는 꽤 놀랐다. 엄마는 할머니와 함께 살면서, 미혼인 채 양자를 들였다. 그게 언니다. 나는 엄마가 낳았다.

"그렇겠지. 첫째만 있어도 들켜버리니까. 알겠어? 여자랑 여자가 같이 산다고 해서 아이 같은 건 안 생긴다고."

"알고 있어. 병원 가서 만드는 거."

"하지만, 남자랑 여자가 함께 살면 아이가 자연히 생기는 경우도 있어."

그런 탓에 남성은 거주구에 갇혀버린 것임에 틀림없다. 그들이 거리를 돌아다니면 방사능 같은 것이 몸에서 발산되어, 근처를 지나는 여성은 거의 모두 임신해버리는 거겠지.

내가 그걸 입 밖에 내자 "바보구나" 하고 웃는다. 히로는 계속 웃고만 있다.

"왜 웃어?"

"너랑 있으면 즐거우니까."

"왜 이런 데 살아?"

"가출했으니까."

"엄마는 어디 있어?"

"이 근처야. 너희 집에서 그렇게 멀진 않아. 나, 낮에 밖으로 나갈 때는 여장을 해. 그러는 편이 안전하니까.

근데 치마 같은 건 너무 싫어. 그래도 어릴 때는 여자애처럼 입어도 아무렇지 않았는데."

어디에서 찾았는지는 모르겠지만, 히로의 엄마는 어쨌든 남자와 함께 살았다고 한다. 다락방에 가두고서 남의 눈에 띄지 않도록 했다고 한다. 집이 교외에 있고 이웃과 떨어져 있어서, 밤에는 마당을 산책하기도 했다. 어느 해 겨울, 어떤 병으로 죽었다. 의사를 찾아갈 수는 없었던 것이다.

임신했을 때는 병원에서 일하는 친구에게 부탁해서 가짜 증명서를 받았다. 그 뒤로 몇 년을, 그 일로 돈을 뜯겼다.

"네 경우는 그 증명서 같은 걸 준비하지 못한 걸 거야. 언제 한번 호적을 보내달라고 해서 출생지를 찾아봐. 분명 수용소 주소로 되어 있을 테니까."

나는 엄마가 수용소에 갇혀 있다는 것까지 그에게 말해버린 것이다. 그래도 그는 내게 모습을 보였다는 약점을 가지고 있으니, 안심할 수 있는 상대이기도 했지만.

점심 즈음이 되자, 히로는 빵과 주스를 내왔다. 엄마가 가져오거나 여장을 하고서 사 온다고 한다.

다 먹고서 나는 가방에서 담배를 꺼냈다. 그는 피운 적이 없다고 했다. 내가 가르쳐주자 그대로 했다. 현기증이 났는지 뒤로 쓰러졌다. 한참을 일어나지 않아서 얼굴을 들여다보았다. 그는 갑자기 끌어안더니 레슬링처럼 획 돌아 나를 눌렀다. 처음에는 장난치는 건가 생각했다. 하지만 아니었다. 전혀, 아니었던 것이다. 히로는 장난 따위를 치는 게 아니었다.

그날 저녁까지, 나는 인생의 의외이면서도 무서운 진실을 알았다. 그리고 그것을 체험했다.

7시 무렵 집으로 돌아오자, 언니는 이미 와 있었다.

"많이 늦었네."

나는 잠자코 2층으로 올라가려 했다.

"밥은?"

"친구 집에서 먹고 왔어."

내 방으로 올라와서 침대에 쓰러졌다.

"지금 사회는 좀 이상해. 여자와 여자의 세상이라니."

집으로 돌아가려는데 히로는 그렇게 말했다. 그는 난폭한 면도 있었지만 충분히 상냥했다. 둘이서 비밀을 가질 필요가 있다고 그는 말했지만, 그런 건 핑계다. 이렇게 하는 게 자연스러운 거라고, 그는 말했다. 그건 그럴지도 모르지만, 이 얼마나 무서운 일인가!

나는 멍하니 책상에 팔을 괴고 있었다. 그러고는 소

중한 담배를 하나 피운다.

언니는 예고도 없이 들어왔다.

"아까부터 노크했는데 왜 대답이 없어. 너, 그런 거 어디서 가져왔어? 아하, 도둑고양이는 유코로구나."

"무슨 일이야."

나는 이윽고 미간을 찌푸렸다.

"할머니가 부르셔."

나는 느릿느릿 일어났다.

무슨 일로 이럴 때 할머니는 나를 부르는 걸까.

"속이 안 좋아서 못 가겠다고 하면 안 돼?"

"안 돼."

언니는 강한 목소리로 단정했다. 어째서 그렇게 자신감이 가득할까. 인생에는 당신이 모르는 것도 있는데. 하지만 무지한 인간은 무서운 것을 모르니 자신을 믿을 수 있는 것이다. 그녀의 눈이 빛나고 있는 듯한 기분이 들어서 왠지 모르게 열등감이 든다.

"뭐 하고 있었던 거야? 나른해 보이네."

"딱히 아무것도 아냐."

그녀가, 내가 한 일을 다 알 리 없다. 지식도 경험도 없으니까. 아사코는 그런 무섭고 오싹한 일을 체험하지 않고 일생을 끝낼 것이다. 그리고 그것은 분명 행복한

일이다. 내가 그날 오후에 알게 된 터무니없는 사실은
아무에게도 말하면 안 되는 일인 것이다.

할머니는 커다란 의자에 앉아 사탕을 먹고 있었다.
어쩐지 너무 짧은 치마를 입고 있다. 문을 열었을 때 치
마를 안 입었나, 하고 생각했을 정도다.

"벽장을 정리하다가 젊을 때 입던 옷이 나왔어. 어때,
이상하지 않아?"

할머니까지 머리가 이상해진 걸까. 나는 고개를 가로
저었다.

"하지만 사실은 이상하지?"

"아니."

그리고 잠시 가만히 있는다. 나는 벽 쪽에 서서 슬리
퍼를 신은 내 발을 보고 있었다.

"유감이지만 나, 그렇게 귀가 어둡지 않거든. 오늘 아
침에 이상한 작은 새가 왔다 싶더니만, 손녀를 데리고
갔어."

아니 그럼, 전부 알고 있었던 걸까.

"아사코는 다르지만, 너는 엄마랑 꼭 닮았네. 그래도
포기해야 돼. 게다가 그 남자애는 이미 거기엔 없어."

나는 히로의 말을 떠올리며 눈물에 잠겼다.

그는 말했었다. "인간은 쌍을 이루는 동물이야. 쌍이

라는 건 여자와 여자가 아니라, 남자와 여자야. 예를 들면 나랑 네가 둘이서 살아간다는 거지. 서로 신뢰하면서 말이야. 우리 엄마는 행복했을 거라고 생각해. 물론 아빠도."

"엄마는 뭘 한 거야?"

나는 물어서는 안 되는 것, 이제껏 한 번도 입 밖에 내지 않았던 것을 물었다. 히로가 말한 것과 연관이 있다고 확신했으니까.

"너랑 비슷한 일. 그래서 난 딸을 빼앗겼어. 그때는 걔가 그렇게 하고 싶다면 해야 한다고 생각하면서 참고 도왔지만, 이젠 참지 않아. 이런 나이에. 하지만 넌 안전해. 내가 잘 말해뒀으니까. 그 남자애는 거주구에 수용되겠지. 언니는 아무것도 모르니까 입 밖에 내면 안 된다."

나는 끄덕였다.

"이제 너한테 좋은 걸 보여주마. 벽장을 열어서 오른쪽에 있는 상자를 꺼내봐. 요즘은 대놓고 음반도 못 트니까, 정말이지."

할머니는 창문을 닫고 음반을 틀었다. 그런 사치품을 가지고 있을 거라고는 생각지 못했기에 의외라는 기분이 들었다.

8시까지 롤링 스톤스와 블루스 프로젝트와 골든 컵

스를 들었다.

"저건 뭐야?"

나는 오늘까지 있었던 일을 떠올리며 물었다. 할머니는 거들먹거리며 대답했다.

"하나의 청춘이야. 하지만 끝나버렸지."

내 방으로 돌아오자 마음에 아픔 따위 전혀 남아 있지 않다는 것을 깨달았다. 여자와 여자의 세상. 이건 이거대로 괜찮다. 하지만 그런 사실을 알아버린 나는 앞으로 몇 번이고 떠올리겠지. 십 년이고 이십 년이고 기억하겠지. 불쌍한 히로는 거주구에 갇혀 무기력하고 멍청해져서 잊어버릴지도 모르지만. 나는 일기를 꺼냈다. 상관없다. 오늘 있었던 일을 솔직히 쓰자.

하지만…… 하고 나는 도중에 펜을 놓았다. 그런 걸알아버린 나는 결코 행복해질 수 없겠지. 왜냐하면 이세계를 의심하는 건 죄악이니까. 모두가 다 이 현실을, 이 세계를 믿어 의심치 않는다. 나는 이런 세상에서 홀로(가 아닐지도 모르지만) 어떤 중대한 비밀을 알고, 심지어는 그것을 그저 숨기기만 하면서 살아가야만 한다.

지하저항운동에 투신할 생각은, 지금으로서는 없다. 하지만 언젠가는 그렇게 될지도 모른다. 나는 몸서리를 치며 다시 일기에 몰입했다.

반드시, 반드시, 언젠가 반드시⋯⋯ 무슨 일이 생기겠지. 몸서리를 치면서도 나는 일기를 계속 썼다.

계약

"불, 얼른 꺼."

아내가 등을 돌린 채 말했다. "못 자겠잖아. 내일 6시에 일어나야 한다고, 난."

당신과는 달리……라는 말이 그 뒤에 따라올 것 같다. 그는 긴 한숨을 쉬더니, 탁자에 놓인 담배를 집었다.

"왜, 안 끄는 거야?"

아내는 초조해하고 있다.

"아니, 좀더…… 괜찮잖아, 이 정도는. 이것저것 생각하고 있으니까."

그는 찻집 성냥으로 불을 붙였다.

"뭐? 당신, 항상 그러잖아. 무슨 생각을 하는 거야? 설마 새로 들어갈 회사 생각은 아니겠지? 초능력이라든가 기현상이라든가, 그런 생각만 하지?"

좀처럼 잠들 수 없으니 기분이 안 좋은 모양이다. 애당초 아내는 이런 종류의 화제에는 언제나 표정이 안 좋다. 플랫폼에 서 있는데 죽은 친구 얼굴이 하늘 가득 보였다거나 군중 속에, 그곳에는 절대 있을 리 없는 여자의 머리가 떠 있었다든가 하는 일이 늘 있다. 그에게는.

"그건 어떻게 보이는데?"

아내가 물은 적이 있다.

"그게 말이야, 얼굴만 떨어져서 거기에 떠다니는 이상한 느낌이 들어. 그래도 그런 건 늘 있는 일이니 신경 쓰지 않으려 하고 있지. 그보다 지금 당신을 보니까, 어깨에서 갈비뼈까지 투명해 보여. 뼈가."

뭐든 이런 식이다. 그것이 회사에서 잘린 원인이 아닐까, 하고 아내는 생각한다.

그녀는 그의 그런 부분을 무시하지 않고, 나아가 경멸하지도 않는다. 그의 경우는 초능력이 아니라 단순한 망상일지도 모른다. 그의 정신 상태는 꽤 이상하다. 말도 안 되는 소리를 일주일이나 떠들어대다 입원한 적도 있다. 하지만 그녀에게는 그런 종류의 재능이 전혀 없다. 어쩐지 남편에게 비난받고 있는 듯한 기분이 든다. 불쾌하다.

그는 누워서 담배를 피우고 있다.

아내는 (멋대로 명상에 빠지세요. 언제까지나)라는 심경이다. 자기한테 폐만 끼치지 않으면 된다.

그는 담배를 눌러 끄고서 불을 껐다. 커튼을 통해 밖에서 들어오는 빛이 의외로 밝다. 여기는 2층이라 더욱 그렇다.

"안 들려?"

그가 말한다.

"뭐가."

사이렌 소리와 창문 아래를 지나가는 술 취한 학생의 목소리가 들린다.

"아, 그렇군, 미안. 요즘 사흘 정도, 계속 뇌로 신호를 보내는 게 있어…… 뭘까."

"당신, 어제는 스기나미에서 그날 죽은 사람들이 그 아래 길을 걷고 있다고 하지 않았어?"

"어. 그건 확실했어. 노인이 많은데 그중엔 젊은이도 드문드문 있고, 걷는 게 아니라 떠다니는 느낌이었지. 그 사람들은 자신에게 영혼만 남았다는 걸 모르고 있었거든. 그래서 밤중에 비실비실 헤매기 시작한 거지. 그런데에 정신이 팔려서 이 신호에 주의를 기울이지 못했던 거야. 이건 구조를 요청하는 신호야. 심지어 점점 강력해져. 처음에 난, 일본 어딘가에서 보내는 거겠지, 했는데. 그런 것치고는 느낌이 다르네. 다른 별에서 온 거 아닐까."

"은하계?"

"잘 모르겠어. 하지만 아마 그럴 거야. 피곤하지만 좀 의식을 집중해봐야겠다."

그는 상체만 일으켜 침대 헤드보드에 기댔다. 팔짱을 끼고 눈을 감는다.

그녀는 침대에서 일어나 부엌으로 갔다. 홍차를 우리려 했지만 자기 전이라 관둔다. 얼음을 꺼내어 주스를 따르고, 내친김에 치즈케이크도 꺼낸다. 이번 달 월세는 아직 안 냈다. 관리인에게 싫은 소리를 들었다.

침대로 돌아와 그녀는 입을 크게 벌려 케이크를 넣었다. 주스를 마신다. 그는 여전히 눈을 감은 채로 있다. 예전에는 그런 남자에게 무척이나 마음을 쓰곤 했다. 하지만 이제 익숙해져버렸다. 묘하게 신경을 긁지 않는 편이 좋다. 내버려두면 되는 것이다.

그녀는 케이크를 한 개 반 먹었다. 그를 위해 반만 남겨두면 일단 체면은 선다. 그러고서 배운 지 얼마 안 된 담배를 피웠다.

"……알았어."

잠시 후 그는 눈을 뜨고서 팔짱 낀 팔을 풀었다. 그녀는 그 손에 주스를 쥐여준다. 그는 빨대를 쓰지 않고 직접 컵으로 마셨다. 그녀는 빨대를 탁자 위 쟁반에 되돌려 놓았다.

"꽤 먼 행성에서 구조 요청을 하고 있어. 극지에 아메바 모양의 생물이 있는데, 그건 오랫동안 딱히 이렇다 할 움직임도 없었지만, 지축이 갑자기 기울어져서 번식하기 시작했어. 그 생물이 바다랑 산, 평지, 도회지도 다 삼켜버려서, 무서운 기세로 지표면을 뒤덮으려 하고 있어. 원래는 딱 하나의 세포이고 자르면 둘이 되지만, 곧바로 다시 들러붙어. 북극이랑 남극부터 서서히 침략하기 시작해서, 그 별의 지적知的 생물체는 적도 부근까지 쫓겨났지. 먹혀버린 인간들도 많아. 양쪽의 극지에서 온 아메바는 연결되어 다시 하나의 세포가 됐어. 그 단 하나의 세포에 지표면이 대부분 잠식돼서 지금은 적도의 높은 산에만 사람들이 있는 거야. 구세주 같은 게 산꼭대기에서 기도하고 있어. 그들은 이제 그거밖에 할 수가 없어. 그 구세주는 하얀 가운 같은 걸 입고서 열심히 다른 별 사람들에게 구조 요청을 하고 있어. 난, 어떻게든 해주고 싶어. 좋아, 다시 한번 의식을 집중해야겠다."

그가 그러는 사이에 아내는 남은 케이크를 덥석 먹어버렸다.

또다시 멀리서 사이렌 소리가 들린다. 오늘은 화재가 많네, 하고 생각한다. 하긴, 그들은 소방서에서 5백 미터 정도 떨어진 곳에 살고 있으니. 구급차 소리 같은 것도 들린다.

"그 별은 꽤 먼 데 있거든."

30분 정도 지나 그가 중얼거렸다. "지금 들어오고 있는 통신은 5천 년 전쯤 거야. 그 별은 현시점에서는 이런 상태가 아니야. 하지만 구해주고 싶네. 내 정신력으로는 무리일 테지만. 한 행성을 구하는 일 같은 건. 다시 한번 해보자."

또다시 30분 정도.

이미 밤 3시가 지났다. 그녀의 근무처는 작은 바라서 상관없지만, 오전 중에 집안일을 할 시간이 없어져버린다. 그래도 상당한 흥미를 느낀 것은 분명하여, 그의 모습을 지그시 바라본다.

밖에서 들어오는 희미한 빛이 그를 비추고 있다. 눈을 감고서 미간을 찌푸리고 있다.

그녀는 다시 침대에서 일어나 화장실에 갔다. 그에게 주려던 주스도 마셔버렸기 때문이다.

침대로 돌아오기 전에 책장에서 『전생을 기억하는 열한 명의 아이들』이라는 논픽션을 꺼냈다. 그녀는 이런 책을 아주 좋아하지만, 그는 우습게 여기며 읽으려고도 하지 않는다. 그는 자기 능력 안의 일, 자기의 힘 말고는 다른 데 흥미가 없다.

그녀는 침대로 돌아가 불을 켜고 읽기 시작했다. 점차 빠져들어간다.

"이제 괜찮아." 안심한 듯한 목소리로 그는 선언했다. "그들은 살았어. 폭풍 같은 게 일어나고 우박이 잔뜩 떨어져서, 단세포생물이 퇴각하기 시작했어."

"어머, 원래 극지에 살고 있었잖아. 그런데도 얼음덩어리에 약해? 이상해."

"왜냐하면 위에서 엄청난 기세로 떨어지니까. 심지어 광범위하게. 지구에서 생각하는 우박 같은 게 아냐. 흉기 같은 거라고. 거기에 갈기갈기 찢겼어. 사람들은 지혜가 있으니까 지하 방공호에 숨어들었고."

"……흐음."

이해한 것은 아니지만 어쩐지 납득이 간다. 이 경우 "뭐, 그런 일이 있어도 되지만 말이지"라는 식으로 두고. 그가 자신의 초능력에 대해 무언가를 확신하며 말하는 경우, 심지어 그것이 비합리에 지나지 않는 경우, 그녀는 이런 식으로 정리하는 게 버릇이 되어 있었다.

"그런 책 읽어? 너도 좋아하는구나."

남편이 말한다. 그런 책이라고 해도, 그는 전생을 점술사처럼 딱 맞히는 능력이 있다고 평소에 말하지 않나. 그녀가 전생에 대해 흥미를 가져도 나쁘지는 않은 것 같은데.

"내 전생, 뭐였는지 가르쳐줘." 아내가 말했다. "당신은 말이야, 초록색, 작은 청개구리야. 그게 아니면 기껏해야 파리지." 그가 진지한 얼굴로 가볍게 받아넘겼다.

"당신은?"

"난, 신의 아이. 지저스 크라이스트 아닐까 싶어."

"정신병원에는 반드시 그런 환자가 한둘은 있대. 자기를 예수라든가, 천황폐하라고 하는. 나이 있는 사람들 중엔 노기 장군*이나 맥아더, 히틀러라고 하는 사람도 있다던데."

"근데 난, 구세주거든. 이건 아무한테도 하면 안 되는 얘긴데, 일곱 살 때 신을 봤어. 그 무렵엔 아파트에 살았는데, 거기엔 중정이 있었어. 아파트 앞길을 따라 하천이

---

* 노기 마레스케(1849~1912): 러일전쟁에서 활약한 일본의 군인으로, 메이지 천황이 죽자 자결했다.

있었고 그 건너가 야구장.

나, 그 중정에서 개랑 놀고 있었어. 그런데 그리스 시대 옷 같은 걸 입은 남자가 하늘에서 내려와서, 지상 2미터 정도에서 멈추는 거야. 개는 처음엔 짖었지만 갑자기 얌전해졌지. 그건 역시 신이나 우주인이었던 것 같아. 나 혼자였다면 백일몽이지만, 개가 옆에 있었고 그 태도를 보면 무언가에 반응하고 있다는 걸 알거든.

그 사람은 말이야, 전체적으로 어쩐지 투명했어. 그리고 '네게 구세주로서의 능력을 주겠다'고 말했지. 일본어로 말하고 그걸 귀로 들은 게 아니라, 머릿속으로 들어와서 곧바로 무슨 말을 하고 싶은지를 이해한 거야. 그러고서 그 사람은 앞으로 세계에서 일어날 여러 가지 일들을 필름처럼 보여줬어. 15분 정도 지나 사라졌는데, 개는 어리둥절한 모습이었지."

"특별한 능력이라는 게 뭐야?"

"아니, 그러니까, 그게……"

"내가 청개구리고, 당신이 예수라고?"

"농담이야."

"그럼, 그 염력—이라고 말해도 좋을지 어떨지 모르지만, 당신의 힘으로 전생을 투시해줘."

"너무 피곤해. 방금, 지구 밖에서 오는 통신을 막 받은 참이잖아? 에너지를 다 써버렸어. 게다가 자신과 가까운 사람에 관해서는 알고 싶지 않은 법이야. 왜냐하면 아무도 모르는 진실이니까. 무서워."

그는 진지하게 설명했다.

그녀는 듣고 있는 듯한 얼굴을 했지만, 남편의 말은 반 정도밖에 머리에 들어오지 않았고 그것도 곧바로 사라졌다. 이번 월급을 어떻게 배분하고 어떻게 쓸지 생각하기 시작하고 있었던 것이다. 빚이 꽤 있다. 5, 6만 엔은 갚는 데 쓰자. 월세가 4만 8천 엔. 그리고……

"근데, 그 별은 어디에 있을까?"

그가 입을 열었다.

"백조자리 61번 별."

그녀는 문득 생각난 것을 입 밖에 내었다. 알파-켄타우리*여도 상관없다.

"아니, 틀렸어…… 이렇게 지구에 텔레파시가 닿을 정도니까, 그들 중에 몇십 명쯤은 지구로 이주해 왔는지도 모르지."

엄마는 텔레비전을 가끔 흘끗거리면서 화장을 하고

---

* 켄타우루스자리 중 가장 밝은 항성.

있다. 커다란 콤팩트 뒤에서 오싹할 정도로 파랗게 칠해진 눈꺼풀이 18인치의 화면을 바라보고 있다.

"아키코 너, 인조 속눈썹 어디 있는지 알아?"

딸은 얼빠진 듯한 얼굴로 중년의 여자를 돌아보았다.

"얼마 전에 샀거든. 서랍 안에 잘 넣어뒀는데, 왜 없어진 거지?"

"몰라. 그런 거. 엄마가 칠칠맞으니까 그렇지."

아키코는 텔레비전 쪽을 보았다. 딱히 재미있는 프로그램을 하고 있는 것도 아니다. 엄마와 얘기하기 싫어서다.

"어머, 짜증 나. 이상한 여자네. 미스 숏다리라니. 어머—"

엄마는 퍼프를 쥔 손을 허공에 멈추고 텔레비전을 주시했다.

"저렇게 다리가 짧은 사람이 있구나. 하지만 일부러 저러지 않아도 될 텐데. 수치를 드러내는 거나 마찬가지잖아."

아키코는 엄마를 돌아보았지만 다시 시선을 돌렸다. 말을 하기가 귀찮다. 이 여자는 어째서 이렇게 화장을 두껍게 하는 걸까. 가게에 가서 하면 될 텐데. 엄마는 립스틱을 꺼내더니 한쪽 눈으로 텔레비전을 보면서 바르기 시작했다. 립펜슬을 쓰지 않으니 조금은 삐져나왔다. 삐져나온 곳을 다시 진하게 고쳐 바른다. 입술이 얇으니 이런 식으로 하면 육감적으로 보인다고 언젠가 설명했었다. 그때 엄마는 그에 덧붙여 이렇게 말했다. "너처럼 원시적으로 입술이 두꺼운 여자한테는 안 어울릴 거야." 늘 쓸데없는 말을 더한다.

립스틱이 끝나자 이번에는 향수다. 아키코는 인형 케이스 옆의 탁상시계를 보았다. 겨우 6시를 막 지난 참이다. 엄마가 나갈 때까지는 앞으로 한 시간쯤 걸리겠지.

"아키코, 슈퍼에 전화해둬. 맥주 두 박스랑 항상 쓰는 위스키랑 브랜디 세 병씩. 그리고 와인도. 삿짱,* 벌써 와 있을 테니까 가게 밖에 그냥 놔두진 말라고."

아키코는 일어서서 엄마가 말한 대로 했다. 슈퍼에서 "생수는?" 하고 묻기에 "적당히"라고 대답해둔다.

"삿짱이 지금쯤 와 있을 리 없잖아."

전화를 끊고 나서 아키코가 말했다.

"걔는 부지런하니까 와 있어. 카운터 안을 청소하고 있을 거야. 난 믿어. 믿을 수 없는 건 이 세상에서 내 딸 정도뿐이지."

* 사치코의 애칭.

언제나 그렇듯 엄마는 깔끔하게 결론지었다. 아키코는 선 채로 그 말을 듣고 있다가 1.5평짜리 자기 방에 들어갔다. 사실은 옷장 안으로 들어가, 문을 닫고서 숨죽이고 있고 싶었다. 엄마가 무서운 얼굴로 "미친 것!"이라고 말할 게 뻔하니 그건 관뒀다.

방은 어둡다. 암실용 검은 커튼이 천장부터 드리워져 있다. 아키코는 싱글침대에 앉았다. 서랍을 열자 그 중년 남자에게서 받은 금색 라이터가 있었다. 아래쪽에 일기가 들어 있다. 펼쳐서 어제 페이지를 읽었다. 날짜 다음에 기묘한 기호와 숫자가 적혀 있다.

666―9 ○☆ 간격
결국 진리를 발견한다. 남은 것은 그것을 증명하는
것뿐이다. 그 방법을 나는 '고백의 방'에서 깨달았다.
그저 실행하면 되는 것이다. 6과 9가 춤추고 있다.
이 숫자에는 엄청난 의미가 있다.

아키코는 일기를 덮었다. 자신이 하는 생각은 너무나 독자적이라 다른 인간들은 알 수가 없다고 생각하면 기분이 좋아진다. 엄마가 일기를 몰래 읽을지도 모르지만, 무식하니까 이해할 수 없겠지. 나랑은 인종이 다르니까.

"어서 목욕해."

중년 여성의 목소리가 들려온다.

"나중에."

아키코는 우물거리고 있다.

"그럼, 수도 잠가둔다!"

엄마는 화장을 끝낸 거겠지. 옷장을 여는 소리가 들린다.

"뭘 입고 갈까. 이 반짝이 옷이 좋을까. 아―, 짜증 나. 목걸이가 다 엉켰네…… 어쩔 수 없으니 상아 달린 거라도 하고 갈까. 근데 너무 수수하다. 이 금색 나뭇잎을 매단 것 같은 게 더 나을지도 몰라. 어두우니까 가짜인 것도 모르겠지. 아니면 오팔이 좋으려나―아키코!"

그녀는 침대에 누워 엄마의 혼잣말을 듣고 있었다.

"좀 봐줘. 어떤 게 어울릴지."

"맘대로 하면 되잖아. 물장사 몇 년을 하면서."

딸은 꿈쩍도 하지 않고 베개에 얼굴을 묻고 있다.

"알았으니까, 뭐가 더 어울릴까?"

"나뭇잎으로 하면 되잖아. 화려하니까!"

아키코는 고개를 들고 소리쳤다.

커튼 틈으로 보이는 하늘은 저녁의 푸른빛으로 넘치고 있다. 이제 곧 그녀가 아주 좋아하는 밤이 찾아온다.

엄마가 없는 밤. 혼자만의 밤. 어려서부터 아키코는 외톨이였다. 친구는 없었다. 말이 없고 무표정하며, 예의 바른 아이였다. 성적이 좋아서 선생님이 예뻐하는 편이었지만, 그런 것은 아무래도 좋았다. 아무도 사랑해주지 않는다는 긴 세월의 원한 탓에 이 세계에 희미한 증오를 가지고 있었다.

2년 정도 전부터 그조차도 신경 쓰이지 않게 되었다. 엄마가 자신을 짐으로밖에 생각하지 않는다는 것을 알아도 괴롭지 않게 되었다. 아무도 자신을 이해해주지 않는다는 건 당연한 일이다. 지극히 당연하다. 그래서 동급생 남자아이가 러브레터를 보내왔는데, 그것에 대해 아키코가 아무런 반응을 보이지 않는다는 이유로 가스 자살을 시도한 사건에도 감정이 움직이지 않았다. 그는 자기 딴에는 나를 좋아한다고 생각했겠지만…… 하고 아키코는 생각했다. 아무것도 모르는 것이다. 자기 자신에게 도취해 있었을 뿐이다. 누구도 나를 이해할 수 있을 리가 없다. 왜냐하면 나는 지구인이 아니기 때문이다……

남자아이는 곧바로 되살아났다. 두 달 정도 지나 전학 가버렸다. 사건의 경과를 알고 있는 소수의 동급생들은 아키코의 냉담함을 비난했다. 하지만 바로 모두들, 그런 일은 잊어버렸다.

사람은 뭐가 됐든 금세 잊어버린다고 아키코는 생각했다. 하지만 내겐 결코 잊을 수 없는 일이 있다. 그것은 태어나기 전부터 한 약속이다. 그 약속을 지키기 위해 생生을 받았으니, 그것을 위해서라면 어떤 희생이라도 무릅쓰겠다.

"아키코, 지퍼 올려줘."

엄마가 부르고 있다. 드디어 입고 갈 옷이 정해진 모양이다. 거실에 가니 빛나는 원피스를 입은 엄마가 살집이 많은 등을 내놓고 있었다. 지퍼를 올리고 후크를 잠가준다.

"그럼, 뭔가 가볍게 먹고 나갈까? 난 옷을 입어버렸으니 네가 홍차 좀 타줘. 냉장고에 있는 피자 좀 구워줄래?"

가게에 가서 손님이 사주는 뭔가를 먹으면 좋을 텐데,라고 아키코는 생각했지만 가만히 있었다. 요즘 엄마는 늘 뭔가를 입에 넣고 싶어 한다. 초로에 가까운 나이가 되어 게걸스러워진 걸까. "욕구불만이야. 당연한 거 아냐? 미야코네 엄마도 항상 뭔가를 먹고 있대." 같은 반 나나에게 이 얘기를 하자 그녀는 이렇게 말했다. "너네 엄마는 어때?" 아키코가 묻자 나나는 희미하게 웃었다. "우리 엄만 바람피우니까. 젊게 입고 나다녀. 상대는 스물하난가 둘인 학생이야. 조만간 이혼하지 않을까?"

이제 곧 나나에게 전화를 걸 약속 시간이다. 엄마는 어째서 떡하니 앉아 담배 같은 걸 피우고 있는 걸까. 빨리 나가면 좋을 텐데.

아키코는 아이스티를 탔다.

"고마워, 더운데 딱 좋다."

엄마는 가슴팍에 부채질을 하고 있다. 눈은 변함없이 텔레비전에 고정되어 있다.

프라이팬에 모양을 잡은 호일을 두 장 깔고, 그 위에 6등분한 피자를 놓는다.

"가스를 쓸 때는 꼭 환풍기를 돌려줘."

"알고 있어."

아키코는 끈을 당겼다. 부엌 의자에 앉는다.

"있지 엄마, 나 진짜로 엄마한테서 태어났어?"

아키코가 멍하니 말했다.

"아니, 그런 걸 묻다니. 이상한 애네. 당연한 거 아냐?"

엄마는 등을 돌린 채로 대답했다.

"아빠는 누구야?"

"네가 태어나고서 1년 있다 이혼한 그 사람이야. 지금은 그 여자랑 같이 살고, 아이도 둘 있대."

아키코는 의자에 반대 방향으로 앉았다. 등받이 위로

팔을 포갠다.

"나, 아빠 아이가 아닌 거 아냐?"

"무슨 말도 안 되는 소리를 하는 거야. 그럼, 내가 다른 남자랑 만났다는 거야?"

엄마는 처음으로 돌아보았다.

"그건 아니지만……"

"유감스럽게도 그 남자의 아이야."

"엄마, 내가 태어나기 전에 별똥별이나 UFO 못 봤어?"

"글쎄, 잊어버렸네. 어쨌든 17년이나 된 일이니까…… 그런 일은 눈의 착각으로 자주 있다잖아. 너, 뭔가 자신을 특별한 인간이라고 생각하고 싶은 거야? 계시가 있었다든가, 태어나기 전에 태양이 배 속으로 날아들어 오는 꿈을 꿨다든가…… 한창때 애들은 그렇게 생각하고 싶어 하는 법이지."

"아니라니깐."

"넌 병원에서 태어났어. 그 동네 시립병원에서. 엄청난 난산이라 덕분에 내 몸이 망가져버렸어. 일단 꿰매기야 했지만 입원 중에 너무 돌아다니는 바람에 터져버렸어. 어쨌든 네 아버지는 여자 집에 틀어박혀서 병원에 한 번도 안 왔으니까. 난 정신 상태가 안 좋았어―피자 다 구워진 거 아냐?"

아키코는 접시에 피자를 담아 거실로 가져왔다. 엄마는 냅킨 대신 손수건을 가슴팍에 걸치고 피자를 집어 들었다.

"근데 엄마, 나한테는 왜 형제가 없어?"

"이혼했을 때 임신 중이었는데 지워버렸어."

엄마는 옛날을 떠올릴 때 보이는 상냥한 눈매로 말했다.

"그렇지. 한 명 정도 더 있어도 좋았겠지만, 난 일을 해야만 했어. 외로워?"

"아니."

"그럼 됐잖아. 외동이니까 뭐든 사줄 수 있는 거야."

아키코는 '물건' 따위 가지고 싶지 않았다. 딱히 관심이 없었던 것이다. 중학교 3학년 때 엄마는 좋은 스웨터를 사 왔다. 아키코는 조금도 기뻐하지 않았다. 엄마는 "이 은혜도 모르는 것!" 하고 소리치더니 끝내는 울음을 터뜨렸다. "뭘 위해서 밤낮으로 일을 해대는데. 다 널 위해서라고. 근데 이 한심한 것이!"

그 뒤로 아키코는 기쁜 척 연기를 하게 되었다. 해보니 딱히 어렵지는 않았다. 공허한 기분으로 "멋지다"라든가 "가지고 싶었어"라든가 "좋다, 고마워!"라고 말해도, 엄마는 속마음을 모르는 듯했다. 주위 인간들은 모두 그랬다.

아키코는 자기가 어두워 보이는 것을 알고 있었기에, 애써 쾌활한 척 연기를 하기 시작했다. 학교에 있는 동안 계속 그렇게 하니, 집에 오면 무척 피곤하다. 게다가 연기를 지속하는 것은 불가능했다. 밝은 척 행동해도 친구는 한 명도 없다.

작년 가을, 도서실에서 우니카 취른의 『재스민 남자』*를 읽고 있었다. 읽으면서 바깥의 포플러나무를 쳐다보았다. 바람이 분다. 나무는 휜다. 투명한 햇빛 속에서, 그 나무 너머 운동장에서는 육상부 남자 학생들이 연습을 하고 있었다. 포플러 잎은 노란빛을 띠고 있지만 떨어질 것 같지도 않다. 연약해 보이지만 바람에 맞서고 있다.

다른 창문을 보니 사이프러스가 줄지어 있었다. 저 나무의 불꽃 같은 모양은 바람이 만드는 것일까. 아키코는 고흐의 화집을 갖고 싶었지만 엄마에게 말하지 않았다. 그녀가 엄마에게 "사줘"라고 하는 경우는 학교에서 사라고 한 물건이 있거나, 신발 바닥에 구멍이 뚫려서 비 오는 날 양말과 발 모두 진흙투성이가 되었을 때,

* 조현병을 겪은 저자가 자신의 체험을 기록한 책. 1971년 간행.

둘 중 하나밖에 없었다. 게오르크 트라클의 시집도 갖고 싶지만, 가만히 있는다. 누군가를 죽여서라도 가지고 싶은 물건이 아닌 한, 자기가 먼저 요구하는 일은 없다. 엄마는 화집과 시집에 감수성이 없는 여자로, 젊은 여자는 예쁜 옷과 화장품만 있으면 된다는 주의다. 엄마는 이제껏 좋은 냄새가 나는 분과 마스카라와 눈썹 펜슬을 사주었다. 열여섯 생일에는 바로크 흑진주를 은반지로 만들어주었다. "너한테 돈이 생기면 백금 링으로 하면 되니까"라고 하면서. 하지만 일주일도 지나지 않아 아키코는 그것을 욕조 배수구에 빠뜨려버렸다. 사이즈가 너무 헐렁했던 것이다. 9나 10이 딱 좋은데, 엄마가 주문한 것은 11이었다. 비누 거품 때문에 손가락에서 미끄러져버렸다. 그 이래로 엄마는 기분이 상해서 가짜 액세서리만 주게 되었다.

같은 테이블에 여학생이 앉은 것을 아키코는 한동안 알아채지 못했다. 사이프러스를 쳐다보고 있었기 때문이다.

"저거, 가짜라는 느낌 들지 않아?"

나나는 조용히 말했다. 아키코가 고개를 들자 그녀는 아름다운 옆얼굴을 보이며 테이블에 팔꿈치를 괴고 있었다. 생각하고 있었던 것과 똑같은 이야기를 들었기에, 아키코는 대답 없이 동급생을 쳐다보았다.

"원래 인간 따위 모두 연기자에다 가짜지만 말이야. 연기하고 있는 자신이 진짜라고 믿는 녀석은 최악이라고 생각해. 의식하고 있다면 괜찮지만."

"누가?"

아키코가 나나에게 물었다.

"연기하고 있는 주제에 그게 본성이 되어버린 녀석? 그건 거의 다 그렇지 않아?"

나나의 목소리는 냉정하다. 아키코는 묘하게 끌리는 것을 느꼈다.

"넌 어때?"

"난 달라." 나나는 가볍게 받아넘겼다. "그리고 너도. 나, 전부터 네가 맘에 들었어. 얘기가 통하는 사람 아닐까 하고."

"근데 넌, 친구 많잖아. 남자 친구도 있고."

"생활의 액세서리로 말이야. 필요하니까."

나나의 조용한 목소리가 아키코 속으로 스며들었다.

"오늘 우리 집에 안 올래? 같이 공부한다고 하면 부모님은 대환영이고. 아무것도 모르니까…… 내 방은 별채라서 여러모로 좋아."

아키코는 곧바로 동의했다.

둘은 창밖의 노랗고 고요한 가을을 오랫동안 바라보았다. 어디선가 합창부가 「유랑의 무리」를 부르고 있다. 나른한 오후였다.

나나의 방에는 피아노가 있었다. 그녀는 뚜껑을 열어 클래식을 한두 곡 친 뒤 "이건 버드 파웰의 「클레오파트라의 꿈」이야" 하고 정통 재즈를 치기 시작했다. 꽤 많은 테크닉을 요하는 곡이라는 것은 아키코도 알 수 있었다.

"이런 건 어디서 배웠어?"

"음반에서. 음반 듣고 흉내 내는 것뿐이야. 그래도 재밌어. 이번엔 「루실」 칠까? 에벌리 브라더스의 카피야. 처음에 계속 화음을 쌓아가거든. 가사 알지? 아, 거기 악보 볼래?"

오후 내내 아키코는 나나의 피아노를 즐겼다. 그녀에게는 재능이 있다고 생각했다. 그걸 입 밖에 내자 나나는 웃었다.

"이 정도 칠 수 있는 사람, 교외 클럽에 넘쳐 나. 특별할 거 없어. 내 피아노 같은 건. 그보다 내겐 일생의 목표가 있어."

"어떤 거?"

"너랑 비슷할지도 몰라. 나는 가끔, 내가 인간이 아닌 건 아닐까 생각할 때가 있거든. 상실감 같지만 말이야.

아무 느낌이 없어. 상황에 감정을 이입할 수가 없어. 그래서 지금 연애를 할까, 생각하는 거야. 누군가를 좋아하게 되면 좋아함으로써 질투하거나 괴로워하면서 인간다운 감정을 되찾을 수 있을지도 몰라."

"자기 회복?"

어떤 책에서 읽은 문구를, 아키코는 말해보았다.

"그럴지도 몰라. 지금 노리고 있는 건 엄마의 바람 상대. 엄마는 휘둘리고 있지만 그건 바보 같은 여자라서 그래. 난 결코 남을 사랑한다거나 하진 않으니까, 매뉴얼상으로는 잘될 것 같아. 그러다 진짜로 좋아져버리면 그야말로 횡재 아냐? 난 인간이 될 수 있는 거야."

"되면 어쩌려고?"

"그다음은 생각 안 해."

나나는 열두 살 때 네 살 위 오빠에게 겁탈당한 적이 있다고 한다. 그에 대한 기억은 나나 스스로도 애매하다. 둘 다 남성이라는 종족에 대해 희미한 증오를 느끼고 있었다. 나나는 오빠 때문에. 아키코는 자신을 버린 아빠 때문에.

"난 먼 별에서 온 인간이야. 몇천 년 전 얘긴데, 그 별이 망하려고 해서 구세주가 구하려고 한 거야. 난 먼 별에서 다른 별의 인간으로 다시 태어나기 위해 다양한 주문

을 받았고, 그 결과 내 몸은 죽은 것과 다름없어졌어. 그
래서 이 지구에 지금 다시 태어나게 된 거야." 아키코가
고백했다.

"언제 알았어?"

"1년쯤 전에. 계시 같은 꿈을 꿨거든. 그러고서 밤의
별을 보면서 기도하는데, 별똥별도 보고 때로는 UFO도
봤어. 내 형제도 그런 수단으로 지구로 올 예정이었는데,
아마 실패한 거겠지. 오빠인지 남동생인지는 모르지만
전적으로 의지할 수 있는 이성이야."

"오빠는 아냐, 분명." 나나가 말했다. "두 살 정도 아래
남동생 아냐? 남동생은 나한테도 있는데 정말 귀여워. 난
동생한테 응석을 부려. 의지하고. 오빠라니 그런 속물,
죽여버리고 싶어."

나나는 어쩐 일인지 얼굴을 찌푸렸다.

"그 사람은 남동생이지만 오빠이기도 하고, 연인이
기도 하면서 약혼자이기도 해. 몇천 년 전부터, 이건 계
약이야. 약속이란 사람과 사람 사이에 하는 거잖아. 그
사이에 신이 있으면 계약이 되는 거야. 구약성서, 신약성
서라고 하잖아. 그건 신과의 계약을 뜻하는 거라고 생각
해. 계약이란 건 신성한 거야. 보험계약이라든가 계약결
혼 같은 것 때문에 좀 저속해져버렸지만. 나랑 '그' 사이

에 있는 건 신이 아니라 운명이야. 그런 확신이 들어."

"넌 나보다 행복해." 나나가 말했다. "내가 이제부터 하려고 하는 일에 비해서는 말이야. 불량해져버릴까."

그날 이래로 둘은 친한 친구가 되었다.

반년이 지나 새로운 친구가 생겼다. 역시 같은 반인 미야코인데, 그녀는 열세 살 때 세례를 받았고 커서는 수도원에 들어갈 생각이었다. 이 아이는 순진무구하며 남을 의심하는 걸 싫어하는데, 그러면서도 집이 민박을 하고 있는 탓인지 도쿄에서 오는 학생들과 프렌드 보이의 관계였다. 성관계 및 그와 비슷한 분위기가 조금도 섞이지 않은 남자 친구를 이렇게 부른다.

셋은 함께 행동했다.

2학년이 되어 셋 다 또다시 같은 반이 되었다. 다시 말해 학년에 딱 한 반 있는 취업반에. 미야코는 졸업하면 수도원에 갈 생각이고, 형제가 많아서(여섯 명) 부모님도 그리 잔소리를 하지 않는다. 나나는 스스로 '위선적'이라 부르는 남녀 관계에 열심이며, 가정은 붕괴 직전이다. 아키코의 엄마는 자기는 대학까지 나왔으면서, 그 뒤로 계속 이어진 좌절로 '여자에게 교육은 불필요'하다는 신념이 있다.

엄마는 드디어 집을 나섰다.

아키코는 나나에게 전화를 걸었다.

"그럼, 7시 반에 항상 가는 그 찻집에서 보는 거 어때? 미야코한테도 그렇게 전해둘게. 그 아저씨 만나는 거, 9시지? 있잖아, 이것저것 사달라고 하자. 그 인간, 젊은 여자를 줄줄 거느리고 다니는 걸 자랑거리로 여기고, 자기가 그러면서 젊음을 되찾는다고 생각하니 정말 모자란 사람이야."

"그 바보는 우리들의 희생자가 되어야 할 인간이야."

아키코는 낮은 목소리를 냈다.

"맞아. 우리들이 만나주는 이유가 자신의 지위와 돈—다시 말해 남자의 관록에 있다고 생각하니까, 순진한 사람은 좋겠어. 그 사람은 자기 자신의 매력으로 여고생이랑 어울릴 수 있다고 생각하고 있는 거야. 멍청이. 여자는, 특히 우리들은 인간 남자를 이용하는 것만이 목적인데 말이야."

"미야코는 그렇지 않을지도 몰라."

"하긴. 조금 이건 아닌가 싶은 기분이 들기도 해. 걔, 우리들처럼 꼬여 있진 않으니까. 그래도 이제 와서 우리 그룹에서 뺄 수도 없잖아? 나, 이제 미야코네 집에 전화할 건데, 없었으면 좋겠다는 기분도 들어. 그 애한테 더

러운 세계는 보여주고 싶지 않은 듯한…… 있지 아키코,
나 물렁이가 되어버린 걸까?"

"그렇진 않아."

"나랑 아키코한테는 인간 남자에 대한 증오가 필요
해. 왜냐면 그게 선명해지지 않으면, 사랑도 확실한 형태
를 띠지 않으니까. 만약에 사랑이라는 게 있다면 말이야.
우리는 감정을 어딘가에 잃어버리고 왔으니까 말이지.
하지만 미야코한테는 불필요하지 않을까?"

"어쨌든 전화해보지 그래?"

"OK. 그 결과 나름이겠지."

나나는 몇 번이나 아키코에게 "우린 친구지?" 하고
계속 확인해왔다. "그렇지 않으면 진실을 말할 수 있는
사람이 없어. 지금 사귀고 있는 학생한테도 난 내 전부
를 보여주진 않았으니까. 하지만 걔는 나한테 푹 빠졌어.
엄마랑 헤어질까 한다기에 말렸어. 이 관계를 비밀로 해
두기 위해선 별다른 일은 하지 않는 편이 좋다고. 엄마
한테서는 돈도 나오고 말이야. 나, 지금 그 학생한테 너
무 질렸어."

아키코는 뜬금없이 선언했다.

"그 아저씨는 희생양이 되어줘야겠어. 이건 계시로
받은 거야. 반드시 그래야만 하는 거야. 왜냐하면 계약에

따라 미리 정해진 운명이니까. 난 실행에 옮길 거야. 너, 말리고 싶어?"

"말리고 자시고, 난 언제나 네 행동을 전적으로 허용해왔잖아. 허용한다는 건 내버려둔다는 것과 같아. 멋대로 하라는 뜻. 게다가 만약에 죽여버렸다고 해도, 딱히 감동하진 않을 거라는 느낌도 들어. 나, 보다 19세기적인 '성격'을 가진, 더 뜨거운 남자랑 연애하는 편이 좋을 것 같아. 느끼한 말이라든가 분위기 같은 건 이제 지긋지긋해. 난 줄리앙 소렐*을 더 배려 있는 사람으로 만들어놓은 것 같은 남자랑 사귀어야 해. 그런 녀석은 없지만 말이야."

아키코는 세수를 하고서 옷을 갈아입었다. 크림 파운데이션을 바르고 베이비파우더를 두드린다. 엄마가 사준 분은 핑크인데, 안색이 좋지 않은 그녀에게는 안 어울린다. 옅은 눈썹을 덧그린 다음 마스카라를 바르고서 끝. 현관 옆 커다란 거울을 보며 55센티미터의 허리 사이즈를 확인하고는 만족하며 문을 나섰다.

셋은 열대어가 팔랑거리는 수조 옆 테이블에서 잠시

---

* 프랑스 작가 스탕달의 장편소설 『적과 흑』(1830)의 주인공.

잡담을 했다. 화제는 집안의 속사정 등이다.

"엄마는 고민하고 있어. 그 학생한테 여자가 생긴 거 아닌가 하고. 설마 딸인 나일 거라고는 꿈에도 모르고. 그 여자(엄마를 이렇게 부르는 것은 나나와 아키코뿐이다), 학생한테 돈을 쏟아붓고 있는데 그게 전부 나한테 돌아와. 그러니까 여기 계산도 내가 할게."

"나나, 오늘 돈 있어? 그럼 부탁해. 아니 미야코, 그러면 된 거 아냐? 돈 있는 사람이 내는 걸로."

"나도 아르바이트했다고. 우리 집에서 하는 바닷가 민박에서. 아키코도 와줬잖아. 그러니까……"

"괜찮다니까." 나나가 말렸다. "넌 저금해. 봉사활동하느라 힘들잖아?"

"맞다. 나, 작은 칼이나 식칼 사러 가야 돼."

아키코가 일어섰다. 미야코는 "왜"라고는 말하지 않았다. 미야코 입장에서 나나와 아키코에게는 수수께끼인 부분이 많다. 하지만 다른 여학생보다 (무엇을 하든) 묘하게 순수하게 느껴지는 건 이상한 일이다. 그래서 이 셋의 관계가 틀어지는 일 없이 지속되어온 거지만.

"잡화점이라면 바로 요 근처에 있어. 그 남자랑 약속한 데는 걸어서 20분 정도지? 그럼 앞으로 30분은 괜찮아."

셋은 입을 다물고 에인절피시를 쳐다보았다. 아키코는 가방에서 시집을 꺼내 그중 「꿈속의 제바스티안」*을 읽기 시작했다.

"이거, 처음엔 세바스찬이라고 생각했는데, 독일어 발음에 가깝게 하면 제바스티안인 걸까?"

"「성 세바스찬의 순교」에서 온 거야?"라고 묻는 미야코.

"그렇지 않아?"

아키코는 페이지를 넘긴다.

"저 그림, 싫어. 어쩐지 관능적이고…… 그리고 뭐라고 말하면 좋을까……"

"게이 같아?" 아키코가 거들었다.

"그렇네, 그렇게 보일 때도 있어. 하지만 그렇게 보이는 건 내가 신에 대해 불순하니까 그런 걸까?"

"불순한 건, 그런 그림을 그린 사람이야." 나나가 평소처럼 깔끔히 정리했다.

"벌거벗은 남자가 가슴 가득 화살을 맞고 쓰러져 있다니, 호모 마조히스트가 눈물을 흘리면서 기뻐하겠다."

"그래도 이 시는 좋아."

* 표현주의를 대표하는 시인 게오르크 트라클의 시집 『꿈속의 제바스티안』(1915)의 표제작.

아키코는 읽기 시작했다.

가게에는 냉방이 켜져 있지만, 이미 가을에 가깝다. 작년 가을, 나나는 가죽으로 된 바이크 슈트를 입고 오토바이를 타고 있었다. 그녀는 자신이 미인이고 다리가 길다는 사실을 알고 있기에 그런 스타일을 하는 것이다. 시골 마을이라 금세 소문이 퍼졌지만, 그녀의 아버지가 시의 유력자이고 그녀의 배다른 오빠가 상당한 깡패이기에 위험에 처하는 일도 없었다. 경찰에서는 보고도 못 본 척했던 것 같다. 나나의 운전 기술은 대단했는데, 미야코는 나나에게서 어딘가 비극적인 것을 느끼고 있었다. 기도하며 두 손을 비틀어 짜내고 싶을 정도로 그게 걱정이다. 아키코는 그림으로 그린 듯한 우등생이지만, 하는 얘기들이 전부 가공 세계의 묘사라는 생각밖에 안 들 때가 있어서 그 기계 같은 느낌 역시 마음에 걸린다.

어떻게든 해줘야만 한다고, 미야코는 느낀다. 하지만 나의 이런 작은 힘으로 이 둘을 구할 수 있을까. 미야코는 소녀가 지닌 결벽(이라고 본인이 믿고 있는 부분)으로 그렇게 생각했다.

"근데 여기에 나오는—수염 난 얼굴이 동정을 가득 담아 지켜보고—라는 부분은 예수를 말하는 게 아닐까?"

아키코가 펼친 책의 어떤 행을 가리키며 미야코에게

보여주었다. 미야코는 그 시를 전부 읽었다. '성 베드로 묘지'라든가 '거룩한 밤'이라든가 '장미의 천사' '부활절의 거울'이 나오는 부분을 보니, 내용은 기독교적인 것을 말하고 있는 듯하다. 하지만 그녀는 이해할 수 없었다. 시에 대한 감수성은 없나 보다 생각하며, 깊은 슬픔의 한숨을 쉬었다. 아키코는 한동안 계속해서 읽었다.

"이제 가야 돼."

나나가 일어섰다.

아키코는 잡화점에서 과도와 식칼을 샀다. 중년 남자와 약속한 장소로 가는 중에 약국이 있어서, 카이지루시* 면도칼도 샀다.

남자는 먼저 와 있었다. 땀을 닦고 있는 것을 보니, 기껏해야 2, 3분 전에 도착한 것 같다.

"와, 덥다, 정말. 게다가 나른해죽겠네."

그의 머리 부분은 정육면체에 가깝다. 전체적으로 벗겨져 있어서 더 그렇게 보이는 건지도 모른다. 그는 머리도 손수건으로 닦았다.

"정력이 센 남자는 대머리라는 말, 진짠가 봐, 하하

* 일본의 칼 상표.

하. 사업은 척척 해내고 그쪽도 점점 더 왕성해지니까, 내가 생각해도 언제 중년이 될지 걱정이란 말이지."

소녀들은 그의 말 따위 무시하고 있다.

"배고프지 않아? 맛있는 이탈리아 음식점이 있어. 우선 거기로 가자. 그 전에 말이야. 너네한테 줄 선물을 가져왔어. 나나는 새로운 오토바이가 가지고 싶다고 했지만, 그건 꽤 비싸더라고. 깜짝 놀랐다니까. 이건 그 돈의 3분의 1 정도밖에 안 되지만 받아둬. 다른 건 천천히 사줄 테니까…… 다음 달이 되면 돈이 꽤 많이 들어오거든. 아키코는 화장만 제대로 하면 일류 모델이 될 수 있는 소질이 있어. 내가 하고 있는 미용실에 준비시킨 거야. 이거 받아. 사양 말고. 미용실 반값 쿠폰도 있어."

그는 모델들이 많이 쓰는 딱딱한 상자 모양 가방을 테이블 위에 내어놓았다. 아키코는 가지고 싶지 않았지만 일단 받았다.

"미야코는 어떡하지? 진짜 청순한 인상이니까. 그래도 슬슬 액세서리도 가지고 싶지 않을까 싶어서 두어 개 갖고 왔어. 이거, 작지만 진짜 사파이어 펜던트야. 보석 가게에서 사면 값이 꽤 나가거든. 하지만 난 착한 사람이라 다양한 사람들한테 돈을 빌려주고 있어. 그 담보로 다이아, 루비, 에메랄드도 회사 책상에 굴러다니지. 내

힘이라면 그냥 공짜처럼 손에 들어와. 갖고 오는 김에 시계도 가져왔어. 이 세공, 너 같은 사람한테는 좋지 않아? 섬세하면서 튀지 않고."

미야코는 두 여자 친구들의 얼굴을 살폈다. 둘 다 '받아'라는 표정이다. 그녀는 얼굴을 붉히면서 마지못해 받아 들었다.

남자는 기뻐서 어쩔 줄 모르는 모습이다.

넷은 이탈리아 음식점에서 식사를 했다. 남자는 기운이 넘치는 척하고 있다. 먹는 것도 대단한 기세로 먹는다. 나나는 예의 바르게 조용히 먹고, 아키코는 어릴 때부터의 습관대로 정말 맛없다는 듯 천천히 먹고, 미야코만 모두의 표정을 살피면서 쭈뼛쭈뼛 먹고 있다.

소녀들은 먼저 그 가게를 나와 입구 부근에 서서 기다리고 있었다. 남자는 돈을 내고 있다.

"미야코, 너 통금 10시잖아. 슬슬 들어가."

나나가 쌀쌀맞게 명령했다.

"그래도 미안해서. 저런 사람을 너희들한테 맡기기는."

"괜찮아, 괜찮아, 우리한테도 계획이 있으니까."

나나는 택시를 멈춰 세운 뒤 올라탄 미야코에게 만 엔짜리를 억지로 쥐여줬다. 남자에게서 아까 받은 것 중 한 장이다.

"저 애는 인간이야."

아키코는 사라져가는 자동차를 바라보면서 중얼거렸다.

"맞아."

"슬슬 우리한테서 해방시켜줘야 하는 거 아냐?"

"그건 미야코가 정할 일이야."

"아이고, 기다리게 해서 미안. 계산대 녀석이 계산을 틀려서, 말도 안 되는 금액을 말하는 거야. 이건 준비된 덫이라는 생각에 난 '점장 불러'라고 말했지. 그랬더니 '미안합니다, 착각했습니다. 와인은 작은 병으로 하나만 하셨죠?'라는 거야. 짜증 나. 녀석들, 뜯어먹을 수 있는 건 마지막까지 속일 생각이겠지. 그래서 난 '점원 교육을 이런 식으로 시키면 안 되지'라고 위엄 있게 말했어. 그 애송이, 파래져서 떨고 있더라고. 난 절대 방심도 안 하고 틈도 없어."

이 남자는 어디서든 마구 으스대고 싶은 것이다. 지친 계산대 직원이 와인병 수를 틀리는 일 정도는 있을 수 있는 일 아닌가. 기껏해야 천 엔 정도 아닌가.

두 소녀는 혐오를 느끼며 잠자코 있었다.

"미야코는?"

"집에 갔어요."

나나가 차가운 목소리를 냈다.

"아유, 아쉽지만, 뭐, 그것도 어쩔 수 없지. 걔는 어쩐지 딱딱해서. 얘기를 할 때도 신경을 써야 돼. 그런 점에서 너희는 깨어 있지."

그것도 환상이야,라고 말하지는 않았다. 다만, 나나와 아키코는 점점 더 이 남자를 경멸할 뿐이었다. 꽤나 적극적으로.

"요 근처에 내가 하는 가게가 있어. 거기서 술 마시지 않을래? 바가지 쓸 걱정도 없고. 여러모로 좋으니까."

그 가게는 지하 2층에 있었다. 바텐더는 '사장님'이라고 하면서 가볍게 고개를 숙였다. 오징어 다리를 굽고 있던 여자아이도 눈으로만 인사를 했다. 샐러리맨으로 보이는 손님 셋이 먼저 와 있었다.

"난 와인파야. 너희들, 뭐 마실래?"

"진피즈."

귀여운 척하면서 아키코가 주문했다.

"나나는? 스크루드라이버 같은 거 어때? 거의 오렌지 주스랑 똑같아."

이 얼마나 낡은 작업 전술인가. 하지만 아키코와 나나는 나나의 방에서 두 번, 밖의 모임에서 한 번, 자신들의 주량을 확인한 적이 있다. "그걸로 할게." 나나가 대답했다. 보드카가 들어 있다는 것 따위, 이미 알고 있다. 그리고 둘 다 술이 세다. 나나는 약물에도 강해서, 등교한 날 아침에 "어제 브로바린* 마흔 알을 먹었는데, 그 와중에 책을 읽기 시작하는 바람에 잠을 하나도 못 자서 큰일이야. 이제야 피곤해졌어. 보건실 갈게"라고 했을 정도다.

오전에는 자고, 도시락을 먹고서 오후 수업만 듣는다. 노트는 아키코가 빌려준다.

중년 남자는 소녀들과 본격적으로 술을 마시는 게 처음이라 꽤나 열심이다. 자기는 와인을 홀짝이기만 하면서 둘에게는 열심히 권한다.

아키코도 나나도 느슨한 페이스로 마셨다. 아키코는 두 잔째부터는 연하게 물을 탄 것으로 바꾸고 그걸 30분에 걸쳐 마신다. 엄마는 직업상 그런 것도 있지만 제법 많은 양을 마시는 여자로, 유전적으로 알코올 허용량이 많다. 나나는 중학교 때부터 술과 담배와 약을 했다고 아키코에게 고백한 적이 있었다.

낡은 데 비해 가격이 비싼 탓인지, 지리적 조건이 좋지 않은지, 이 술집은 별로 잘되는 것 같지 않다. 샐러리맨 같은 사람들이 나간 뒤에는 남자 한 명과 젊은 남녀

* 불면증, 불안, 긴장 상태의 진정에 쓰는 중추신경 억제약.

커플이 왔을 뿐이다.

"아니, 여긴 내 홈 바라고 생각하고 있으니까. 돈 벌려는 생각은 없어. 사람이 별로 없는 데서 누구에게도 방해받지 않고 술을 마시면 기분이 상쾌하거든. 왕후가 된 기분이야."

중년 남자는 끝까지 허세를 부리고 있다. 11시 반에 여자아이는 집에 갔다. 아키코는 그 뒤로 약간 취한 연기를 했다. 나나는 꽤 많이 취한 척을 하고 있지만, 이것도 거짓임이 분명하다.

"너, 오늘은 이만 가도 돼. 내가 문 닫을 테니까."

남자는 바텐더에게 이야기했다.

"기대가 크겠어요."

바텐더는 희미하게 웃으며 앞치마를 벗었다. 중년 남자가 카운터 안으로 들어갔다.

"좀더 마셔. 돌봐줄 테니까."

나오는 술 농도가 짙어졌다. 아키코는 반을 바닥에 버리고, 물로 희석해서 마셨다. 나나도 똑같이 하고 있다.

12시쯤 됐을 것이다.

"이제 안 되겠어."

아키코는 카운터에 엎드렸다. 나나는 비틀거리면서 화장실에 갔다.

"너희들, 이제 집에 가기는 힘들지? 어때. 근처에 아는 여관이 있는데 거기서 자면. 난 바래다주고 바로 갈테니까."

"그것도 괜찮네."

꼬인 척하는 혀로 나나가 동의했다.

"그럼, 갈까…… 그 전에 잠깐 기다려줘."

"아키코, 괜찮아?"

남자가 화장실에 들어가자, 나나가 작은 목소리로 확실히 물었다.

"취한 건 저 남자야."

아키코도 낮은 목소리로 대답했다.

"여관에 가고 나서 할까? 그러는 게 이런저런 변명을할 수 있으니까. 강간당할 것 같아서……라든가."

"귀찮아. 어쨌든 난 지구인에게 피를 흘리게 하고, 내가 다른 별에서 온 인간이라는 걸 보여줘야만 해."

"알았어."

"너, 저 남자 와인 안에 가루 수면제 넣었지? 아도름이라고 하는 거야? 난 봤는데 저 자식은 전혀 모르고 마시더라. 술맛도 모르나 봐. 와인 같은 거, 최근에 마시기시작한 것 같아."

"아는 약사가 있거든. 병원에서 훔쳐 오게 했어. 꽤 센

거야."

남자는 화장실에서 나와 카펫에 털썩 주저앉았다.

"아니, 이럴 생각이 아니었는데…… 아가씨들이랑 술 마시면 나도 모르게 기분이 좋아져서 피치가 빨라졌나 보군. 뭐, 여관에서 30분쯤 쉬면 괜찮아. 밤은 길고."

아키코는 남자의 등 뒤로 가, 가방에서 식칼을 꺼냈다. 곧바로 심장을 노려 찌른다. 뼈가 걸린다. 남자는 깜짝 놀란 듯한 소리를 질렀다. 힘주어 빼내고서 이번에는 힘껏 경동맥을 노린다. 피는 천장까지 솟구쳤다. 좌우 모두 자른다. 남자는 그저 괴로워할 뿐이다. 약이 듣고 있는 거겠지. 저항할 수 없다.

"이제 됐을까?"

나나가 침착하게 말했다. 너무 큰 쇼크로 오히려 냉정한 듯 보이는 것일까, 하고 아키코는 생각한다.

"됐겠지."

"근데 네 옷, 피투성이야. 얼굴이랑 손도."

아키코는 카운터 안으로 들어가 얼굴과 손을 씻었다. 뿜어져 나온 피를 뒤집어쓴 옷을 벗고, 준비해 온 원피스로 갈아입는다.

"목소리, 안 들렸을 거야. 이 위 지하1층은 휴업 중이고."

피투성이 옷과 식칼을 가방에 넣었다.

계단을 올라가던 중에 나나는 작은 목소리로 약속했다.

"나, 절대로 말하지 않을 거야. 근데 그 바텐더가 무슨 말을 할지도 몰라."

"그래도 괜찮아. 꼬리가 잡혀도. 그보다 미야코가 없어서 다행이야. 그 애는 이런 부담을 견딜 수 없으니까."

둘은 길에서 평소처럼 헤어졌다.

집으로 돌아와 아키코는 목욕을 했다. 피투성이 옷은 쓰레기봉투 속에 보이지 않게 쑤셔 넣는다. 칼은 몇 번이고 닦아 신문지로 여러 겹을 싸서 마찬가지로 쓰레기봉투에 넣는다. 6층에서 아래로 내려가는 동안, 엘리베이터에는 아무도 타지 않았다.

아키코는 흥분해 있었기에 나나에게서 받은 리슬론*을 열다섯 알 먹었다.

해냈다. 드디어 해낸 것이다. 환희가 끓어오른다. 그녀는 잠옷을 입고서 찬장에서 보드카를 꺼냈다. 스트레이트로 마신다.

커튼을 전부 열자, 별이 총총한 하늘이 보였다. 아키코는 무릎을 꿇었다. 내 고향 별에서 계약에 따라 찾아

* 진정제.

오는 사람이여. 저는 사명을 다했습니다. 어서 데리러 와 주세요. 제가 어디로 가든, 저라는 것을 알도록 맹세의 십자가를 새기겠습니다.

아키코는 잠옷의 가슴 언저리를 열었다. 목에서 가슴까지 면도칼로 똑바로 그어 내린다. 얕게. 옆으로도 마찬가지로. 하지만 이래서는 바로 상처가 메워져버릴 것이다. 똑바로 그은 선 위에 작은 ×자를 연속으로 긋는다. 이윽고 고통이 느껴지기 시작했다. 하지만 그만둘 수는 없다. 리슬론은 처음 먹는 약인데, "지속성이 있고, 푹 잘 수 있어"라고 나나가 말했다. 또 열 알을 먹어버린다. 그리고 작업을 계속한다. 아프다. 하지만 이 정도는 참아야만 한다. 드디어 작업을 마치고, 그녀는 완전히 지쳤다. 엄마에게 들키지 않도록 대대적으로 붕대를 감았다. 피가 묻은 옷은 침대 아래에 처박아뒀다. 다른 옷을 꺼내 입는다.

보드카를 마시면서 담배를 피운다. 숨겨뒀던 재떨이는 금속제다. 문득 뭔가를 태우고 싶어진다. 그것도 흰 것이 아니면 안 된다. 아키코는 부엌으로 가서 종이 냅킨을 발견한다. 그것을 재떨이에서 태운다. 연기 너머 벽에서 고향 별에 있는 그 사람의 모습이 나타나, 아키코에게 웃어 보였다. 이제 통증도 없다. 그녀는 행복감에 젖어 또다시 무릎을 꿇었다.

잠든 것은 아침 7시였고, 눈을 뜨니 이미 저녁이었다.

"아키코, 땡땡이쳤지? 내가 집에 들어왔을 때, 넌 학교 간 줄 알았는데."

엄마가 침대의 그녀에게 말을 걸어왔다.

"감기 때문에 힘들어서 잠을 못 잤어. 내일은 토요일이니까 월요일에 학교 갈게."

"병원 안 가도 돼?"

"목만 아프고 열 같은 건 전혀 없으니까, 게다가 감기에 잘 듣는 약 같은 건 없대. 자는 게 최고야."

7시 무렵, 나나에게서 전화가 걸려 왔다.

"엄마, 나갔어?" 하고 우선 확인한 뒤, "너, 괜찮아?"

"기운이 넘쳐. 그보다 넌?"

"나, 어째서 이렇게까지 감정이 없는 걸까. 스스로도 놀랐어. 어떤 면에선 이 무감각이 기쁘기도 하고 말이야. 하지만 어쩌면 그런 일이 별건 아니었을지도 모르지. 나 때문에 불량배들끼리 경쟁하다 싸웠을 때가 오히려 더 아득했어. 그때는 중상자 두 명이 나왔는데. 원인은 내 바람기야. 나, 그 이래로 딱히 놀라지 않는 여자가 돼버렸어. 그런 일에 대해 아픔도 뭣도 느끼지 않게 된 거야. 이건 백 년이나 더 된 옛 전설적 사건인데. 내가 얘기해주는 편이 좋을까?"

"아니, 지금은 너무나 행복해. 태어나 처음으로 느끼는 정도의 최고의 행복에 어질어질해. 만약에 네 힘이 필요해질 때면…… 와줄 거지? 그리고 경찰이 올지도 모르는데, 넌 이렇게 말하는 거야. '너무 갑작스러운 일이라 깜짝 놀라서 막을 수가 없었어요. 집으로 가서는 무서워서 경찰에 신고할 수도 없었고. 여러 번 자수를 권했지만요'라고. 알겠어? 너는 전혀 관계가 없다고 주장하는 거야."

"하지만……"

"내 말대로 해. 부탁이야. 그러지 않으면 그 행위의 순수성이 없어지니까."

"……알겠어."

평소처럼 침착한 목소리지만, 약간의 음울함이 있었다. 알고 지낸 기간이 길지 않으면 모르는 미묘한 것이다.

전화를 끊고서 아키코는 붕대를 풀었다. 피는 굳어서 달라붙어 있다. 하지만 이 정도 잘게 베어두면 표시가 확실히 남을 것이다. 아키코는 만족하며 가슴에 손을 댔다.

정신병원은 처음이 아니다. 사치코는 자신이 좋아하는 하얗고 가련한 꽃에 안개꽃을 섞은 작은 꽃다발을 가

지고 현관으로 들어갔다. 이 꽃의 이름은 모른다. 십자
모양의 꽃잎인데 결혼식 때 신부가 드는 것 아닐까, 하
고 상상할 수 있다.

아키코는 월요일에 학교에서 체포됐다. 바텐더의 증
언이 유력한 근거가 되었다. 나나는 살인 현장을 본 것은
인정했다. 그녀는 감정이 없는 목소리로 아키코가 시킨
대로 증언을 했다. 섣불리 자비심을 베풀지 않는 편이 좋
을 거라고 생각했기 때문이다. 나나가 너무나 침착해서
형사들은 "머리가 어떻게 된 거 아닐까?" 하고 수군거렸
을 정도였다. 아키코를 교장실로 불러내자, 그녀는 순순
히 범행을 인정했다. 하지만 머리가 미친 정도는 아키코
쪽이 훨씬 더 심하다. 정신감정 결과, 조현병이라는 답이
나왔다. 그래서 (미성년이기도 해서) 강제 입원을 하게
되었다. 처음에는 엄마가 면회를 갔다. 한 번만 가고도
질려서, 가게에서 고용하고 있는 사치코에게 한 달 용돈
만 엔과 교통비를 쥐여주며 딸에게 가달라고 부탁했다.

사치코는 예전부터 정신병원이라는 곳에 흥미가 있
었다. 남편이 입원한 적도 있었고, 그녀로서는 꺼릴 만한
장소가 아니다.

간호사에게 문의하니 "폐쇄병동으로 가서 용돈은 그
곳 간호사에게 맡겨주세요. 네, 이걸로 매점에서 뭔가 사

거나, 간호사실에서 전화도 걸 수 있으니 전화 요금으로 쓰기도 합니다"라는 말을 들었다.

이 병원은 시가지에서 제법 떨어진 언덕 위에 있다. 담은 없다. 병원 앞길과 숲 쪽에는 경증 환자 몇 명이 함께 걷고 있었다. 사치코가 열일곱 살 때 큰어머니가 미쳤는데, 들어간 병원은 지독한 곳이었다. 모든 곳에 쇠창살이 박혀 있었다. 면회를 갔더니 환자와 면회자를 한방에 가두고, 간호사가 밖에서 문을 잠갔다.

긴 복도를 돌아 폐쇄병동으로 간다.

"그 사람은 살인범이고 심지어 자살의 우려가 있어서, 처음 15일은 독방에 있었습니다. 하지만 지금은 6인실로 옮겼습니다. 기다리세요. 불러올게요."

에어컨이 켜져 있다. 사치코는 담배를 꺼내 불을 붙였다. 유리문 바깥은 여름의 풀이 무성한, 정원이라고도 할 수 없는 넓은 정원으로, 군데군데 코스모스가 무리지어 피어 있다.

문 걸쇠를 여는 소리가 두 번 나고서 아키코가 나타났다. 예전에 두어 번 봤을 때와 같은 인상이다. 조용하면서 내향적인. 하지만 지금은 침착하지 못한 빛이 그 눈에 어려 있다. 오래도록 감금되어 있던 탓일까?

"담배 줘."

아키코가 말했다. "안에서는 못 피우게 하거든. 아니, 미성년자라서가 아니라, 불로 눈이라도 지지거나 다른 환자를 위협할까 봐 그러는 것 같아."

아키코는 바삐 담배를 피우기 시작했다. 이 유리문을 밀고 밖으로 나가면 담도 없으니 탈주는 가능하다.

"지낼 만해?"

"뭐, 비교적. 이제 곧 개방병동으로 옮길 수 있어. 나랑 남에게 위해를 가하지 않는다는 걸 알게 되면. 난, 그 이상의 일을 할 생각은 없어. 그 남자를 죽인 건 지령이고, 그건 내 사명이었던 거야. 이 상처도(라고 말하며 그녀는 목부터 가슴에 걸쳐 있는 십자 모양을 가리켰다) 해야만 하는 일이었던 거야. 하지만 이제 다 끝났으니, 난 고양이를 죽이지도 못 해. 이제 남은 건, 그저 기다리는 것뿐이야."

"뭘?"

"그 사람이 원반을 타고 오는 걸 말이야. 멀고 먼 우리 고향에서 오거든. 날 데리러. 벌써 몇천 년 전에 출발했어. 그런데 그 사람은 내가 여기에 있는 걸 알까? 알겠지? 가끔 그 사람은 벽 안에서 나타나 다정하게 말을 걸어주니까."

사치코는 너무 놀라 담배를 바닥에 떨어뜨렸다. 남편

이 '지구 밖에서 통신이 온다'고 했던 그 밤을 떠올렸기 때문이다. 아마도 그 얘기는 결코 입 밖에 내어서는 안 되는 것이었을 터이다. 하지만 그 무엇도 숨길 수 없는 사치코는 상세히 설명했다. "의사 선생님한테는 절대 말하지 않겠다고 약속해"라고 덧붙이면서.

"어머!"

아키코의 눈은 감동으로 촉촉해져서 커 보였다.

"맞아. 정말 그래. 하지만 다른 별에서 온 인간이랑 텔레파시 능력이 있는 사람은 이곳 지구에서 미친 사람 취급을 받잖아. 난 이제 곧 고향 별로 돌아가니까 상관없지만."

"넌 진짜로 믿는 거야? 반드시 데리러 올 거라고."

"당연하지. 확신해. 왜냐하면 그러기 위해 태어난 거니까."

"데리러 오는 사람이 사고로 죽었을 가능성도 있어."

"아아, 그렇지. 그 사람은 몇천 년이라는 시간을 냉동수면으로 살고, 아직 보지 못한 지구의 꿈을 꾸면서 오거든. 그 꿈은 가끔 내가 있는 곳으로 전해져. 그러니까 그 사람은 살아 있어. 근데 난 역시 머리가 이상한 걸까?"

"그렇진 않아." 반은 위로 삼아 사치코가 말했다. "좀 독특할 뿐이야. 그리고 세상을 보면 좀 독특한 사람은 꽤 많아. 우리 남편이라든가, 나라든가."

"나나는 엄청 이상해. 걔는 나랑 달리 환각 같은 거 안 봐. 착하고 좋은 아이인데 오싹할 정도로 차가운 데 가 있어. 인간이 인간으로 안 보인대. 아무리 깊이 사귀고 아무리 상대를 좋아해도, 갑자기 전혀 모르는 생물로 보이기도 한대. 언젠가 나한테 '네 얼굴을 볼 수가 없어. 보는 게 무서워'라면서 일부러 안 만날 때가 있었어. 그때 걔 눈엔 내 눈이랑 코, 입이 다 따로따로 놀아서, 무슨 말을 하면 입만 살아 움직이는 것처럼 보였대. 그러니까 걘, 학교를 자주 빠져. 걔는 회귀하고 싶대. 하지만 걔는 나처럼 이방인이 아니고 인간이야. 호사스럽지. 진정한 외톨이 따위 모르니까."

"나나라니, 그 현장에 있었던 사람?……"

"맞아. 나, 걔한테 편지 썼는데, 의사나 간호사가 보는 게 싫으니 전해줄래? 가게에서 가까워. 우편함에 넣어줘도 되는데, 어쩐지 누가 훔쳐 갈 것 같은 기분이 들어서."

"좋아. 근데 어떻게 종이랑 펜을 빌렸네?"

"간호사실에서 그림 그리고 싶다고 말하고, 그때 썼어."

아키코는 여름 니트의 가슴에 손을 넣어 편지를 꺼냈다. 봉투는 없고 편지만 있다. 접은 바깥쪽에 나나의 주소가 적혀 있다.

"나나, 어떻게 지낼까? 보고 싶어. 하지만 어쩐지 요즘 개가 남처럼 느껴지기 시작했어. 난 많은 것들을 열심히 생각해서 새로운 사실을 알았는데, 걔는 남의 머릿속 따위에는 흥미가 없고, 자기한테조차 관심이 없으니까. 죽은 채로 사는 거랑 마찬가지야. 아아, 그리고 나 '그 사람'한테도 편지 썼는데, 어떻게 전해주면 좋을지를 모르겠어. 태우는 게 제일 좋을 것 같은데, 지금은 폐쇄병동에 있으니까 안 되겠다."

아키코는 눈을 내리깔았다.

"게다가 종이 냅킨에 써야만 해. 그 사람은 흰 종이 냅킨을 가장 좋아하니까. 근데 8이라는 숫자는 영원한 것 같지 않아?……"

병원을 나서자 제법 심하게 피곤했다. 그대로 가게에 가는 김에 나나네 집에 들른다. 편지를 훑어본 나나는 이렇게 말했다. "알았어. 버려줘. 당신이 읽어도 돼."

이 아이도 꽤나 이상한 아이군, 하고 생각하면서 6시 반에 가게로 가서 읽었다.

네가 옛날에 목을 매고,

너의 이상한 다리에 쥐가 나서

네가 저지른 죄도 꼬리가 잡혔다……*

이런 식으로 한없이 계속되는 것이다. 애너그램**의
한 변형이겠지. 사치코는 그것을 태웠다.

9월 중순에 정신병원과 아주 가까운 숲에 인공위성
이 떨어졌다. 주위는 불탔다. 불탄 자리에서 성별 불명의
불에 탄 시체가 발견됐다. 아키코는 개방병동으로 옮겨
졌는데, 그날 오후부터 행방을 알 수 없었다. 시체는 아
키코라는 판단이 내려졌다.
나나는 가출해서 요코스카에 있는 불량집단 우두머
리의 여자가 되었다. 그 무리의 사람들은 그녀의 냉혹한
분위기를 무서워했다.
사치코는 바의 일을 관두고 낮에 하는 일을 하게 되
었다. 남편의 근무처가 정해졌기 때문이다. 그리고 그는
텔레파시나 예지에 대해 차츰 말하지 않게 되었다.

* 원문을 보면 무카시むかし(옛날)·오카시이おかしい(이상한)·오카시
타犯した(저지른)/쓰루つる(吊る: 매다·釣る: 낚다)·쓰레루つれる(吊れ
る: 쥐가 나다·釣れる: 잡히다) 등 비슷한 소리를 이용한 말장난으로,
동사가 한자가 아닌 히라가나로 표기되어 다양한 해석이 가능하다.
** 단어나 문자 순서를 바꾸어 다른 단어나 문장을 만드는 놀이.

밤 소풍

그가 책상에 앉아 있는데 아버지가 들어왔다.

"어때, 좀 진척이 있어?"

아버지는 궐련을 물고서 멀뚱히 서 있다.

"어…… 근데, 그건 불을 붙여서 피우는 거 아냐?"

"앗, 그랬지. 깜빡하고 항상 잊어버리네."

아버지는 주머니에서 라이터를 꺼냈다. 담배 끝을 태우고 그 연기를 들이마신다.

"지구인다운 게 뭔지를 잊어버리면 안 된다고 항상 말하는 사람이 아빠 아냐?"

"맞아. 미안…… 내가 모두의 모범이 돼야지. 우리 지구인은 언제 어디에 있든 생활의 형식이라는 걸 충실히 지켜야만 해. 가족의 역할이라는 걸. 특히 이렇게 지구에서 떨어져 고립되어 있는 경우엔."

"그렇지. 그럴지도 몰라."

그는 아버지의 복장을 점검했다.

아버지는 검은 더블버튼 정장에 와이셔츠도 검정, 넥타이는 하양으로 매고 있다. 옷깃에는 빨간 장미를 꽂고, 모자를 쓰고서 투박한 반지를 끼고 있었다.

"알겠지? 정말 당연한 거라고. 이건 아까 본 비디오에 나왔던 거야. 그 남자는 음악에 맞춰 춤추고 있었지만."

"그건 나도 봤어. 그렇다면 그 복장은 댄스용 아닐까?"

그는 아들로서 주제넘지 않은 선에서 말하려 했다.

"꼭 그렇다는 법은 없지."

아버지는 가슴을 폈다. "다른 비디오에서는 이렇게 하고서 차에 타거나 이발소에서 손톱 손질을 했으니까. 게다가 주위 사람들 태도가 정중했어. 그렇다는 건 이거야말로 아버지에게 어울리는 차림새라는 거 아닐까?"

"그렇다 쳐도, 어제보다 두 배는 뚱뚱해지지 않았어?"

"이 정도로 몸이 크지 않으면 안 어울린다는 것 같아."

별로 자신이 없는지 아버지는 작은 목소리로 말했다. 그는 추궁하기를 멈추고 책을 덮었다.

"꽤 많이 해독했어. 이거 뭐랄까…… 재밌어."

"재미없어도 되지만…… 진실이 적혀 있겠지. 책이라는 건 아무래도…… 거짓말만 적혀 있는 거랑, 거짓과 진실이 반반인 거랑, 진실만 적혀 있는 게 있어서 헷갈려."

"맞아. 왜일까? 구태여 글씨를 늘어놓으면서 거짓을 엮으면 아무짝에도 쓸모없는데."

둘은 생각에 잠겼다. 그 부분이 늘 이상한 것이다. 특히 아들은 의심하기 시작했다. 비니오에는 진실이 찍혀 있다고 모두가 믿어 의심치 않았지만, 거기에도 거짓이 들어 있다면 어쩌지?

"우리 인류라는 건 복잡한 존재야."

아버지는 한숨을 쉬었다. 잠깐의 위안밖에 안 되지만, 그렇게 말하면 어쨌든 멋지기 때문이다.

"하지만 이 책은 진실이라고 생각해. 왜냐하면 서력西曆으로 일일이 써놨잖아."

"그렇군! 그런 사고방식도 있었구나, 넌 머리가 좋아. 과연 내 아들이야."

아버지의 얼굴이 밝아졌다. "아이고, 그걸 놓치고 있었네. 대부분 어떤 시대인지 알 수 없는 게 많으니까."

"19세기 미국이야. 지도에 딱 나와 있고. 남북전쟁에 대해서도 쓰여 있어. 여자가 주인공이지만."

"마지막까지 해독하면 인류가 우주에 진출한 이유도

쓰여 있을까?"

"모르겠지만 읽어볼게. 이 여자는 지금 실연당했어. 그 뒤로도 이렇게 분량이 많으니, 우주선에 타는 것도 나올지 모르지. 왜냐하면 실연당하면 대부분 어딘가로 가잖아?"

똑똑한 아들은 확신을 담아 말했다.

"그런가?"

아버지는 고개를 갸웃했다.

"여행을 떠나거나 그러는 거지. 노래에도 그런 게 많잖아."

"뭐, 그렇지."

"나도 실연당해 볼까?"

"상대가 필요한 것 같던데……"

"여동생이 있잖아."

"그렇지. 그럼, 해볼까?"

"그 전에 댄스파티나 데이트 같은 걸 해야만 한대."

"규모가 큰 건 무리야. 지구인은 다 해서 네 명뿐이니까…… 설마, 언덕 너머 괴물들을 부를 수도 없고."

"근데 그 녀석들, 우리랑 쏙 빼닮게 변신할 수도 있지 않아? 물질재생기로 예쁜 옷 잔뜩 만들어서 입히면 좋을 텐데."

"그런 덴 흥미가 없어, 그 녀석들은. 문화적인 생활을 모르니까. 얌전해서 우리한테 해를 끼치지는 않지만, 어차피 우리랑은 다른 종족이야. 무슨 생각을 하는지 도대체가 알 수가 없어. 이 자동 도시에 사는 편이 즐거울 텐데, 구태여 야만적인 생활을 하잖아. 하긴 그게 더 편할지도 모르지만."

머리에 헤어롤을 만 어머니가 문에서 고개를 내밀었다.

"당신, 가봐 줘요."

손에 우유와 오렌지를 들고, 목욕 가운을 입고 있다.

"무슨 일이야?"

"그 아이가 말이야, 벽장에 숨어버렸어요."

"뭐? 또 이상한 생각을 했나?"

"이상한 책을 봐서 그래요. 딸은 엄마를 증오하고 아빠를 사랑한다나, 그렇게 쓰여 있었대요. 정말 어쩐담."

어머니는 고개를 저었다.

"뭐야? 그건?"

아버지는 영문을 모르겠다.

"심리학인가 뭔가 하는 거지? 그건 거짓말만 적혀 있어."

아들은 우쭐한 표정을 지었다. "좋아, 내가 설득해봐야겠다."

"내가 낫지 않을까? 가장으로서……"

"아니, 근데 아빠는 책에 대해 잘 모르잖아."

아들이 일어섰다.

"언제까지 이러고 있을 거야? 어서 나와!"

어머니는 문을 두드렸다.

"싫어—. 나, 반항기니까."

쿠션에 턱을 묻고 있는 듯한 분명치 않은 목소리가 대답했다.

"네 해석은 틀렸어."

그는 동생에게 말을 걸었다.

"어째서? 난 사춘기라고."

"소풍 가기로 약속했잖아. 나와!"

어머니는 격앙된 소리로 말했다.

"엄마는 좀 가만히 있어."

그는 어머니를 밀어냈다. 힘이 지나치게 들어가는 바람에 그녀는 앞으로 고꾸라져 바닥에 나가떨어졌다. 이마를 찧고서 그녀는 잠시 쓰러져 있었다. 어머니를 그대로 두고 그는 팔짱을 꼈다.

"너, 책에서 엘렉트라 콤플렉스인가 뭔가 하는 거 읽었지?"

"맞아."

동생은 벽장 안에서 답했다.

"근데 말이야, 역逆오이디푸스 콤플렉스라는 것도 있어."

"뭐야, 그게?"

동생의 목소리는 작다.

"다시 말해 동성의 부모에게 집착한다는 거야."

"······그럼, 그 반대 아냐?"

"맞아. 심리학이라는 건, 하나의 사례가 있으면 그거랑 완전히 대비되는 사례가 있기도 해. 전부 다 그렇다고는 할 수 없지만."

"······그래?"

동생은 자신감이 완전히 떨어진 듯하다.

"책에 대해서는 내가 제일 많이 안다고."

대답이 없다.

바닥에 쓰러져 있던 어머니는 느릿느릿 일어났다. 한동안 이마를 문지르고 있다. 이상은 없는 듯하다. 그녀는 물질재생기 쪽으로 갔다.

"게다가 말이야, 벽장에 계속 들어가 있으면 재미없지 않아?"

그는 전술을 바꿨다.

"……하지만……"

"넌 사춘기라고 단정 짓지만 확실하진 않아. 여긴 지구랑 공전주기가 다르니까. 제대로 계산해본 건 아니지만 다르대."

그는 일부러 느긋한 태도를 취하기 시작했다.

"너, 몇 살이었지? 여기 나이로."

"으음, 아마…… 열일곱 같은데?"

동생은 진지하게 대답했다. 확신은 없는 듯하다.

"잘 모르겠어. 내가 쓰는 달력, 가끔 고장 나니까."

"그렇지. 일주일 정도라면 기억하지만. 난 말이야, 인류가 시간을 발명한 건 언제쯤이었는지에 대해서도 연구하고 있다고. 아직 확실치는 않지만 시간이란 건 꽤나 중요한 것 같아."

그는 의자를 끌어당겨 앉았다. 아버지 흉내를 내어 담배를 피운다. 재를 바닥에 떨어뜨리자 자동 청소기가 달려왔다.

"그러니까 내가 이러고 있잖아."

벽장 안에서 몸을 움직이면서 동생이 말했다.

"하지만 시간이라는 건 믿을 게 못 된다는 생각 들지 않아? 오늘 오후 3시 다음에 나흘 전 아침 7시가 오기도 한다고."

어머니가 고개를 내뿜고서 아들을 보았다. 그녀는 물질재생기에서 대나무 바구니를 막 꺼낸 참이었다. "무슨 소리야? 시간은 제대로 흘러가고 있다고. 규칙적인 생활을 해야만 해. 빨리 벽장에서 꺼내줘. 가져갈 거 다 챙기면 나갈 거니까. 이건 전부터 정해뒀던 스케줄이야."

"알았어."

그는 뒤돌아보며 미간을 찌푸렸다. 가끔은 부모를 귀찮게 여겨도 괜찮다. 드라마에도 그런 장면이 있다.

"시간 얘기는 나중에 하자. 너 열일곱이라고 했는데, 그렇다면 사춘기라고 하기엔 늦었어. 알아?"

"……그럼, 어떻게 하면 돼?"

동생이 마지못해 묻는다.

"글쎄. 10대 여자애들은 머리를 엄청 자주 감아. 거울을 보면서 여러 가지 옷을 입어보고, 가끔 데이트를 하기도 하지."

"그러는 게 재밌어?"

"어, 분명 재밌을 거야."

"알겠어."

안쪽에서 문이 열렸다. 동생은 쿠션을 끌어안고 벽장 윗단에 웅크려 앉아 있었다. 바닥으로 가볍게 뛰어내린다.

"아—아, 피곤해. 나 여섯 시간이나 이 안에 있었거

든. 엄마가 한참을 눈치채지 못하니까."

그녀는 두 팔을 들고 기지개를 켰다.

"다들 바쁘니까 그렇지."

그가 위로했다.

"내가 모처럼 부모님께 반항하는데 말이야."

그녀는 돌변하여 밝은 목소리를 냈다.

어머니는 재료를 양손 가득 안고서 부엌으로 갔다.

"그 여자 뭐 하고 있어?"

"도시락 만들어. 그리고 부모를 그 여자라고 부르는 사람은 거의 없어."

"가끔은 괜찮지 않아?"

"괜찮지만."

그런 건 그도 모른다.

"나, 준비할게."

동생은 물질재생기 앞에 섰다. 버튼 몇 개인가를 누른다.

—식물성 지방이 부족합니다.

기계가 답했다.

어머니가 내어놓은 마가린이 옆에 놓인 바구니에 들어 있었다. 동생은 그것을 칼로 떠내어 던져 넣었다. 램프가 깜빡인다. 이윽고 희미한 소리와 함께 립스틱 두 개가 나왔다.

"저기, 내 것도 해줄래?"

"좋아."

"어디 보자…… 빗이랑 포마드. 아니면 부분 염색을 할까?"

"머리 모양 바꾸려고?"

"어. 위로 세울지, 리젠트*로 할지 고민이야."

그는 이제껏 본 이런저런 청춘영화를 떠올렸다. 패션 카드에도 다양한 양식이 실려 있다. 영화에서는 그래피 티 룩**이 많은 것 같지만.

"포마드로 해야지."

"어느 회사 거?"

동생이 되물었다. 거기까지는 생각하지 않고 있었다.

"그것까지 정하는 게 좋은가?"

동생은 세세한 것까지 신경 쓰는 성격인 것이다.

"디테일이 완벽해야지. 양식미에 신경 쓴다면."

"어디 것이 있어? 나 그런 건 자세히 몰라서."

---

* 앞 머리카락은 높이 위로 빗어 넘기고, 옆 머리카락은 뒤로 빗어 붙인 남자 머리 모양.

** 1950년대 미국 젊은이들의 패션으로, 영화 「아메리칸 그래피티」에 나왔던 패션이 계기가 되어 1970년대에서 1980년대에 걸쳐 유행했다.

"머리에 바르는 제품이라면······ 야나기야라든가, 피오루치라든가, 랑방이라든가."

동생은 자신 있다는 듯 대답했다.

"그렇게 많아?"

"네슬레라든가, 아지노모토라든가, 큐피라든가."

"좋을 것 같은 걸로 해."

동생은 기계를 조작하여 포마드를 꺼냈다. 뚜껑에 큐피 그림이 붙어 있다.

"생활이란 건 세세한 부분이 중요해."

"그런 것 같더라."

"그 점에서 난 오빠보다 야무져. 여성지를 읽으니까. 일요일 브런치 같은 건 엄마보다 더 잘 알아. 여자아이는 과일이랑 요구르트를 먹어야 해. 그리고 치즈케이크."

"너, 완전 여자애다워졌다."

그는 진심으로 감탄했다. "전에는 음, 꽤 많이 잊어버렸지만 남자아이였던 거 아냐?"

"그런 것 같아. 희미한 기억에 따르면. 아빠 엄마가, 아이는 남자와 여자 한 명씩 있는 게 변화가 있어서 좋다고 하면서 정했던 거야. 입는 거랑 헤어스타일이 달라서 나로서는 너무 힘들어. 남자애라면 오빠 흉내 내면 되는 건데."

그는 동생이 남자아이였던 시절을 떠올렸다. 반바지를 입고 둘이서 술래잡기를 하곤 했다. 엄마가 여성적인 몸을 가진 아이는 여자로 키워야 한다고 주장했다. 남동생은 여동생이 되었다. 그녀 자신으로서는 어느 쪽이든 상관이 없었던 것 같다. 여자아이 차림을 하고서 얼마 안 있어, 동생은 이전보다 몸매가 부드러워졌다. 본인도 노력하고 있는 것이다.

"엄마, 아직인가?"

달리 할 일이 없어서 그는 어슬렁어슬렁 그 근처를 맴돌았다.

"나갈 채비하고 있는 거 아냐?"

"근데 너무 느리잖아."

"오빠, 몰라? 여자란 외출하기 전에 시간이 걸리는 존재라고."

"옷 갈아입고, 머리 빗고, 살짝 화장할 뿐이잖아?"

"그렇긴 한데……"

"그거 말고는 뭘 해?"

"모르겠지만…… 엄마는 할 일이 엄청 많은 거 아닐까?"

가족이란 각자가 자기 역할을 잘 연기하고 있으면 되는 것이다. 그는 방으로 돌아왔다. 침대에 누워 테이프를 듣는다. 그러다 잠이 왔다.

나갈 때까지, 어머니는 이틀 반 정도 걸렸다.

넷은 바구니와 물통을 가지고 집을 나섰다. 맑고 멋진 밤이었다.

"차로 가는 거 아냐?"

"걸어서 가는 모양이야."

그들은 고층빌딩 사이를 천천히 걸어갔다.

이 도시에는 그들 말고는 사는 사람이 없는 것 같다. 유리는 남몰래 푸르게 빛나고 있다. 건물 내부는 어둡고 고요하다. 어딘가에서 붕 하고 희미한 소리가 들린다. 무슨 스위치가 자동으로 켜졌다 꺼졌다 하는 거겠지. 줄지어 있는 수은등은 커브 길을 따라 레이스처럼 보인다.

"이 근처는 전망이 안 좋아."

아버지가 희미한 목소리로 말했다.

"소풍이란 건 경치 좋은 데 가는 거잖아, 오빠."

"들판이나 언덕 같은 데 가는 거야. 커다란 나무가 있는 데로."

"그래도 도시 밖으로 나가면 위험한 거 아닌가?"

어머니가 걱정스러운 듯 돌아봤다.

그들 중 어느 누구도 도시 밖으로 나간 기억이 없다.

그럼에도 불구하고 교외가 어떤 곳인지에 대해서는 공통적인 이미지를 가지고 있었다.

도시는 뜬금없이 끊긴다. 점차적으로 건물이 적어지는 게 아니라, 어디선가 잘라내어 이 행성에 놓인 것처럼. 그들과 마찬가지로 고립되어 있다는 인상이 강하다. 대체 언제쯤 이 도회지가 생겼는지도, 그들은 모른다. 지구에서 온 개척자들이 마을을 만들고, 어떤 이유에서인지 그들이 떠나거나 멸종되어, 얼마 안 되는 살아남은 자들의 자손이 우리들이라고 아버지는 설명하지만.

도시 밖에는 언덕과 초원이 펼쳐져 있고, 검푸른 괴물들이 있다. 머리와 등에 두꺼운 털이 난, 다리가 짧은 생물이다. 그들은 직립해서 쿵쾅쿵쾅 달린다. 앞다리는 두껍고, 검고 커다란 발톱이 나 있다. 괴물들은 지구인인 이 가족에게 무관심한 듯하다.

넷 다 한 번도 본 적이 없는데, 괴물의 모습과 습성은 알고 있다. 왜인지는 모른다. 괴물은 나무 열매를 주식으로 하며, 무척 얌전하다. 얌전한 게 아니라 게으른 거라고 언젠가 아버지는 말했다. 낮잠을 자든 장난을 치든, 둘 중 하나니까. 그러니 그들은 인류가 아닌 것이다. 인간이란 우리처럼 제대로 된 생활을 하는 존재다.

"당신, 조간신문 읽었어요?"

어머니가 물었다.

"음……"

아버지는 위엄 있게 대답했다. 세상 보통 사람들처럼 신문을 구독해야 한다는 말을 꺼낸 건 그였다. 아침에 신문을 안 읽는 인간은 텔레비전 수신료를 안 내는 녀석과 마찬가지로 착실하지 못하다. 하지만 뭐, 텔레비전은 비디오 틀 때만 쓰니까 요금은 안 내도 괜찮을 것이다. 방송국이 없으니까. 하지만 신문은 안 된다. 신문사가 없다고 해서 구독하지 않는다는 식의 도리에 어긋나는 일은 할 수 없다.

아버지는 잡지와 낡은 신문 기사를 데이터로 하여 신문을 만들었다. 밤에 자기 전에는 엉터리 버튼을 누른다. 내용을 일일이 검토하면 신선한 놀라움이 없기 때문이다. 이송기에 타이머를 세팅해두면, 아침 5시에는 우편함에 떨어지게 된다.

"무슨 일 있는 거예요?"

어머니는 듣고 싶지도 않은 뉴스를 듣고 싶은 척했다.

"밀가루 가격이 올랐대."

"또? 이번 달 들어 여섯번째 아닌가요."

그녀는 아무 말이나 했다. 어차피 기사 자체가 엉터리다. 그래도 태도만 올바르면 된다.

"아니, 한동안 그대로였어."

아버지는 신경질적으로 말했다.

"내가 생각해봤는데……"

앞장서 가는 아들과 딸을 보면서 아버지는 팔짱을 꼈다. "슬슬 집을 지을까 해."

"어째서? 지금 사는 데면 충분하잖아요?"

"그렇다고 그냥 살 수는 없지. 거기엔 그냥 들어가서 살았을 뿐이잖아? 게다가 세월이 제법 흘렀어. 편리하고 새거라는 이유로 언제까지나 거기에 안주해서는 안 돼. 인간이란 고생을 해야만 성장하는 거야. 집을 짓는다는 건 남자 필생의 사업이니까."

"근데 어디에?"

어머니는 일단 물어보았다. 말 같지도 않다는 생각이 들었지만, 지금은 비위를 맞춰주지 않으면 안 된다.

"어디라니…… 지금 적당한 땅을 찾고 있는 참이야."

도시 바깥에 살다니 말도 안 된다. 게다가 아버지는 집을 짓는 법 따위 전혀 모른다.

"나는 결코 어디든 상관없다는 식으로 살지는 않을 거다."

상황을 얼버무리기 위해 아버지는 말을 꺼냈다. "남들에게 손가락질받을 짓만큼은 하고 싶지 않다. 인간으로서 부끄럽게 살면, 아이들이 그걸 흉내 낼 거야. 아이란 부모의 나쁜 점밖에 안 보는 법이지. 조금이라도 도리에 어긋난 짓을 하면 곧바로 그…… 저기, 뭐였더라?"

아버지는 조급한 듯 손을 흔들었다.

"비행요?"

"맞아, 맞아. 곧바로 나쁜 길로 빠진다고. 어째서인지 아이들이란 비행을 하고 싶어 하지."

말은 그렇게 해도 비행이 구체적으로 어떤 일을 가리키는지, 그는 몰랐다. 신문에 실릴 법한 일이라고 생각하지만, 그 신문은 그가 만들고 있는 것이다.

"오토바이를 가지고 싶어 한다거나 그런 거죠."

"아, 맞다. 엄마는 정말 맞는 말을 하네. 그거야. 오토바이라든가 자동차라든가."

"하지만 쟤는 둘 다 가지고 있어요. 직접 물질재생기를 써서."

"으음. 좋지 않은 경향이야. 나중에 넌지시 주의를 줘야지. 훈육이라는 건 처음이 제일 중요해."

인기척 없는 도로를 그들은 걸어갔다.

"어디까지 가는 거지?"

아들은 주머니에서 빗을 꺼내 머리를 빗었다. 뒷머리는 덕 테일로 한다. 머리를 합친 부분이 세로로 일직선

이 되도록 가다듬는 것이다. 문득 떠올렸다는 듯, 앞머리 한 움큼을 이마로 늘어뜨린다. 세련됐네, 하고 그는 생각했다. 나, 은근히 멋진데!

동생은 질질 끌리는 이브닝드레스를 입고 있다. 밤에 외출하니까 이브닝이라는 것을, 그녀는 알고 있다. 디스코 포멀*로 할까 망설이기도 했지만, 디스코텍에 가는 건 아니니 그 안은 버렸다. 한 번이라도 좋으니 디스코텍에 가고 싶다고, 그녀는 생각하고 있다. 하지만 아버지가 허락해주지 않는다. 그런 곳은 불량배 소굴이라고 한다. 덕분에 그녀는 어디에 있는지 모르는 젊은이들의 집합소에 가지 않아도 된다.

"근데 도시 밖으로 가는 건 아니지?"

"그런 것 같긴 한데."

그는 버튼다운셔츠의 옷깃을 무의미하게 잡아당겼다. 셔츠 아래는 밖으로 내놓는 편이 나을지도 모른다.

"가까운 데 바다가 있으면 좋을 텐데. 시사이드 하이웨이는 엄청 아름답거든."

그녀는 비디오에서 본 장면을 떠올리며 말했다.

* 1970년대 중반 이후부터 1980년대까지 디스코 음악이 세계적으로 유행하면서 젊은이들의 사교장으로 인기를 끌던 디스코텍에서 입던 정장 스타일.

그들은 극장에 둘러싸인 광장에 이르렀다. 중앙에 분수가 있다. 조명은 모두 꺼져 있었다.

"어머, 어쩐 일이지? 항상 화려했는데."

동생은 분수를 둘러싸고 있는 돌층계에 앉았다.

"밤늦은 시간에는 꺼버리더라고."

"지금, 몇 시쯤일까?"

"글쎄, 모르겠네. 게다가 시계라는 건 믿을 게 못 돼. 이 동네에서는 장소에 따라 시간이 가는 방식이 다르다는 느낌도 들고."

그는 주머니에 두 손을 넣었다.

"이른 밤 시간에 출발했는데 말이야. 조금밖에 안 걸었는데."

"듣고 보니 그런 기분도 드네."

최근 그는 생활 자세에 자신이 없었다. 어떻게 하면 좋을지 모를 때가 있다. 특히 하루가 늘어나거나 줄어들거나 하면 당황하고 만다. 아침에 일어나 커피를 마시는 중에 해가 지면, 불안에 덜덜 떤다. 한밤중까지 아무것도 안 하고 깨어 있으면, 부모가 혼내러 온다. 밤에는 자야 한다고 한다. 전혀 안 졸려,라고 그가 대답하면, 그러면 자는 척을 해,라고 한다. 그러지 않으면 체면이 안 선다. 세상에 창피한 일을 해서는 안 된다.

그는 '세상'이라는 것을 전혀 몰랐다. 어떤 걸 말하는 걸까? 되묻자, 부모는 "상식 없는 것!" 하고 호통을 친다. "네 나이쯤 되면 이제 슬슬 상식이 몸에 배어도 될 것 같은데."

그는 자연히 상식이 배기를 기다렸다. 꽤 많이 기다렸지만, 상식은 전혀 다가오지 않았다.

그에게는 고민이 많다(하지만 책에는 청춘이란 고뇌와 의문이 따르는 법이다,라고 적혀 있다. 그러니까 이대로 괜찮은 걸까⋯⋯).

그는 동생 옆에 앉았다.

"근데, 시간 같은 건 원래 없었던 것 아닐까?"

동생은 고개를 들었다.

"인간이 없는 곳에 시간은 없다고 생각해. 필요가 있었으니까 사람은 시간이라는 관념을 만든 거야. 여러 일들을 나열하는 순서로 말이지."

"그럼, 역사는 어떻게 되는 거야? 우린 올바른 역사를 찾고 있는 거야. 인류가 언제, 어떤 방법으로 여기에 찾아왔는가 하는 걸. 오고 나서 어떤 일이 일어났는지 알고 싶지 않아?"

"요즘 어쩐지 그런 데 흥미가 없어졌어. 어떻든 상관없다는 기분이 들기 시작했어."

"너, 그건 위험한 사상이다."

벤치에 앉아 있던 아버지가 말을 걸어왔다.

"됐으니까, 가만히 있어."

그는 고개를 저었다.

"아니, 그렇게는 못 하지. 우리가 뭘 위해 책을 읽거나 비디오를 보는 거지? 선인들의 생활 방식을 배우기 위한 거 아냐? 올바른 생활 방식이란 더없이 확실한 걸 거야. 딱 하나밖에 없을 거라고. 거기서 벗어나면 큰일 나."

"사람들 제각기 좋을 대로 살면 된다고 생각해, 난."

"그건 미숙한 사고방식이다. 네 나이라면 보통은 학교에 가서 억지로 공부를 해야 하는 법이야. 그걸 안 해도 되는 것만으로도 감사할 일인데…… 아니, 나는 학교가 있으면 얼마나 편할까 싶어. 너 스스로도 말이지. 지구에는 시험공부라는 게 있었어."

"알아."

"젊음을 발산할 대상이 있으면 얼마나 좋을까 싶어, 난. 시험에 타오르는 청춘─얼마나 좋아."

아버지는 과장스럽게 두 팔을 벌렸다. "그게 젊음 아냐?! 자신의 힘을 시험하고. 열심히 했다는 뿌듯함! 그 아름다움!"

"나더러 기운 넘치는 전력투구 소년이 되라는 거야?"

"그거야말로 진정한 젊은이야."

"싫어. 그런 촌스러운 건. 난, 열심히 한다는 사상은 좋지 않다고 생각해, 요즘."

"다 널 위해서 하는 얘기야. 부모 말에는 틀린 게 없으니 잘 들어."

"그러니까 학교에서 공부하는 대신에 지구인으로서의 역사를 만들라는 거지? 왜 그렇게 역사라든가 시간 같은 데 집착하는 거야?"

"너, 불량해진 거냐? 알았다, 비행 청소년이 된 거지? 비뚤어지면 그렇게 하찮은 말을 하는 법이지."

"언젠간 후회한다. 아빠가 하는 말 잘 들어. 속담에도 있잖아. '무덤에 침낭 못 덮는다'*고. 우리가 죽고 나면 때는 늦는다고."

어머니가 끼어들었다.

"이불 아냐?"

"뭐든 상관없잖아. 애도 참."

아들은 입을 다물었다.

그는 어렴풋이 알고 있었다. 부모님은 이 별에서 지

---

* '무덤에 이불 못 덮는다(墓に布団は着せられず)'라는, 부모님이 돌아가시고 난 뒤에 효도하려 해도 소용없음을 뜻하는 일본 속담이 있다.

구인으로 사는 데 불안을 느끼고 있다. 그것을 억누르기 위해 세세한 일상의 규칙들이 필요한 것이다. 어떤 것이 지구인으로서의 행동거지로 알맞을지를 모르니까, 자신과 아이들에게 억지로 강요하는 것이다. 선조의 역사를 끌어내는 것도 안심하고 싶으니까 그런 거겠지.

"오빠는 나쁜 아이가 된 거야? 사흘 전까지는 엄청 착했잖아?"

동생이 개인적으로 (비난하기 위해서가 아니라) 물었다.

"맞아. 나, 내가 생각해도 이상한데 말이지. 엄마가 나갈 준비를 하는 사이에, 시간에 대해 생각했거든. 이틀 반을 생각하고 나니 순서였던 시간 따위 필요 없는 거 아닐까 싶더라고. 그냥 살아가는 거라면."

"난 한 시간밖에 안 걸렸어. 너 머리가 이상해진 거 아냐?"

어머니가 네커치프로 묶은 머리를 흔들어댔다.

그러면, 하고 아들은 생각했다. 시간이 이상한 건 나 혼자뿐일까.

"아이고, 당신, 그건 아니지."

아버지가 두 팔을 벌려 제지했다.

"그랬죠. 난 정말 애들 생각만 하니까. 나도 모르게

열중하다 보니……"

어머니는 입에 손을 대고 웃었다. 그런 뒤 모두를 둘러보면서 밝고 명랑한 목소리로 명령했다.

"자자, 이제 그런 얘기 그만하고! 어쨌든 도시락 먹자!"

괴물들은 몸을 맞대고서 잠들어 있었다. 부드러운 잡초는 침대로 딱 알맞다. 지면에서는 달콤한 냄새가 올라온다. 수목의 냄새는 더욱 강렬하고 관능적이다. 그들은 고민도 생각도 없이 잠들어 있었다.

단, 두 마리만큼은 달랐다.

밤중에 눈을 뜨고 다른 생물의 자유와 시간에 대해 이리저리 생각하고 있었다.

지구인 가족은 잠자코 샌드위치를 먹기 시작했다. 첫 한 입을 삼키기 전에 이 별의 아침이 찾아왔다.

"어머나, 어쩐 일이지? 이럴 리가 없는데."

"그래서 얘기했잖아요! 시계를 잊지 말라고. 우리, 말도 안 되는 시간에 출발한 거예요, 분명."

어머니는 팔꿈치로 아버지를 쿡 찔렀다.

"그런가, 그럴 리가 없는데……"

아버지는 입을 떡 벌렸다.

"그럴 리가 없다니, 날이 밝아버렸잖아요! 어쩔 셈이에요?"

"엄마, 하지만 소풍은 낮에 가도 되는 거잖아요?"

동생은 태연히 계속 먹고 있다.

"몰라, 그런 거. 아빠가 정했으니까."

어머니는 뾰족하게 말했다.

"음…… 큰일이네.「밤 소풍」이라는 영화가 있다고 생각했는데."

아버지로서는 면목이 안 선다.

"「전쟁터의 소풍」*이겠지요."

아들이 무심결에 참견하고 말았다.

"멍청한 녀석! 무슨 소리를 하는 거냐! 그렇다면 전쟁 중인 곳에 가야만 하잖아! 요즘 세상에 전쟁을 찾는 게 얼마나 힘든지, 넌 알아? 이거 봐, 대답 못 하겠지? 그러니까 네 말은 분명 틀렸어!"

어머니는 히스테릭해졌다.

"근데「아침 소풍」이라는 건 없어?"

동생은 가족들의 얼굴을 둘러보았다. 아무도 들어본

---

* 페르난도 아라발이 1959년에 발표한 희곡으로, 전쟁의 공포와 가족의 소풍을 대비시켜 전쟁의 참혹함과 부조리함을 고발하는 내용이다.

적이 없는 듯하다.

"어쩔 수 없지. 그만두고 집에 가자."

아버지는 분한 듯 말했다. 그들은 일어섰다.

뛰어서 지나가는 것이 있었다. 그것은 바구니를 빼앗아 극장 입구에서 그들을 돌아보았다. 영민한 눈을 가진 금발의 여자아이다.

"어이, 왜 그래, 돌려줘!"

아버지가 외쳤다.

"그 안에 컷워크를 한 냅킨이 들어 있어. 찾아와야 해."

어머니가 비명 섞인 목소리로 말했다.

여자아이는 바구니를 어깨에 메고 달리기 시작했다. 발이 빠르다. 그들은 뒤쫓았다.

"아빠가 결혼기념일에 테이블크로스랑 세트로 준 중요한 물건이라고."

어머니는 울부짖으며 달렸다.

모습이 안 보인다 싶더니, 여자아이는 다음 모퉁이에서서 기다리고 있다.

"저건 지구인이 아냐! 정통적인 지구인은 우리 말고는 없을 테니까."

아버지는 숨을 헐떡이고 있다.

"오리지널이 아닌 지구인이 있어? 그건 어떤 거야?"

"시끄러워! 쓸데없는 얘기 하지 마!"

"냅킨 같은 건 물질재생기에서 빼내면 되잖아."

동생도 달리면서 말한다.

"추억의 물건이라고! 이 세상에 딱 하나밖에 없어!"

어머니는 과장해가며 말했다.

달리고는 멈춰 서고, 다시 달리는 식의 술래잡기가 얼마간 계속되었다.

"먹을 거라면 줄 수 있지만, 저 태도가 얄미워."

"우리를 어딘가로 유인하려는 속셈인 거야, 분명."

그렇다면 달리기를 멈추면 될 텐데 부모는 열심히 달린다. 아들과 동생은 반쯤 놀면서 여자아이의 뒤를 쫓았다.

갑자기 도시가 끊겼다.

완만한 언덕 위에 여자아이가 서 있었다.

"사람을 바보로 만들어도 정도가 있지! 잡고 말겠어."

"아빠, 위험해요."

넷은 멈춰 서서 언덕을 올려다보았다.

커다란 나무 뒤에서 노인이 나타나더니 여자아이와 나란히 섰다.

"고생하게 해서 미안해. 당신들과 이야기를 하고 싶

었는데 우리는 아무래도 도시에 들어갈 수가 없어서 그랬어. 불가능하다는 건 아냐. 그런 데가 싫으니까. 그건 인간이 만든 거고, 우리한테는 어울리지 않아……"

노인은 미묘하게 부자연스러운 말투로, 하지만 조용히 말했다.

"그걸 돌려줘!"

어머니는 발끈했다.

"얘기가 끝나면 돌려드리지요. 저희는 오랜 세월 동안 당신들을 보고 있었습니다. 이 눈으로 본 게 아니라 마음속 이미지로. 그건 당신들도 할 수 있을 테니 알 거야."

"난 당신들 따위 몰라!"

아버지의 얼굴은 새빨개져 있다.

"진정하고 들어봐. 우리는 평화롭게 살고 있었어. 물건을 만들어내거나 소비하지 않아도 차고 넘쳤지. 그런데 어디든 괴짜는 있는 법이라 내가 왜 살아 있을까, 어디에서 왔을까, 같은 생각을 하기 시작한 자들이 있어. 생각만 한 게 아니라 불안에 사로잡혀버렸지. 그들은 도시로 갔어. 다른 행성의 주민이 만들고서 버리고 간 도시로. 거기에서 그들은 시간이라든가 역사라든가 뿌리 같은 것을 고민하면서 살게 되었어……"

노인이 하는 말에서는 노인티가 나지 않았다.

"우리 말인가! 그렇다면 쓸데없는 참견이야. 우린 당신들과는 달라. 이 동네에서 태어나 여기서 자랐어."

아버지는 필사적이다.

"기억이 없는 거겠지. 하지만 기억이라는 건 자기 상황에 알맞게 배열되는 법이야. 난 당신들한테 말하고 싶어. 그래서 여기까지 오게 했지. 어째서 지구인—인지 아닌지는 모르지만, 그런 상관없는 자들을 흉내 내면서 삽니까? 지구인인 척을 하지 않으면 자유로워질 텐데. 괴로워할 일도 없이 담담하게 살 수 있을 텐데."

"이 녀석!"

아버지의 몸은 증오로 부풀어 올랐다. 실제로 그렇게 된 것이다. 그는 강렬한 파동을 내뿜었다. 그것은 지저분하고 불쾌한 보라색을 띠었다. 파동은 그곳을 지배하여 언덕 위 노인과 여자아이를 강타했다. 둘은 맥없이 쓰러졌다.

그들은 뭐가 뭔지 전혀 알 수 없었다. 격렬한 증오가 육체적으로 남을 죽이게 되리라고는 생각지도 못했다.

"아아, 다행이다, 인간이 아니야!"

어머니가 손가락질했다.

그곳에는 검푸른 괴물이 쓰러져 있었다.

"깜짝 놀랐네!"

아들은 가볍게 웃었다. 가족의 표정을 살피려 둘러보니, 그곳에는 세 마리의 괴물이 있었다.

다시 고요해진 언덕을 바람이 부드럽게 건너간다. 가족을 연기하고 있던 괴물들은 멍하니 서 있었다. 도대체 어째서 이렇게 되었는지 생각할 여유도 없었다. 괴물들은(자신들은) 어떻게든 변신할 수 있다는 것을 어리석게 떠올린다. 지구인이라고 믿고 있었으니 지구인의 외견을 하고 있었을 테지만……

풍향이 바뀌었다.

괴물들은 서로 얼굴을 마주 보지도 않고 각자 뿔뿔이 그곳을 떠났다. 뚜렷한 목적지도 없이 새로운 불안의 씨앗을 품은 채, 천천히.

유 메이 드림

유리 너머를 들여다보자, 벽 옆자리에서 기다리고 있는 〈그녀〉와 눈이 마주쳤다. 계속 입구를 살피고 있었던 모양이다. 손을 들지도 않고, 긴장한 얼굴로 보고 있다.

나는 가게로 들어가 의미 없는 희미한 웃음을 띠며 다가갔다.

"어쩐 일이야? 풀로 굳힌 듯한 표정으로."

〈그녀〉를 만나면 언제나 살짝 놀란다. 생각만큼 형편없는 외모도 아니기 때문이다. 체중도 65킬로 정도일 테고, 얼굴은 지나치게 수수하지만 기형적인 데는 없다. 나이보다 늙어서 피부가 지저분할 뿐. 그런데 어째서인지 내 이미지 안에서는 추녀의 극치가 되어 있다. 그 분위기에, 사람을 끄는 화려함이 워낙 없기 때문일까. 이 정도로 눈에 띄지 않는 사람도 드물다.

"무슨 일 있었어?"

"······응."

원래 안색은 가라앉아 있다. 창백한 건지 어떤지는 잘 모르겠다. 움직임이 적은 눈이 약간 뜨거운 것 같기도 하지만.

"중대한 일이야."

〈그녀〉는 손가락으로 빨대를 구부렸다.

"그건 아까 들었어."

웨이트리스를 불러 커피를 주문한다. 〈그녀〉는 시선을 떨궜다. 검붉게 부은 자신의 손등을 쳐다보고 있다. 결심이 잘 서지 않는 모습이다. 이 침묵에는 연극적 효과가 없다. 뜸 들이는 모습에 나는 초조해지기 시작했다.

"빨리 말―"

"말해도 될지 어떨지······"

아직 손을 보고 있다.

"그럼, 하지 말든가."

서론이 너무 길다고.

"그래도······"

도대체 무슨 말을 하고 싶은 거야, 넌. 나는 손톱을 물었다. 〈그녀〉가 딱히 일부러 그러는 것은 아니다. 남을 초조하게 만들고 즐기는 타입은 아니다. 주관적으로는 좋은 사람이다. 게다가 나로서도 이렇게 경멸할 필요는 없다. 우리 둘의 조합 자체가 좋지 않은지도 모른다. 죽이 안 맞는다는 게 아니라, 지나치게 잘 맞는다. 〈그녀〉 전체가 내 콤플렉스를 구현한 것 아닐까 싶을 지경이다.

"우리, 친한 친구지?"

천천히 고개를 들고, 이렇게 어색하게 얘기한다니까.

"응."

생각하기 전에 대답이 나왔다. 대화는 내게 반사운동이다. 상대가 바라고 있을 법한 것을 곧바로 말하는 버릇이 있다. 정말이지 요령이 좋다. 그리고 (아마) 이러면 안 되는 거겠지만, 그렇게 대충대충인 자신을, 나는 긍정적으로 생각한다.

"우리 알게 된 지 10년 됐지?"

〈그녀〉는 확인하고 싶은 것이다.

"그렇지. 학교 다닐 때부터니까."

친한지 아닌지는 제쳐두고, 내게는 달리 친구가 없다. 어릴 때부터 인간관계가 이상했다. 그런 탓에 메디컬 석세스 센터에 다니게 되었다(다니고 있다). 일을 다녀도 오래가지 못하고 집에서 엄마를 돕고 있다. 쇼와 관계

된 옷 디자인과 재봉 쪽에서, 엄마는 꽤나 대단한 사람이었다. 엄마가 나이가 들어 감각이 무뎌진 탓에 최근 들어 주문이 적지만.

커피가 나왔다. 웨이트리스의 뒷모습을, 〈그녀〉는 끈적한 시선으로 쳐다본다. 5초 정도 창밖을 주시한다. 심리적인 절차가 필요한 화제인 듯하다. 또다시 일방적인 사랑으로 끝나버린 것일까. 나는 커피를 꿀꺽 마셨다. 너무 뜨거워서 목이 메었다. 손수건을 꺼내어 입에 댄다. 천천히 머리를 굴리기 시작한 〈그녀〉는 테이블 옆의 버튼을 눌렀다. 투명 캡슐이 올라오더니 둘을 감쌌다. 이로써 외부로는 목소리가 새어 나가지 않는다.

"인구국이 하는 일, 어떻게 생각해?"

천천히 〈그녀〉가 물었다.

"갑자기 그런 걸 물으면 뭐라 대답을 할 수가 없지."

"그러니까 말이야……"

"어쩔 수 없는 거 아냐?"

조심하면서 대답한다.

"인간의 존엄이라는 거 생각해본 적 있어?"

"없어."

깔끔하게 정리하려 했다. 〈그녀〉는 끈질기게 물고 늘어진다. 어느 정도 고개를 숙인 채 눈만 위로 치켜뜨고서 낮은 목소리로 "허용되지 않는 일이지".

귀찮은 토론은 하고 싶지 않다.

"그럴지도 모르지."

일방적으로 단정하니까 어쩔 수 없이 대답한 것이다. 무책임하게.

"데모든 뭐든 해서 법률을 바꾸도록 해야 돼."

"그래애?"

아무래도―〈그녀〉에게 통지가 온 모양이다. 예전에는 냉동에 대해 그 어떤 한마디도 하지 않았으니까.

"도대체가 말이야, 기준이 애매해. 내가 하고 싶은 얘기, 알겠어?"

이제 와서 불평을 늘어놓아도 어쩔 수 없는데.

"무작위 추첨이잖아?"

감정이 격해졌는지 〈그녀〉는 고개를 저었다. 낡았지만 깔끔하게 접은 손수건을 가방에서 꺼내어, 그 모서리를 다소곳하게 눈 아래로 가져다 댄다. 동작 하나만 봐도 조잡하고 대충대충인 나와는 전혀 다르다.

"그럴 리가 없어, 분명. 정부 고위층 사람들은 당연히 우대받을 거야!"

〈그녀〉 안에서 처음부터 정해져 있는 거라면 나한테 의견을 물을 필요도 없을 텐데.

"그렇지 않아? 불공평해. 어? 그렇지 않아?"

〈그녀〉는 우는 목소리를 내고 있다.

"그래."

나는 툭 내뱉듯 답했다. 늘 그렇듯 〈그녀〉는 남이 하는 말의 내용을 무시하고 있다. 자문자답하고 있다. 우리의 대화는 대체로 평행하는 독백이 된다. 자극이 없다. 발전이 될 수가 없다.

"얼마 전에 현직 장관들한테 통지가 왔는데, 그건 다 짜고 치는 거야. 국민을 안심시키려고 하는 거야."

무턱대고 딱딱한 말을 제대로 소화도 못 하면서 쓰는 것도 〈그녀〉의 특징이다. "다시 말해서, 대부분의 일반인은 각성하지 않고 있는 거야. 의식이 삐딱한 거지. 인터내셔널한 관점에서 말하면……"

"이거, 고맙네. 날 눈뜨게 해주는 거야?"

비꼬는 말이 안 통한 모양이다. 약간 얼굴을 붉히면서 "그런 의미가 아니라" 하고 말을 이었으니까.

안락사 법안이 한 세기 전에 가결된 것이 애당초 틀려먹었다,라고 〈그녀〉가 말하기 시작했다. '죽음의 법률'과 '인간의 감정'과 '휴머니즘'이 어쩌고저쩌고.

흥분이 가라앉기를 기다리는 수밖에 없다. 아직도 본론에 들어가지 않은 모양이니. 정좌하고서, 나는 경청했

다. 두 시간 가까이 〈그녀〉의 발산은 계속되었다. 이럴 때
는 내가 〈그녀〉의 배설을 위한 요강이 된 기분이 든다.

하지만 어째서 이 사람은 하필이면 나 같은 상대를
고른 걸까. 이렇게 동정심이 없는 인간은 별 쓸모도 없
을 텐데.

"그 일, 부모님은 알고 있어?"

"응…… 내 입으로는 도저히 말할 수가 없었고……
직접 통지가 간 모양인데…… 근데, 부모가 됐기 때문에
생긴 불행이라는 게 역시 있나 봐."

"그런 것 같더라고."

약간 넌더리가 나기 시작한다.

"둘 다 말이야, 패닉에 빠졌어. 무슨 말인지 알아?"

"알아."

어서 다음 얘기를 해.

"괴로워서 도저히 직접 만날 수가 없었어. 누가 이런
일을 예상이나 했을까?"

내뱉는 문장들이 지나치게 고전적이다. 오히려 우습
게 들린다.

"그래도 죽는 건 아니잖아."

위로하려고 한 말이 소용없었다.

"같은 거야! 냉동수면이라고 해도 해제된 사람은 한

명도 없다고."

"30년밖에 안 지났으니 당연하잖아."

"게다가 용납할 수 없는 건, 스스로 원해서 냉동에 들어가는 경우도 있대. 젊은이 중에 많다는 것 같아. 아무것도 모르면서 부화뇌동으로."

"넌 알고 있나 봐."

"전부 이해하고 있다고는 말 못 해. 하지만 조금만 생각하면 바로 알 거야. 인구가 너무 많아졌으니까 정리하자는 거잖아. 좀 주무시고 계세요, 하고. 무서운 건 이 낙천적인 시대의 분위기야. 그런 걸 아무렇지도 않게 생각하는 인간 감각의 둔감함이야. 산다는 것에 대해 진지해질 수 없다는……"

"네, 네."

"가볍게 말하지 마."

기분이 상한 모양이다.

"그럼 뭐라고 말했으면 좋겠어? 네가 바라는 대로 말해줄게."

"놀리지 마."

이제야 안 거야?

"답답해죽겠으니까."

"알았어, 응."

〈그녀〉는 손으로 이마를 짚었다.

"할 말 있지?"

다소 피로를 느끼며 나는 재촉했다.

"맞아. 사실은 네 꿈으로 전이轉移하게 해주었으면 한다는 건데……"

여운을 남기며 〈그녀〉는 나를 뚫어져라 쳐다본다.

"좋아."

"……그래."

"그래라니, 뭐야? 받아들이지 않는 게 좋다는 거야?"

"아니, 너무 간단히 대답해서."

"다시 생각해볼까?"

"그런 건 아닌데……"

이유는 알고 있다. 서로 시선을 주고받으며 (내가 〈그녀〉의 손을 두 손으로 감싸 쥐고) 엄숙하게 받아들였다면 좋았던 것이다. 극적인 순간에는 모든 진실이 드러난다고 믿는 거겠지. 내가 클라이맥스를 만들어내지 않았기에 불만인 것이다.

"전이하는 건 보통, 가족이나 연인이 많은데. 아니, 싫다는 건 아냐."

"알아."

뭘?

"나 같은 정반대 타입이라도 괜찮아?"

"그러니까 부탁하는 거야. 부모님한테도 부탁했지만, 당연히. 둘 다 거의 꿈을 안 꾼대서."

"꿈이라는 건 안 꾸는 게 아니라 기억을 못하는 것뿐이래. 파고들면 하룻밤에 네 개는 기억해낼 수 있는데."

"그렇지. 응, 그래."

"잊히는 게 싫은 거지?"

"아, 딱 그거야. 논리로는. 기억에 남지 않는다면 전이해도 소용없잖아?"

〈그녀〉는 언제나 내가 하는 말에 바로 찬성한다. 싫지 않을까, 하고 생각할 때가 있다. 자기 생각이 확실치 않으니 남의 말을 들으면 그런 기분이 드는 걸까.

"나는 매일 밤 꿈을 꿔. 그래서 너무 지쳐. 인상이 너무 선명해서."

"그러니까 부탁하는 거잖아. 속마음도 잘 알고 말이야."

"뭐, 일단은."

"통지를 받고서 50일 이내로 냉동에 들어가는 게 원칙이야. 전이하고 싶은 사람이랑은 함께 인구국에 가서 뭔가 헬멧 같은 걸 쓴대."

"알고 있어."

"대기 시간까지 합쳐서 10분 정도로 끝난다나 봐."

"붐비는구나. 냉동 지원자가 꽤 많은가 봐."

"가족이 다 함께 가기도 하고. 예를 들어 불치병 같은 거라면 납득이 가. 이유 중엔 들으면 깜짝 놀랄 만한 것도 있어. 무려 아들을 우주비행사로 만들고 싶다든가."

"그럴 수 있지."

"우리들 눈에는 상상도 못 할 만큼 안이해 보여. 인구국 홍보 텔레비전은 근사한 미래도시를 보여준대. 초록이 넘치는 풍요로운 시대를 말이야. 그걸 통째로 믿는 단순한 사람이 많은 거야. 커서 선원이 되고 싶다는 아이가 많으니, 경쟁률이 엄청나겠지. 배가 많이 만들어질 때까지 기다릴 생각인 거야. 냉동이라고 하면서 사실은 안락사시키고 있는데."

"그래서 언제로 할래?"

문득 현실로 돌아온 〈그녀〉는 손수건을 두 손으로 뭉쳤다.

"글쎄…… 일주일 뒤는 어때? 그러고 나서 술이라도 마시게, 내가 예약할게."

오버하네. 그냥 잠깐 가까운 지부에 들르면 그걸로 끝날 일이다. 술집 따위, 가는 데마다 얼마든지 널려 있다.

나는 또다시 피로를 느꼈다. 받아들이지 않는 편이

좋았을지도 모른다. 〈그녀〉와 나는 너무나 안 닮은 것이다.

이 시대 인간들 대부분이 그렇듯, 나 또한 꽤나 대충 살고 있다. 만사를 깊이 생각하지 않는다. 자기 불신과 체념이 떼어낼 수 없이 단단히 붙어 있다. 확고한 신념 따위 없다. 고집도 없다. 어떤 사태가 되었건 그 중요성이 감정적으로 자기 내부에 들어오는 일이, 우선 없다. 들어오지 않게 하는 것일지도 모르지만. 그 결과, 기분만으로 행동한다. 후회도 반성도 없다.

세계는 그 너머에 납작하고 밋밋하게 펼쳐져 있을 뿐이다. 다정하고 미덥지 않게.

이 사람은 부지런하고 착실한 거라고, 나는 생각했다. 눈치가 없고 하는 일마다 모두 매력이 없지만.

이렇게 오랜 세월을 알고 지내면서, 한 번도 화들짝 놀란 적이 없다. 누구에게든 의외의 면이 있을 터인데. 생각지 못한 순진함이나 천진난만함, 냉혹함 등─대체로, 어린애 같다고 불리는 부분이.

지루하게 이어지면서 기복이 없고, 그 세계는 좁으며, 과거의 일에 집착하면서 꾸물거린다. 몹시 감정적이고 축축하면서……

그래도 뭐, 괜찮겠지.

이제 와서 거부하기는 귀찮다. 그런 식으로 생각하는 건 내 나쁜 버릇 중 하나겠지만.

이렇게 완고한 영혼이 내 정신세계로 들어온다고 해도, 그건 자고 있을 때뿐이니까.

"오늘은, 지금부터 시간 괜찮아?"

시시한 생각을 떨치기 위해 나는 일부러 가볍게 물었다.

"응, 술 마시러 갈까?"

"그 전에 인구국에 들르자."

"엇, 괜찮아? 지금 바로 가도."

"아니, 준비할 것도 아무것도 없고, 맨정신이면 언제든 괜찮은 거잖아?"

"그렇긴 한데, 갑작스러워서."

도대체 무슨 생각을 하는 거야? 전이시키는 걸 의식처럼 하고 싶은 걸까. 기념일처럼.

"언제든 마찬가지잖아."

"그건 그렇지만."

"일단 정했으면 꾸물거리는 게 싫거든."

나는 내 커피값을 냈다. 불쾌하게 받아들여질지도 모른다고 생각하면서.

"됐어. 내가 낼게."

〈그녀〉가 손을 내저었지만, 나는 일어섰다.

"그러고 보니."

문득 생각나서 "네 작년 애인은 어떻게 됐어? 전이시켜줄 거 아냐?"

〈그녀〉는 목 부분에서 욱 하는 소리를 낸 것 같다.

"그 일은 이제 됐어. 이러니저러니 하지 말아줬으면 해. 가만 놔둬."

돌변해서 굳은 목소리를 낸다. 나를 협박하는 듯한. 아무 말도 안 했는데. 나는 한숨을 쉬고 그녀의 뒤를 따랐다.

밝은 하늘 아래 서 있었다.

앞쪽에 하얀 리본 같은 길이 구불구불 뻗어 있다. 완만한 언덕 너머로 사라져간다.

봄이다, 하고 생각하면 마음이 들뜬다. 아무도 없는 것도 몹시 기쁘다. 천천히 걷기 시작한다.

따뜻하고 기분이 좋다. 머릿속이 멍하다. 내 껍데기를 몇 개나, 수없이 등 뒤로 남기고 가는 게 느껴진다.

이럴 때 나는 영원의 기척 같은 것을 느낀다.

등 뒤에 누군가 있다.

생각지도 못했다.

눈이 있다. 끈적한 시선으로 나를 당기고 있다. 등 뒤에 있는 것은 과거 혹은 적이다. 어둠이면서, 영문을 알수 없는 것이다.

이렇게 투명한 날에, 하고 혀를 차고 싶은 기분이었다. 뒤의 공기가 무겁다니. 목덜미에 뜨뜻미지근하면서 동물의 것 같은 숨이 느껴진다.

보이지 않는 실에 이끌려 돌아보았다.

〈그녀〉가 서 있었다.

어쩐지 심심한 듯이.

어째서 이런 식으로 등장하는 걸까. 훨씬 앞이나, 옆으로 멀리 떨어져서 나오면 좋을 텐데.

—깜짝이야. 요 두 달 정도 잊고 있었는데.

—어제 냉동에 들어갔어. 그래서 이렇게 의식만 활동하고 있는 거야.

그렇구나, 이건 꿈인가.

—컨디션은 어때?

—의외로 좋아. 가뿐해.

—그런 것치고는 여전히 뚱뚱하네.

—네 이미지 탓이야.

—그런가?

—이 세계를 구축한 모든 책임은 너한테 있는 거니까.

처음부터 나한테 뭘 뒤집어씌우려고 하는 걸까.

―책임이라니. 저기 말이지, 맘에 안 들면 돌아가도 난 전혀 상관없어.

―난 그런 말 한 적 없어.

―네 취향 문제니까. 난 개인적으로 내가 하고 싶은 대로 이 세계에서의 시간을 보낼 테니까.

햇살은 이렇게 부드러운데. 속이 비치는 스카프처럼.

―잘못했어. 미안. 그런 뜻은 아니었어. 근데, 날씨 좋다. 만나서 다행이야.

〈그녀〉는 기분이 좋은 모양이다.

―나도.

본의 아니게 장단을 맞춰준다.

―근데 여긴 너무 건조해.

―그래? 비교한 적이 없으니까, 몰라.

―내가 있는 곳은 더 습기가 많고 부드러운 세계야.

―이러면 안 되는 건가?

―게다가 너무 눈부셔.

이제 더는 말 안 할래,라고 말해두면서 트집을 잡는다. 어떤 심경인 거지?

바로 그때 하늘에 구름이 잔뜩 몰려왔다. 인간의 안색이 바뀌듯.

―와, 무슨 일이야?

―네가 바랐으니까.

실은, 그렇지 않다. 내 기분이 나빠져서 그것이 하늘에 반영된 것이다.

―굉장하다. 이렇게 갑자기 바뀌는 거야? 어쩐지 무섭다.

낯간지러운 소리 하고 앉아 있네,라고 생각하면서 가만히 있는다. 처음부터 이래가지고는 앞으로의 일이 뻔하다.

먹구름이 낮게 드리워 있다. 울음소리를 내는 용처럼 꿈틀거리며, 무서운 속도로 날아간다. 여기서 갑자기 검은 성벽이 나타나 바그너*라도 들려오면 〈그녀〉는 어떻게 할까.

문득 마음이 나약해지기 시작했다.

어째서일까. 〈그녀〉와 있으면 힘 빠지는 일이 많다.

하늘은 확실치 않은 납빛으로 자리 잡았다. 해가 가려진 탓에 풍경이 포근해졌다.

나는 걸을 마음이 없어져서 풀 위에 앉았다. 〈그녀〉도 무릎을 굽히고 옆에 앉아, 계속 치마를 신경 쓰고 있다.

---

* Wilhelm Richard Wagner(1813~1883): 음악, 시가, 연극의 종합에 힘쓰면서 웅장한 악극을 많이 쓴 독일의 가극 작곡가.

언덕 건너편에서 하얗게 빛나는 물건이 다가온다.

—뭐야, 저건?

—아주 어렸을 때 본 로봇이야. 센터에 있었어. 20년 전쯤에. 왜 이런 상황에서 나온 걸까?

바퀴를 굴리며 열심히 다가온 로봇은 머리의 램프를 깜빡였다. 아이가 좋아하도록 가장 원시적인 타입으로 되어 있다. 그는 지지직 하고 퍼즈 기타 같은 소리를 냈다. 함께 갑시다, 하고 말하는 것 같다.

—그때, 사이가 정말 좋았거든. 이 로봇만 잘 따랐어.

어린 시절을 끄집어낸 것은 〈그녀〉다. 내 서비스 정신은 꿈속에서도 남이 바랄 법한 설정을 만들어내는 듯하다.

—어머나, 하고 〈그녀〉는 얼굴을 붉혔다. 이 사람은 감격을 잘한다. 어쨌든 뭐든 좋으니 도취하고 싶은 모양이다. 열심히 하자는 사상인 것이다.

—역시 말이야, 애정이란 마음속으로는 결코 잊지 못하는 법인가 보네.

그런 센티멘털한 대사를 들으면 맥이 쭉 빠지는데.

나는 로봇을 손가락으로 튕겼다. 그것은 달가닥 소리를 내며 무너져갔다. 내부는 텅 비어 있었다.

〈그녀〉는 꽤 놀란 것 같다. 슬픔을 담아 나를 보고 있다. 뭐, 괜찮다. 비난받아도.

—너는 긴 공백을 견뎌온 거네. 사라져버린 애정의 아픔에.

—엄청난 말을 하네. 그러면서 잘도…… 나라면 부끄러워서 혀를 깨물고 죽어버릴 거야. 그런 말을 하면 여기선 법률에 걸린다고.

나는 아무 말이나 했다.

—뭐야, 그게?

—당연히, 정념情念 단속법이야. 거기 걸리면 녹아 없어져버려. 한천 같은 게 남지만 바로 말라서 바람에 날아가. 그 자리엔 아무것도 안 남아.

—그건 좀 이상하지 않아? 난 여기 처음 왔어. 익숙해지라고 하는 쪽이 억지잖아.

〈그녀〉는 웃으려 하고 있다. 경련처럼 보일 뿐이다. 재치 있는 말을 하고 싶지만 잘 안 된다. 언제나 그렇다. 농담을 모른다. 그럼, 웃기고 싶어 하지 않으면 될 텐데.

내 악의가 싫어진다.

이제껏 그런 적은 한 번도 없었다. 남을 놀리거나 절박하게 만들어도 그저 즐거웠다.

〈그녀〉의 출현으로 세계가 다소 바뀌었다. 소프트한 나는 금세 물러지는 것 같다.

그러고 보니 이 사람은 이곳에서의 소위 양심이나 도덕을 대표하는 존재가 되어버린 걸까. 깬 상태로 어울려 지냈을 때부터 분명 그런 경향은 있었다.

〈그녀〉의 발언은 이렇게 해서는 안 된다거나, 해야만 한다든가, 용납할 수 없다는 것으로 정해져 있었다.

그렇다 하더라도 한도를 넘어서는 힘은 없다. 내가 강하게 밀어붙이면 거기에 넘어간다. 나중이 되어서야 (끝없이) 투덜거리지만, 나는 거의 무시한다.

이 인물은 나의 미숙한 무의식의 반영이었는지도 모른다. 그림자로서의 위치에 있었는지도 모른다.

그렇다면 필시 〈그녀〉에게도 그림자는 나다. 둘이서 한 명분의 관계였던 것이다.

서로 자신에게는 없는 요소를 잔뜩 나눠 가지고 있었던 것이다.

아─아 하는 소리가 나올 것 같다. 에너지가 빠져간다. 나는 풀 위에 주저앉았다. 이 얼마나 단순한 원리인가.

〈그녀〉도 옆으로 다가온다, 마치 마누라처럼.

그러니까 지극히 자연스럽게, 〈그녀〉가 나를 세심하게 보살피는 관계가 된 거겠지. 함께 여행하면서 호텔 방에 도착했을 때 차를 끓이거나, 테이블을 닦거나, 옷을 걸어주곤 했다. 귀찮게 한다고 생각하면서도 그녀가 하는 대로 놔뒀었지만.

　—앞으로 어떻게 할 거야? 어떻게 되는 거야?

　—글쎄.

나는 아무렇게나 대답했다.

　—있지, 무서워.

　—무서워해도 소용없잖아.

이 이상 뭐라고 해야 할까.

　—어머, 점점 어둑해져.

　—그렇네.

너무 답답하다.

　—해가 졌어?

　—아니.

　—그럼 뭐야?

　—렘수면*이 끝나는 거겠지.

　—그럼 난 어떻게 되는 거야?

　—사라지겠지.

　—그런 거, 싫어.

　—싫다고 해도, 꿈꾸는 사람의 의식도 함께 소멸되

---

* 잠을 자고 있지만 뇌파는 깨어 있는 상태로, 꿈을 꾸는 경우가 많다.

는 거니까.

—그렇구나. 또 만나자.

나는 입 속으로 애매한 대답을 했다. 앞으로도? 계속?

화려하고 시시한 음악이 몸을 울리기 시작했다. 쿵짜
작 쿵짝 하는 끔찍한 리듬이다. 나는 정신이 들었다.

가슴 위에 손톱을 단단히 세우고서 머물러 있던 환영
은 그 또렷함을 잃어간다. 빛바랜 필름이 되어 어둠 속
으로 사라져가려 한다.

나는 숨을 크게 쉬었다.

낮의 세계에서는 표면에 열중하고 있다. 내용 없음의
극치가 좋은 것이다. 그것은 꿈—무의식의 세계에도 계
속 침입하고 있다. 강력한 플라스틱 커버다. 그런 방향으
로 자신을 만들어왔다. 몇 년에 걸쳐서. 에스*의 자아화
라고 하는 거겠지.

그림자가 이렇게 확실히 등장해서 균형이 무너지기
시작했다. 〈그녀〉는 축축하고 질척이는 것을 주입한다.
독선적인 편이 기분 좋다,라는 것을 지루하게 되풀이한

* es: 이드id라고도 한다. 프로이트의 정신분석이론에서 기본적인 욕
구, 정신의 무의식적이고 본능적인 부분을 의미.

다. 대체 무슨 생각일까. 그렇다고는 해도, 어떤 생각일 지는 바로 알 수 있다. 그 행동 원리인 감정은, 마음의 움직임 안에서는 사고思考와 마찬가지로 합리적인 것이기 때문이다. 어떤 감정을 가진 결과는 계산기로 산출할 수 있다. 억압하면, 호랑이가 말을 타고 온다.* 에너지 불변의 법칙이다.

그런 식으로 살 수 있는 것은 금욕을 모르기 때문이다. 창피하다고 느끼는 감각이 없기 때문이다. 아―아 아, 매일 아침 이래서는 견딜 수 없다. 꿈은 완전히 사라지지 않고 짐승의 입김을 내뿜는다. 예전에는 더 무자비하고 쩽쩽 메마른 세계였는데.

어제, 잠들기 전에 무선 보디 폰을 찬 것이 약간 효과가 있었던 것 같다. 펜던트 모양의 그것을 빼려 했을 때, 야단스럽고 염치없는 기타 소리가 울렸다. 너무나도 안 좋은 음질에 나는 경련을 일으켰다. 다리가 번쩍 들리고 담요가 날아갔다.

나는 킥킥 웃었다. 이런 연주를 프로그래밍하는 인간의 머릿속을 들여다보고 싶다. 살아 있다는 게 즐거

---

* '트라우마'를 이용한 말장난. 일본어로 토라(트라)는 호랑이, 우마는 말.

워진다.

나는 보디 폰을 찬 채 부엌으로 갔다. 커피를 준비한다. 가소로운 리듬에 몸을 맡기면서 종이 필터를 쓴다. 옛날 방식으로 내리는 게 가장 맛있다.

머그컵을 두 손에 들고 엄마 방으로 가니, 엄마는 이미 눈을 뜨고 있었다. 멍하니 천장을 바라보고 있다.

"또 그런 얼굴로 있네!"

나는 웃으면서 컵을 건넸다.

"어쩔 수가 없어. 나이 들면. 눈을 뜨고서 1분쯤은 이 세계의…… 뭐랄까 무정한 법칙에 한숨이 나와."

"시간이지?"

"맞아. 그게 내 절대적인 거야. 공허해. 그렇다고 슬픈 건 아냐. 슬프지 않다는 게 슬퍼. 무슨 말인지 알아?"

"알지. 나도 곧 중년이잖아."

"또 시작이네."

"스물다섯이 지나면 중년인 거야. 그래도 말이야, 뒤돌아보는 건 좋은데, 뒤돌아보고 나서 휙 하고 다시 앞을 봤더니 거기에 뒤돌아보고 있는 자신이 있으면 싫지 않아?"

"뭔가 알 수 없는 표현이네. 아까 전화 왔었어. 막 일어난 참이라 우리 집 영상은 안 켰는데, 키 작은 남자였어. 어째서 눈뜨자마자 이런 사람을 봐야 하나 싶어서 성질이 나더라."

"엄마는 자기가 꼬마라서 그런가 보다. 뭐라는데?"

"네 친구는 냉동에 들어갔냐고. 잘 모른다고 대답해 뒀어."

"아―, 알겠다. 그 사람 애인이야. 그 둘, 놀려줬거든. 잘 어울리느냐 하면, 그렇긴 한데 취향이 너무 변태적이래. 뭐, 실제로는 그렇게까지 심하진 않지만. 친구한테는 그런 기인이랑 사귈 지경이면 개랑 사귀는 편이 낫다고 했어."

"진심은 아니지? 넌 엉뚱하니까."

엄마는 엷게 웃었다. 나는 바닥에 앉았다.

"맞아, 당연하잖아. 난, 남에게 아무래도 진지해지지 않는 슬픈 버릇이 있으니까. 진지하게 그런 말을 하진 않아. 그냥 재미있다고 생각했을 뿐이고. 달리 불순한 동기는 없어."

"나중에 또 전화 오지 않을까?"

엄마는 가운을 걸치고 슬리퍼를 찾았다.

"이제 와서 무슨 일일까. 친구 일이 신경 쓰이는 걸까?"

"냉동은 비용이 들지? 인구국의 방식은 수지가 맞는 걸까?"

"일단 맞게 되어 있어. 새로운 방법이 완성되어서 그렇대."

"일단은 말이지?"

"맞아. 사실은 그 사람들 죽었을지도 몰라. 인구국 의사는 데이터를 보여주면서 살아 있다고 말하지만. 한─참 뒤에 해제해보지 않으면 몰라."

"너, 피곤해?"

나는 대답하지 않고 카펫의 보풀을 쥐어뜯었다.

사랑했던 메디컬 센터의 로봇을, 나는 벌써 아주 오랜 옛날에 죽인 것이다. 〈그녀〉는 그것을 떠올리게 했다. 죄악감이 전혀 없는 것이 묘하게 써늘하고 슬프다. 피로는 밤마다 꾸는 꿈 때문이다. 〈그녀〉는 나를 비난하고 있겠지. 질렸을지도 모른다. 분명 고전적인 비극에 몸을 맡기고 싶은 것이다.

"일, 오늘도 해?"

나는 엄마에게 어리광을 부렸다.

"안 할 수가 없잖아."

"아─, 싫다 싫어. 가만히 누워서 노인 생활 하고 싶다. 제발, 오늘은 쉬고 낮잠 대회 열자."

"요즘 잘 자지 않아?"

"아무리 자도 피로가 안 풀리는걸. 일어나면 피곤하

니까 일찍 자. 그러면 꿈을 꿔. 꿈을 꾸면 또 피곤해져."

"너, 친구를 싫어하는 건 아닌 것 같네."

"전혀 싫어하지 않아."

엄마는 탁자에 컵을 두고 생각에 잠겨 있다.

"센터 선생님이랑은 얘기해봤어?"

"그 사람한테는 뭐든 말해. 하지만 요즘은 어쩐지 부질없다는 생각이 들기 시작했어. 난 어째서 이 사람한테는 속마음을 다 털어놓는 걸까 하고. 왜냐면 잘 생각해보면 아무런 관계도 없는 사람이잖아."

예전에 나는 선생님을 좋아했다. 말하자면 아빠 대신이었다. 그는 실제로는 무능했다. 아무것도 자기가 하지 않았다. 그래도 내 안에서는 하나의 역할을 하고 있었다. 그 또한 필요 없는 인간이 되어간다. 대체 나는 어디로 가려는 걸까. 일반적으로는 집착의 대상이라 불리는 것을 이렇게 잇달아 떠나보내면서.

그리고 (아마도) 요시코는 그건 위험하다고 말하고 있다. 그녀는 무서워하고 있다.

"몸이 안 좋은 거야?"

엄마는 이런 딸을 걱정하고 있다. 불쌍한 엄마. 나는 혼자서 어디론가 가버린다고 하는데.

"머릿속에 톱밥이 가득 차 있는 것 같아. 그거 있잖아,

풀로 굳혀서 인형 만드는 재료. 그 인형이 된 것 같아."

잠에서 깼을 때보다 더 심해졌다. 음악도 효과가 없어졌다. 나는 펜던트를 OFF로 했다. 나에게만 들렸던 음악은 순식간에 사라졌다.

"꿈을 안 꾸게 할 방법은 없어?"

"있어. 하지만 그걸 계속하면 정신이 이상해진대. 조현병 환자는 렘수면이 없어져도 아무렇지 않아. 낮에 눈을 뜨고서 꿈을 꾸고 있으니까."

엄마는 미간을 찌푸렸다.

"근데 밥 안 먹어?"

화제를 바꿀 필요가 있다.

"너, 요즘 왜 그렇게 뭘 먹고 싶어 하는 거야? 몸이 안좋아서 그런 거 아냐?"

엄마는 부엌으로 갔다.

"남자가 없어서 그래."

엄마를 웃기려고 한 말이지만 그다지 효과는 없었다. 나는 느릿느릿 일어나 식탁에 앉았다.

"있었잖아."

"질렸어."

"무슨 일 있었어?"

"엄마도 참 뭘 모르네, 아무것도 없으니까 질리는 거

잖아. 딱히 그 녀석은 나쁜 짓은 전―혀 안 했어. 내가 계
속 만날 마음이 없어졌을 뿐이고. 고담枯淡의 경지야."

"설마."

이번에는 웃었다. 등이 떨렸으니 안다.

요시코가 꿈에 나오고 나서 나는 수면과 식사만을 탐
하게 되었다. 죽고 싶은 걸까. 아니, 그렇지는 않다.

전화가 걸려 왔다.

나는 영상 수신기 앞으로 가서 스위치를 눌렀다. 그
것조차도 귀찮다. 센터의 의사가 나왔다.

"아, 안녕하세요."

몹시 죄송하다는 느낌으로, 그는 가볍게 고개를 숙였
다. 나도 같은 인사를 했다.

"요즘 안 오시는데, 무슨 일 있으세요? 잠시 쉬고 싶
은가요?"

"아니." 나는 어린애가 되어 말했다.

"가도 소용이 없잖아."

"아니 얘는, 무슨 말을 하는 거야?"

엄마가 고개를 돌려 이쪽을 보았다.

"왜죠?"

의사는 눈을 깜빡였다.

"내가 병에 걸렸다고 해도 말이야, 고칠 필요가 없잖

아."

"병 같은 게 아닙니다."

"뭐든 상관없는데 말이야, 답답해졌어. 다시 말해서, 막연히 '이대로 괜찮다'는 식으로 생각하기 시작했거든."

이대로 괜찮을 리가 없지만.

"그렇군요."

의사는 언뜻 고개를 숙이더니 다시 들었다.

"마음이 내키면 언제든 오십시오. 일은?"

"거의 안 해."

"다음 주 금요일 오전은 어떻습니까? 어딘가 외출할 예정이 있다면, 나온 김에 센터에 들른다든가."

그렇게 정중하게 말할 필요 없는데. 불쌍한 선생님. 어? 나, 왜 이러지. 오늘 아침에는 여러 사람을 가엾어한다.

"되도록이면 갈게요."

나는 그런 자신을 부끄러이 여기며 작은 목소리로 말했다.

"기다리고 있겠습니다…… 그럼, 몸조심하시고."

화면은 어두워졌다. 사라져가는 꿈처럼.

엄마가 그릇과 컵을 놓기 시작한다.

"전이를 받고 나서지. 그런 식으로 기운이 없어진 건."

엄마는 잠시 생각한 뒤, 천천히 말을 이었다.

"그러면 안 되는 건지도 모르지만, 지우면 안 돼?"

"할 수 있어. 지금 당장이라도."

"그럼 그렇게 하면 되잖아."

"지금 상황을 살피는 중이야. 걔가 나옴으로써 무언가 사건이 일어날지도 모르잖아."

"뭐든 재미있어한다는 건, 네가 망가졌다는 건데."

"그럴지도 모르지, 응."

나는 음식을 입에 쑤셔 넣기 시작했다.

"네 얘기 들으면 친구가 나쁜 사람은 아닌 것 같은데."

"그런 만큼 처리하기가 힘들어. 너무 푹 빠져 있어서. 반발도 있지만 게임 같은 흥미도 있거든. 누구의 정신력이 더 강한가 하는. 내 꿈의 세계니까 공정하지 않다는 기분도 들지만. 그렇다고는 해도 설정이 생각대로 안 되는 건 둘 다 마찬가지니까."

"일은 됐으니까, 롤러스케이트 타러 가지 그래?"

"마보가 그런 얘기 했었지?"

"몇 번이나 전화 왔었잖아."

"마보 말이야, 강아지 같고 귀여워. 기운 넘치고 밝고 단순하고. 한참 전 일인데, 밤에 공원을 지나가는데 보름달이 떴었거든. 걔가 갑자기 거기 앉아서 달을 향해 짖는 거야. 그런 점은 너―무 좋아."

나는 미소 지었다. 그 기분에 거짓은 없지만, 동시에 생생함도 없다. 위에서 그를 내려다보는 느낌이 있다.

"그럼 연락해보지 그래? 걔는 그냥 좋은 아이일 뿐이지만, 다른 남자보다는 훨씬 나으니까. 키도 크고."

수프를 마시고 있던 나는 살짝 사레가 들렸다. 엄마는 훤칠하다는 것만으로 반쯤은 마음에 들어 하는 것이다. 첫째가 외모, 둘째가 지성이라고 하면서. 나는 지성보다도 내 얘기를 얼마나 잘 들어주는지가 중요한데. 물론 마보 앞에서는 그런 기색을 보이지 않는다. 기분을 알아주면 좋겠다는 생각 따위 하지 않는다. 어떻게 하면 속일 수 있을까,라는 생각밖에 하지 않는다. 속인다는 건 이상한 표현이지만. 함께 있으면서 어쩐지 즐거우면 되는 것이다. 마보와 함께 있고 싶다는 감정은 점점 희박해지고 있다.

식사가 끝나고 옷을 갈아입는데, 바로 그 마보에게서 전화가 왔다.

"잘 지내?"

그는 항상 신나 보인다.

"지금, 이런 상태."

나는 내 영상을 보냈다. 가슴을 열어 그에게서 받은 하늘하늘한 속옷을 보여주었다. 정말이지, 얘는 무슨 이런 물건을 보낸담.

"안 돼. 가려! 지금 친구 놈이랑 같이 있으니까."

나는 앞을 여몄다.

"학교는?"

"안 갔어. 테이프 받았어?"

"받았어. 진짜 재밌었어. 특히 맘에 든 건, 신경을 건드리는 기분 나쁜 곡들만 편집한 거."

"들으면서 몇 번이나 놀라 자빠졌지?"

"미치겠더라!"

아아, 넌 언제까지고 즐겁게 지내도록 해. 결코 심각해지거나 괴로워하지 말고. 네가 계속 그렇게 있을 수 있다고 생각하면, 난 기뻐. 어쩐지, 아득한 너.

"양식미라는 건, 그런 걸 말하는 거겠지. 연주에서 뭘 말하고 싶은 건지 전혀 이해할 수가 없어. 무슨 생각으로 이런 걸 만들었을까 싶어."

마보는 언제나 그렇듯 가볍게 훑는다. 좋아하는 게 많이 있는데, 그 어느 것에도 깊이 빠지지 않는다. 얕다는 데 그의 가치가 있다. 엄마식으로 말하자면, 상당한 날라리겠지만.

"오늘 못 나가."

설명하고 싶은 기분도 든다. 그것이 초조함을 낳는다.

"왜?"

"어른한테는 사정이 있는 거야."

"쳇, 두 살밖에 차이 안 나면서."

"넌 특별히 더 어리잖아. 난 그 점을 좋아하지만."

연기가 아니라 진심으로 웃음이 난다. 하지만 기분
좋은 괴리감은 더욱 강해진다. 그걸로 됐다.

"자 그럼, 오후에는 얘네 집에 가 있을 테니까." 그는
화면 바깥에서 친구를 끌어들였다. "어딘지 알지? 꼭 와."

난폭해지기도 하고 상냥해지기도 하는 말투가 재미
있다. 어느새 나는 끄덕이고 있었다.

나는 아주 큰 건물 안에 있는 것 같다. 어스름한 복도
에 서 있다. 목욕 가운을 입고서, 맨발로.

문이 연결되어 있다. 바닥과 천장에 딱 붙어 있지 않
은 것은, 그것이 전부 샤워실이기 때문이다.

찰방찰방 걸어간다. 목적지는 없지만, 아무래도 출구
를 찾고 있는 것 같다. 많은 문을 끝에서부터 하나하나
열어본다. 아무도 없다. 모퉁이를 돌아도 똑같이 생긴 복
도다. 쥐 죽은 듯 고요하고 차가우며 축축하다.

그래서 〈그녀〉를 떠올렸다. 이 근처에 있는 것 같다.

성의 없이 문을 열고, 다시 하나하나 닫는다. 순서대

로. 전부 샤워실이라니, 이상하다고 생각한다.

희미한 어둠 속에서 〈그녀〉가 나왔다. 늘 입는 작업복을 입고 있다. 이 사람은 몇 번을 나와도 같은 복장이다. 낮의 세계에서는 몇 가지인가의 패션으로 나타났지만 다 비슷해 보였기 때문이겠지. 쥐색이나 갈색처럼 칙칙하고 차분한 색을 좋아하니까.

—찾고 있었어.

그녀는 숨을 가빠 몰아쉬고 있다. 뭘 서두르고 있는 걸까.

—혼자 있을 수 없어?

타박하는 건 아니지만.

—나, 내향적이니까, 그 반동으로 함께할 사람을 찾고 있는 거야.

그렇지. 말도 안 되는 논리를 늘어놓는 것이 〈그녀〉의 버릇이었다. (이었다.) 그보다도 아무렇지 않은 말 속에 반짝하는 게 있었는데.

먼 옛날에 유행하던 화장을 하고 있다. 시퍼런 눈꺼풀과 빨간 입. 칙칙한 얼굴색 때문에 떠 보인다. 안 어울린다.

〈그녀〉의 옛 애인이 말했던가? 옷이랑 화장에 센스가 없지요,라고. 나는, 그럼 전부 아냐?라고 단정했던가? 생각났다. 전해줄 말이 있었다.

—아침에 네 남자 친구한테 전화 왔어.

—뭐래?

그렇게 얼굴색을 싹 바꿀 것도 없어,라고 생각한다.

—엄마가 받아서.

그녀를 딱하다고 생각한다.

—그 뒤로는 안 왔어?

—안 와.

이런 대답은 하고 싶지 않다. 가슴속에 뱀을 기르는 것 같아서, 싫다. 〈그녀〉가 전이하기 전에는 없었는데. 내 가슴속은 텅 비고 산뜻했는데.

—무슨 얘길 하고 싶은 걸까.

다 아는 주제에 묻지 마. 아니지, 무섭게도 알고 있는 건 나뿐일지도 모르지만.

—안심하고 싶은 거겠지.

—무슨 뜻이야?

도전하는 듯한 눈이다. 분명, 이 사람은 나를 증오하고 있다. 그래서 이렇게 나오는 것이다. 무슨 뜻이야? 라니. 너무나 자주 들은 대사다.

—네가 말이야, 냉동에 들어간 걸 확인하고 싶었던 거지.

—뭐야.

〈그녀〉는 약간, 어깨를 추켜세웠다. 이런 장면에서는

허세를 부리지 않는 게 좋을 텐데, 하고 나는 다시 한번 생각한다. 겁을 주기 위해(인지 아닌지는 모르지만) 그렇게 해도, 명예는 모두 없어졌다. 가장 중요한 건 프라이드야, 하고 몇 번이고 강조했는데.

—이 이상 말하게 할 생각이야? 저기 말이야, 네가 또 다시 쫓아오지 않을까 하고 벌벌 떨고 있는 거야, 그 남자는. 칼에 찔리지 않을까 하고.

—그런 짓을 할 리가 없잖아.

그녀의 목소리는 떨리고 있다.

—무서워할 만도 하지. 왜냐하면 너, 다퉜을 때 만날 때마다 울었잖아. 사귀었다고 해도 일주일에 한 번, 대여섯 번 만났을 뿐이야. 그 정도로 마음속 깊은 곳에서 목소리를 쥐어짜서(뭐 이건, 내 상상이지만) "네가 좋아앗" 같은 말을 하다니(그렇게 말한 것은 사실이다. 남자에게서 들었다). 집념이 다 보이잖아.

그 이전의 〈그녀〉에게는 드라마틱한 일이 어느 하나 일어나지 않았다. 〈그녀〉는 사건을 몽상했다. 아무 일도 없었다,라는 사실이 콤플렉스가 되었다(는 것 같다).

—듣고 싶지 않아.

그 목소리에는 울컥하는 듯한 살의가 담겨 있다.

우리는 멍하니 한참을 서 있었다.

어디선가 턱턱 하고 둔탁한 소리가 울리고 있다. 에어컨인지 보일러인지. 그 소리가 있는 탓에 여기에는 아마, 다른 사람이 아무도 없다는 것을 알 수 있다.

그녀는 남자와 여자의 가십을 아주 좋아했다. 누구와 누가 수상하다고 열심히 이야기했다. 여성 스타를 동경하는 그 정열이 이상했다. 남자 아이돌을 좋아하는 거라면 그래도 건전한데. 마치 자신이 그 스타가 된 양, 몇 시간이고 계속 떠들어댔다.

인생에 만족하지 않는 것이다. 아니, 이런 표현은 정확하지 않다. 〈그녀〉는 자신의 과거를 반은 원망하면서, 집착하지 않고서는 견딜 수 없는 것이다. 아무 일도 없었고, 아무것도 하지 않았던 것에 대한 후회를 반복해서 맛보고 있는 것이다.

〈그녀〉의 자아는 자기 육체를 떠나 눈부시게 화려한 타자에게로 들어간다. 대상행위*를 멈추면 현실에서 행동할 수 있을지도 모른다는 생각은 하지 않았던 듯하다.

자신의 초라함을 한순간만이라도 잊고 싶었다. 타인

* 代償行爲: 프로이트가 개념화한 방어기제의 하나로, 욕구 충족의 대상이 결핍 또는 상실되거나 갈등이 존재할 때, 직접적인 욕구의 대상이 아닌 다른 대상으로 욕구를 돌림으로써 잠재하는 욕구불만을 해소하려는 무의식적 과정을 의미한다.

과 상황에 대한 감정이입 없이는 살 수 없었던 것이다.

—그만해. 그런 짓은. 타고난 올드미스 같잖아.

무심코 말하고 있었다. 낮의 세계보다도 자기통제가
약해져 있다.

〈그녀〉는 나를 보았다. 쏘아보지는 않았지만, 깊은
원한은 충분히 전해져왔다.

—알잖아? 난 네게서 많은 영향을 받아왔어.

—아니, 몰랐어. 지금 알았어.

그러면 안 되는데, 나는 간단히 받아쳤다.

—집착했었어. 어떤 시기에.

약간 끈적한 목소리로 강조했다.

—몰랐다공.

이렇게 경박한 목소리를 내서는 안 된다.

—그러니까, 그러니까 말이지, 매듭지어야만 해.

—뭘?

—내 기분을 말이야. 뒤처리를 해줘야겠어.

이거 원, 무슨 무서운 소리를 하는 걸까. 나는 아까부
터 이곳의 공기를 뒤덮고 있는 기운을 문득 또다시 강하
게 느꼈다.

—이 건물 밖은 어떻게 되어 있을까.

—그걸 어떻게 아냐고. 네 세계인걸.

―여기는 방공호고, 인류 대부분은 죽어 없어졌는지
도 몰라.

　〈그녀〉는 움찔하고 어깨를 떨었다.

　―멋대로 단정하지 마. 나한테도 설정을 택할 권리
는 있어.

　나는 대답하지 않고 걷기 시작했다. 그녀도 따라온
다. 복도는 미로로 되어 있다. 어쨌든 중심에서 멀리 떨
어지자. 실이나 분필이 있으면 좋겠는데.

　출구에 가까워졌는지 어떤지는 모르지만, 계속 걸었
다. 비슷한 빛 속에 비슷한 문이 늘어서 있다.

　―네 마음, 꽤 혼란스럽구나.

　〈그녀〉는 빈정거린 걸까.

　―응, 이렇게 복잡할 줄은 몰랐어.

　벽의 색이 바뀌기 시작했다. 흙을 굳힌 듯한 허술함
이 느껴진다. 바깥에 가까운지도 모른다. 이 미로는 수백
년을 비바람에 노출되어 있었는지도 모른다.

　―이 벽, 무너질 것 같아.

　나는 발로 찼다. 맨발이라서 이렇다 할 일은 할 수 없다.

　―관둬. 어쩌려고.

　―어쩌려고라니, 밖으로 나가고 싶은 거 아니었어?
이런 데 있기 싫어하는 것처럼 보였으니까.

—하지만 위험해.

　　—넌 뭐든 무서워하지.

　　나는 벽에 몸을 부딪쳤다. 우르르 무너져간다. 〈그녀〉
는 꺅 하고 비명을 질렀다.

　　그곳은 샤워실이 아니었다. 진흙으로 된, 아무것도
없는 방이었다. 창문이 하나. 그 너머에 새벽녘 같은 푸
른 기가 있다. 가장자리 부분까지 온 것이다.

　　구석 쪽에 성별을 알 수 없을 정도로 더러운 사람들
이 엉겨 붙어 있다. 마르고 때투성이인 몸에 누더기를
걸치고, 생쥐 같은 얼굴과 동작으로 뭔가를 먹고 있었다.
인간이 아닌 것 같다.

　　〈그녀〉는 연신 내 옆구리를 찌른다. 상대를 안 하는
편이 낫다는 신호 같다. 나는 그들에게 말을 걸었다. 대
답은 확실하지 않았다. 몇 번이나 캐물어 알아낸 결과, 바
깥 세계에서는 무언가 엄청난 재해가 일어났다고 한다.
한참 먼 데 살아 있는 사람들이 있다고, 그들은 말했다.
우리는 텔레파시를 쓸 수 있는 생물이니까,라면서.

　　—가볼까?

　　—하지만 무슨 일이 일어났는지 모르잖아. 방사능이
라든가. 암모니아 폭풍이라든가. 여기가 지구라는 보장
도 없어.

듣고 보니 그렇다.

―거기 유리창, 틈이 있는 것 같아. 그렇다면 공기는 괜찮은 것 같은데.

나는 그 방과 반대 방향으로 걸었다. 이 건물은 완만한 언덕에 묻혀 있는 것 같다. 복도라기보다는 동굴로 변해 있다.

하얗고 차가운 빛이 비쳐드는 쪽으로, 주뼛주뼛 다가가보았다. 동굴 밖은 폭풍이 불고 있었다. 바로 앞에 바다가 있다. 거무스름한 야자와 닮은 나무가 바람으로 휘청이고 있다. 가느다란 점토질의 길이 끊길 듯 이어지고 있어, 여기가 작은 만의 끝이라는 것을 알 수 있다.

―저쪽에 누군가가 있는 것 같아. 가고 싶지만 이런 상황이면 안 되겠군.

〈그녀〉와 말하고 있으면 점차 남자애 말투로 변해간다. 논쟁할 때는 다른데. 〈그녀〉가 나를 의지하기 시작하면.

―세계는 끝난 걸까?

그렇게 목소리를 떨면서 말하지 마. 나라고 안 무서운 건 아니니까.

―모르겠어.

―어째서? 어? 왜 세계를 끝낸 거야?

—생물이 전멸한 건 아냐!

—저건 인간이 아냐. 그럼 말이야, 역시 핵전쟁?

—아닐걸. 여긴 차원이 다른 세계 같은 기분이 들어.

—그럼, 무슨 일이 일어난 거야?

질문을 받고 나는 말문이 막혀버렸다. 잉크의 얼룩처
럼 퍼져가는 의혹을 내뱉으면, 그것이 현실이 되어버릴
지도 모른다.

동틀 녘 같은 빛. 그 빛은 언제까지고 변하지 않는다……

우리는 작은 언덕 위에 있었다. 끝없이 펼쳐진, 적토
로 된 황야다. 이 행성은 매우 작은지, 지평선이 둥근 모
양을 띠고 있다.

〈그녀〉는 잠시 목소리를 낼 수 없었다. 너무 엄청나서.

하늘은 경질의 돔이 되어 머리 위를 뒤덮고 있다. 번
쩍번쩍한 광물질의 빛이 푸르고 딱딱한 반구에 넘치고
있다. 노란 치즈 같은 태양이 그 한가운데에 붙어 있다. 지
상의 존재를 노려보고 있는, 무정한 하나의 눈동자처럼.

—이런 데는 싫어.

간신히, 〈그녀〉가 말한다.

빛은 모두 바늘 같다. 조금도 따스함이 없는데, 그런
데도 아플 정도로 밝다. 여기에는 모든 것에 그림자가

없다.

　—인간이 있으면 좋을 텐데.

　—있어봤자 아무것도 해주지 않을지도 몰라.

　—그래도 있으면 좋을 텐데.

　〈그녀〉의 소망이 이루어진 걸까. 천천히 뒤돌아보니 사람 대여섯 명이 한데 뭉쳐 있는 것을 알 수 있었다. 그들은 개미처럼 지상을 기어 돌아다니고 있다. 그 움직임은 징역을 살고 있는 것 같다.

　어디서인지 파국을 고하는 사이렌이 들려온다.

　—아무것도 없는 건 싫어.

　—전에 번화가에 있었던 적이 있어. 이거랑 비슷한 빛 속이었는데, 어쨌든 번화가였어. 하지만 난, 건물이 전부 배경 그림판이라는 걸 알고 있었어. 얄팍한 간판 한 장이고, 뒤를 보면 베니어합판이라는 걸. 그때 하늘은 불길한 보라색이었어. 거리는 사람이랑 차로 붐볐지만.

　—너, 이런 세계가 좋아?

　—싫진 않아.

　—왜? 어째서야? 이해가 안 가.

　—설명은 할 수 없어.

　—이런 곳의 어디가 좋아?

　—여긴 청결해. 왜냐하면 이 빛에 모든 게 불탔으니

까.

　—인류를 멸망시키고 싶은 거야?!

　—맨날 그 소리만 하네. 그런 생각은 전혀 안 해.

　—네 세계는, 학교라든가 친구라든가, 정상적이고 생생한 건 없어? 그런 게 싫어?

　—아주 좋아해.

　일일이 대답하면서 이 여자는 어째서 나를 남성화시키는 걸까, 하고 생각하고 있다. 여자의 결정체니까 그럴 수 있다. 〈그녀〉가 너무나 여성적(이라고 세상 사람들이 말하는) 역할을 연기하고 있으니까, 균형상 이쪽이 남자 같아져버리는 걸까. 남자아이가 나오면, 여자처럼 행동할 수 있는 걸까.

　하지만 마보와 선생님은 나오지 말았으면 좋겠다. 나 혼자만으로도 아무런 부족을 느끼지 않는다.

　양성구유*원망? 시지지?** 나는 남자도 여자도 아니고, 성별 따위 필요 없으며, 혼자서 먼 데로 가고 싶은 것이다.

---

*　兩性具有: 남성적이라 불리는 특성과 여성적이라 불리는 특성을 한 개인이 지니고 있는 상태.

**　syzygy: 칼 융의 정신분석이론에서 남성적 태양과 여성적 달의 합일을 의미. 한 사람에게는 남자와 여자의 성격이 모두 있다는 것.

지구의 종말이라든가 인류의 멸망 따위, 원하지 않는다. 모두 즐겁게 살았으면 좋겠다. 그러니까 이렇게, 다른 우주의 다른 행성의 다른 시간계 안으로 찾아온 것이다.

—이런 세계는 싫지?

나는 동정을 담아 물었다.

—싫엇.

아직도 화내고 있다. 가엾게도 사태 파악이 전혀 안 된 것이다. 여기에서 당신의 역할은 그림자야.

—왜 이렇게 됐는지 모르겠지만. 이런 경향은 네가 오고 나서 시작됐어.

—내 잘못이야?

—그런 말 한 적 없어. 왜, 어떻든 상관없다는 식으로 생각할 수는 없는 거야?

—너, 어떻든 상관없어? 거짓말. 좋고 싫은 게 분명하면서. 여러 인간들에 대해서도.

—물론, 좋고 싫은 건 있지. 빛과 그림자만 있고, 애매한 중간 지점이 거의 없을 정도로. 싫어하는 사람을 공격하거나 놀리는 건 재미있고 말이야. 하지만 기본적으로는 어떻든 상관없어. 어떻든 상관없으니 재미있어할 수 있는 거고.

—동시에?

　—응, 동시에.

　—언제부터 그렇게 된 거야?

　—아주 어려서부터. 근데 감정이 과격한 건 분명해.
꽤 화를 잘 내고. 하지만 왜 화를 내는 건지 잘 생각해보
면, 딱히 화를 안 내도 되는데 그러면 지루하니까 화를
내보기도 하는 거야.

　—부자연스러운 사람이네. 모든 행동이 그래?

　—그런 것 같아. 그러니까 그게 자연스러운 거야. 전
부 연기 같기도 하고 진심 같기도 하면서, 어느 쪽이든
상관없는 거야. 다양한 태도를 취하는데, 결국 서비스
같아.

　—막 생겨난 마음은 어쩌고? 억압한 거야? 본심은.

　—그러니까 말이지, 본심이라는 게 원래 그런 거야.

　—슬프네. 그런 식으로 살 수밖에 없다니.

　—그것도 어떻든 상관없어.

　찌르는 듯한 빛은 여전하다. 이 별의 태양은 터무니
없이 강력한 전구인지도 모른다. 그 증거로 움직이지 않
는다. 움직이지 않는다…… 시간은 어떻게 되어 있는 걸
까. 설마 멈춰버린 건가……

　—넌, 정연整然하게 미친 것 같아.

—태연히,겠지. 그런 것도 신경이 안 쓰여.

천구天球에 선이 그어졌다. 누군가가 이 돔형의 푸른 하늘 밖에서 커다란 면도칼로 둘로 가르듯. 검고 가느다란 선은 지평선부터 천천히 올라간다.

—뭐야? 어쩔 셈이야?

—모르겠어.

이 사람은 모든 것에 동기를 부여하고 싶어 한다. 그러지 않으면 안심할 수 없는 것 같다.

보이지 않는 면도칼은 굳어버린 납작한 노른자 같은 태양도 함께 자르기 시작한다.

—이런 세계엔 있고 싶지 않앗!

〈그녀〉의 상반신이 부들부들 떨리고 있다. 이전에도 그런 일이 있었다. 어느 날 오후 (낮의 세계에서) 〈그녀〉의 집에 갔을 때, 식탁에 앉아 이야기하면서 무슨 발작처럼 흔들리고 있었다. 5센티미터나 되는 진폭이었다. 무릎을 떠는 것과는 다르다. 주의를 주려고 했지만 본인이 의식하지 못하는 것 같아서 관뒀다. 가만히 있었던 것에는 이유가 하나 더 있다.

두려웠던 것이다. 자신이 모르고 있다는 것이. 좋아하는 스타 이야기를 하면서 몸을 떨고 있는 여자가 무서웠던 것이다.

이 사람이 미친다면, 자기도 모르게 질척질척한 데 속으로 가라앉아가겠지, 하고 그때 생각했다. 광기의 종류가 전혀 다르다. 나는 의식적으로, 이렇게 되고 싶으니까 자신을 이런 세계로 빠뜨린 건데.

—네가 하고 싶은 대로 하면 돼.

어쩐지 말하기가 귀찮아졌다. 나는 하늘을 올려다보았다. 엄청나게 딱딱한 반구는 완전히 둘로 나뉘었다. 이윽고 맨 꼭대기가 천천히 열리더니, 그 너머에는…… 검고, 아무것도 없는, 허무와도 닮은 꺼림칙한…… 거기까지 가면, 시간은 아마도……

내게 통지가 왔다.

무엇을 고르라는 걸까. 아무것도 고르기 싫다.

테이블 위에 그것을 놓고 머리를 싸쥐고 있는데 엄마가 다가왔다.

"도망가고 싶은 거야? 그럼 엄마가 어떻게든 해줄게."

옛날(언제였지?) 이 사람에게 연민을 느낀 적이 있었다. 그때 그대로의 나였다면, 역시 같은 기분을 느꼈겠지. 하지만 지금의 나는 다른 인간이 되어버렸기에 아무런 느낌이 없다.

"무슨 일이야? 어?"

날 낳아준 사람은 내 머리에서 손을 떼내려 한다. 그
것도 부드럽게, 살짝.

"머리가 아파."

나는 잠긴 목소리로 대답했다.

"역시, 싫지? 알아."

"아냐."

나는 아픈 머리를 어렴풋이 흔들었다.

"그럼 왜 그러는데?"

"이건 순수하게 생리적인 아픔이야."

그 이래로 꿈의 세계에, 〈그녀〉는 오지 않게 되었다.
내 안에서의 그림자는 통합된 게 아니라 지워진 것이다.
그리고 〈그녀〉는 다른 인간의 꿈에서 살고 있다. 생물이
달리 없는 심술궂은 세계에서, 나는 혼자였다. 충족감이
있었다.

이 세계와 마찬가지로, 내 마음이 움직이지 않게 된
것을 깨달았다. 예전부터 그랬다. 낮에도. 감정이 완전히
멈춰버릴 때가 있었다. 그럴 때는 아무런 느낌이 없다.
살인이든 뭐든 할 수 있다는 기분이 들었다. 한 해에 한
번 정도 그런 일이 있었다. 또다시 감정이 움직이기 시작
하면 나의 냉혹함에 오싹하지만…… 점차 그러지 않게
되어…… 꿈속에서는 완전히 그 상태로, 나는 자유를 느

194

껐다.

머리가 아픈 것은 잠이 들 때마다 그 쨍쨍한 햇빛을, 눈을 깜빡이지 않고 쳐다보고 있기 때문이다.

"아, 괜찮아. 좀 가벼워졌어."

나는 머리에서 손을 떼고 엄마를 보았다. 꽤 귀엽게 생긴 사람이구나, 하고 생각했다.

"나한테 왔으면 좋았을 텐데."

엄마는 통지에 대해 말하고 있는 것이다. 내게는 그 것이 온 게 당연한 것처럼 여겨진다.

"근데 말이야."

맞다, 해둘 말이 있었다.

"뭐?"

"나쁘게 생각하지 말아줬으면 하는데, 나, 엄마 꿈으로는 안 갈 거야."

"그러면……"

"아니, 누구의 꿈에도 가고 싶지 않아. 아무것도 없는 곳으로 가고 싶어."

나의 심적 작업은 완료된 것이다. 요시코 덕분에.

"너 말이야."

"말도 안 되게 부끄러운 말은 입 밖에 내지 마. 자포자기라든가 절망이라든가. 전혀, 그런 건 아니니까."

유 메이 드림

마보와 선생님과 엄마가 밝게 지내주면 기쁠 텐데. 이제 못 만난다는 것이 조금도 싫지 않다. 다른 종류의 인간은 다른 세계로 가야만 한다. 나는 운 좋게도 그것을 이룰 수 있는 것이다.

살아 있고 싶다고 생각한다. 쭉. 그러니까 그렇게 된다. 의식이 없이, 어딘가에 있는 하나의 눈이 된다.

"네 영혼은 나랑은 다른 재료로 이루어져 있나 봐."

엄마가 말했다.

"응, 아마…… 아주 질 나쁜 재료일 거야."

나는 다정하게 대답했다.

페퍼민트 러브 스토리

8세 · 20세

거리는, 늘 그렇듯 맑게 개어 있었다. 소음은 쾌적한
BGM이다. 그럼에도 불구하고 고요한 활기가 넘친다. 묘
하게 비현실적인.

소想는 학교 가방을 끌어안고서 넓은 거리를 가로
질렀다. 그곳을 지나간다. 멈춰 서는 것은 이미 습관이 되
었다.

4시 반까지 퍼스널리티 석세스 센터에 가야만 한다.
10분 정도 여유는 있다.

유리와 그것을 연결하는 파이프로 만들어진, 햇살로
가득한 레스토랑. 온실과 비슷하다. 지붕의 유리에는 복

잡한 요철이 입혀져 있고, 잘 자라는 신종 아이비가 마치 모자처럼 가게 전체에 덮어씌어져 있다. 담쟁이덩굴은 파이프를 교묘하게 숨기고 있다. 멀리서 보면, 반짝반짝한 이상한 공간이 갑자기 나타난 듯 보인다. 안쪽에는 식물 화분이나 다른 장식은 하나도 없고.

소는 바깥에서 안을 들여다보았다.

그 예쁜 여자는 역시 그곳에 있었다. 같은 시간, 같은 자리에. 거의 매일.

소는 세 살 때 처음으로 〈그녀〉를 보았다. 그에게는 발견이라고 해도 좋다. 그 이래로 〈그녀〉를 일방적으로 보는 것이 그의 은밀한 기쁨이 되었다. 왜인지 모르지만.

〈그녀〉는, 가끔은 혼자서. 보통은 동갑 정도의 남자와 함께.

"저 애는 스무 살 정도야." 소의 엄마는 말했었다. "특이하네. 날이면 날마다 똑같은 일을 하고. 질리지도 않나 봐. 이상하지 않아?"

그러는 엄마는 뭐, 하고 그는 생각했었다. 변화가 있다 한들 딱히 나을 것도 없는 생활만 반복하고 있으면서.

소가 학교에 가고 나서, 교코는 뒷정리를 하고 두번째로 옷(사무실용)을 갈아입고 10시 전에 집을 나선다. 돌아오는 시간은 5시. 그러니까 바쁜 소의 귀가를, 저녁 준비를 하면서 기다려준다. 금요일은 모자가 나란히 밖에서 식사와 쇼. 토요일, 교코는 집에 있다. 일주일 분의 청소, 빨래, 가사 체크. 일요일은 둘이서 사이좋게 애슬레틱 메디테이션 센터에. 이혼한 남편을 만나러 가는 일은 없다. 앞으로도 아마, 쭉.

"부잣집 딸일까?"

교코는 〈그녀〉에 대해 그런 식으로 말했다. "열넷인가 열다섯, 진짜 어린애 시절부터 저러니까. 남자하고 들러붙어 있기만 하고 말이야. 상대는 몇 명이나 있을지 짐작도 안 갈 정도고. 짜증 나. 어처구니가 없으니 구경거리도 못 돼." 그러고는 호기심이 완전히 드러나는 의심스러운 눈초리로, "근데 정말, 어떤 생활을 하고 있는 걸까?"

오후의 빛 속에 소는 서 있었다. 커다란 아크릴 박스 같은 가게와 그 공간에 딱 어울리는 〈그녀〉에게 이끌려서.

남자가 바뀌어도 〈그녀〉는 언제나 즐거워 보인다. 박수를 치거나 웃거나. 정말 천진난만하고. 열중하면서. 〈그녀〉가 심각한 듯 있는 것을 소는 본 적이 없다. 한 번도. 고민이라는 것을 모르는 걸까? 그에게는 그 씨앗이 충분히 있는데.

학교는 그나마 낫다.

그 불쾌한 석세스 센터. 게다가 여덟 살의 그는 장래의 일이라든가, 돈이라든가 하는 것을 걱정하고 있다. 현금카드를 못 쓰게 되면, 혹 달린 독신인 엄마는 어떻게 할까. 만약 엄마가 병에 걸린다면, 하고 생각하면 무서워진다. 병원은 보호자나 간병인을 필요로 하지 않으니, 병원에 따라가서 옆에 있는 것도 불가능하다.

어서 성공하고 싶다. 엄마가 좋아하는 일만 하고, 미소 지으며 하루하루를 보내게 해주고 싶다. 시간, 돈, 나이가 들어 안 예뻐지는 게 엄마의 문제라는 것 같으니까. 최근의 그녀는 거울을 보면서 한숨을 쉰다. "여자도 서른다섯을 넘으면 끝장이네. 부자라면 젊음을 되찾을 수단이 얼마든지 있을 텐데."

엄마를 위해 석세스 센터에 다닌다. 학교 성적도 좋다. 그것은 그가 지닌 의무감의 성과다.

소는 늘, 언제나 완전히 지쳐 있었다. 활기찼던 기억이 없다. 태어났을 때부터 몹시 지쳐 있다. 스케줄이 빡빡해서. 누가 강요하는 것도 아닌데, 쉬는 시간에도 완전히 긴장하고 있고.

〈그녀〉를 지켜보면서, 방심하는 순간이 올 때가 있다. 거의 없지만.

소가 이런 식으로 열심히 관찰하고 있는데도 〈그녀〉

는 전혀 눈치채지 못하고 있다. 그가 어리니까? 무시할 수 있으니까? 이런 식으로 5년이나 일주일에 두 번 이상은 주시하고 있는데도.

소는 같은 반 친구에게서 산 초소형 집음기를 귀에 꽂았다. 방향을 맞춘다. 전면 유리 너머의 〈그녀〉와 남자가 하는 대화가 길을 건너 들려왔다. 그는 레스토랑 맞은편 건물의 차양 아래 서 있다.

"그렇다니까. 결혼하기로 하고서 신원 조사를 했더니, 그 사람이 내 삼촌이었던 거야. 그때까지 몰랐어. 왜냐하면 한 번도 만난 적이 없었으니까. 게다가 엄마는 '네 남자? 어디의 어떤 분인지 모르지만, 그런 거 보고 싶지도 않아'라면서 만나려 하지도 않았어. 그런 주제에 나한테는 비밀로 하고서 흥신소 같은 데 의뢰하고."

"너네 엄마, 꽤나 음험하구나."

교코가 자주 미소년이라 부르는 타입이다. 상대는.

"글쎄, 모르겠네. 너무 독특한 사람이라 이해해보려는 마음도 안 들어. 그 여자 보고 있으면."

"너네, 그 삼촌이라는 사람은 어떤 사람인데? 노인?"

"여덟 살 위. 그게, 나 열일곱 때."

"유전이라면, 지금은 어떻게든 돼. 국립유전자센터에서. 염색체를 가공하거든. 비용은 꽤 든다는 것 같지만."

"그런 게 아냐. 엄마가 반대해서 관뒀어."

당연히,라는 얼굴로 〈그녀〉는 말을 막았다.

"와, 세이코는 엄마가 하는 말이면 뭐든 듣는구나?"

미소년 같은 사람은 입을 비쭉하며 희미하게 웃었다. 〈그녀〉를 우습게 본달까, 놀리고 있는 느낌이다, 하고 소는 생각했다. 그런 일에는 묘하게 민감한 것이다. 그보다―〈그녀〉 이름은 한자로 어떻게 쓸까. 聖子, 靜子, 誠子……

"근데 그 여자, 나한테 명령하는 일이 거의 없어. 확실히 반대한 건 그 일뿐이고. 나머지는 딱히 해야만 하는 일 같은 게 없으니까. 매일 커피랑 아침밥을 침대로 가져다줄 뿐이야. 그러고는 오전 중에 한 시간 산책하고, 자기 전에 굉장히 드라이한 마티니 두 잔을 만들어. 음, 그러고서 욕실에, 엄마가 정한 특별 비누라든가 샤워코롱, 타월, 그리고 입욕제―진주랑 똑같아서 진짜 예쁜 거. 그런 걸 깔끔하고 청결하게 놔두면 돼. 그 사람, 샴푸를 다른 걸로 쓰면 이틀 정도 기분이 나빠지니까. 계―속, 똑같이 해두면 되니 비교적 편해. 뭐든 다 그래. 변화만 없으면 돼. 커튼이 낡아서 완전히 똑같은 걸 찾아야 했을 때는 좀 고생했지만."

우리는, 어쩜 이리 많은 습관을 가지고 있을까! 소는

새삼 감탄했다. 심지어 사람들은 그걸 조금도 이상하다고 느끼지 않는다.

"너희 엄마는 얼굴이 특이하지."

남자는 아무렇지도 않은 표정으로. 하지만 분명, 세이코 씨의 엄마를 맘에 들어 하지 않는구나. 소의 신경은 이런 식으로 움직인다. 참으로 재빠르다. 왜냐하면 엄마가 시어머니를 떠올리며 이야기할 때, 그런 얼굴을 하니까. 할머니는 그의 부모님이 함께였을 때부터 손주에게 무관심했다. 아버지도 마찬가지로 아들보다 아내에게 열중했다. 여러 의미로.

"그렇지. 미인이지?"

세이코는 기쁜 듯 강조했다.

"뭔가 지나치게 정돈되어 있달까, 무섭고 차가운 얼굴이야. 근데, 이름은 그 뭐냐……"

"스미레라고 해. 어려운 한자를 써."

"별菫이여, 제비꽃菫이여,라는 거구나? 너희 모녀는."

남자는 웃음을 참고 있다.

아아, 세이코는 菫子라고 쓰는 건가. 이로써 하나 안심했다. 모르는 것, 이해할 수 없는 것이 있으면 소는 초조하다. 세계를 정리하고 싶은 욕망이 크다는 것은 모든 것을 수중에 넣고 싶다는 것이다. 하지만 그는 당연히 자각하지 못하고 있다. 그저, 컨트롤하고 싶다고만 생각하고 있다.

"너 같은 사람을 역逆오이디푸스 콤플렉스라고 해. 어린아이는 보통 이성 부모에게 집착하는데, 그 반대니까."

남자는 석세스 센터의 '선생'이 엄마에게 설명할 때와 똑같다. "동성 부모의 지배를 받아, 에스es에서는 반항하지만 자아 부분에서는 완전히 순종적이며, 대놓고 칭송한다. 새디스틱한 부모에게 집착하며, 떨어질 수 없다."

"아ㅡ, 다들 정신분석 용어를 써. 유행인 거지. 짜증 나."

세이코는 얼굴을 찌푸렸다.

앞으로 어떻게 되는 걸까.

내가 여기에 너무 오래 있었구나, 하고 소는 생각했다. 약속 장소로 쓰이는 곳도 아니고. 남들이 이상하게 생각하지 않을까? 하지만 지나가는 사람들은 그에게 신경 쓰지 않는다. 아직 여기에 있을 수 있다. 소는 예정 시간에 30분 더하는 게 버릇이니까. 무척 조심성 많은 아이인 것이다.

"뭐, 됐어."

남자는 머리 뒤로 깍지를 꼈다. 몸을 뒤로 젖힌다. "너의 스미레 씨가 왜 나 같은 사람이랑 사귀냐고 잔소리하지 않는다면."

"안 그럴 거라고 봐."

세이코는 어딘가 먼 데를 보고 있다. 어찌 되든 상관없다는 얼굴로.

"오늘 밤에 춤추러 가자."

남자는 깍지를 확 풀었다. 세이코는 순간, 생긋 웃었다.

끌어안고 싶을 정도로 귀엽다고, 소는 느꼈다. 열둘이나 연상인 여자를 이렇게 생각하다니 이상하지만,이라고도.

세이코는 일어섰다.

머리를 한 가닥만 눈이 번쩍 뜨일 정도로 새파랗게 염색했는데, 그것이 흔들렸다. 이마의 별 모양 스팽글 여러 개가 반짝반짝 빛났다. 낮의 거리에서는 거의 볼 수 없는 화장이다. 뮤지션 같다, 분명해! 소는 넋을 잃었다.

상대 남자도 소와 같은 느낌을 받은 것 같다. 눈을 보면 안다.

퍼스널리티 석세스 센터에는 2분 전에 도착했다. 히죽거리게 생긴 '선생'이 기다리고 있었다.

"당신은 테스트를 받을 것입니다. 13번 문을 열고 들어가주세요."

지난주에도, 그 전주에도. 이상한 것을 시킨다. 나무 블럭, 색깔 카드. 상냥한 듯 가식적인 목소리로 "당신이 하고 싶은 대로, 생각한 대로 늘어놔보세요" 같은 소리를 하고. 소는 자신을 제법 어른이라고 단정 짓고 있었다. 그런 아가 같은 일은 못해먹겠다고.

하지만 얌전한 얼굴로, 소는 작은 방으로 들어갔다.

시험 감독관은 늘 바뀐다. 전문 분야가 세세하게 나뉘어 있는데, 오늘은 가면 같은 얼굴의 여자. 눈조차 깜빡이지 않는 것 아닐까? 그는 속이 거북해졌다.

소는 여자를 좋아하지 않는다. 센터의 지도원에게는 특히 적극적인 혐오를 느낀다. 예외는 엄마와 세이코뿐.

벽면 가득 단순한 기계가 설치되어 있었다. 버튼이 가로 한 줄로. 그 위에 램프가 두 개씩.

"앉으세요."

여자 심리학자는 단조롭게 읽어 내렸다. 소는 기계 앞 의자로 쏙 들어갔다.

"잘 들으세요. 이 램프 중 하나가 켜질 거예요. 빨강이나 초록, 둘 중 하나. 빨강일 경우에는 버튼을 누릅니다. 초록이면 누르면 안 됩니다. 둘 다 동시에 켜질 수도 있는데, 그때는 마음대로 해도 됩니다."

여자는 작은 타이프라이터처럼 생긴 다른 기계 앞으

로 갔다. 두 손을 스위치 위에 놓고, 그를 옆에서 감시한다.

"됐습니까? 그럼 시작하세요."

여자의 목소리가 약간 높아졌다. 직업윤리로 불타고 있다. 정신의학자는 이래야만 한다는 고정관념을 적당히 만들어내고서, 그 이미지를 충실히 따르고 있다. 소는 확실히 말로 사고한 것은 아니다. 다만 이상한 분위기를, 이건 어딘가 틀렸다는 것을 강하게 느꼈다.

소는 적당히, 열심히 했다. 연기는 이미 몸에 배어 있다. 그때그때의 상대가 바라는 대로, 반사신경이 반응하듯 행동한다. 그것을 (아마도) 이 감독관은 모르겠지.

빨강과 초록이 함께 빛났을 때는, 그냥 버튼을 누르거나 고민하는 척을 했다.

40분 지났다.

"좋아. 이걸로 끝."

여자 학자는 체크한 표를 다시 한번 보았다. 그녀는 담당자(주치의)가 아니므로, 진료기록을 본 적이 없다. 그래서 이번 결과에 만족하는 것이다.

소는 작은 방을 나섰다.

소파에는 엄마가 있었다.

"회사로 연락이 왔어. 선생님한테서. 근데 너, 뭔가 일부러 그런 거 아냐?"

교코의 눈은 탐문하는 듯했다.

그녀는 소의 반 친구 엄마들과는 다르다. 아들을 대
등하게, 어른처럼 대한다.

알고 있으면서. 소가 어쨌든 겉으로는 착한 아이라는
것은.

"사모님, 2번 방으로 들어오십시오."

인포메이션이 불렀다.

안 된다는 것을 알면서 죄악감은 전혀 없이, 소는 집
음기를 꺼냈다.

"―아뇨, 그렇지는 않습니다. 이상은 아니거든요. 뭐,
정상으로 여겨지는 것들이란, 다시 말해 대다수에 속한
다는 그런 것에 지나지 않습니다. (작은 목소리로) 이건
제 개인 의견입니다만. (원래의 자신감을 되찾고) 도련
님은 다른 아이들에 비해 성숙이 빠릅니다. 물론 정신적
으로 말이죠."

"그럼, 뭐죠? 이상하게 남의 마음을 헤아린다거나 남
의 눈치를 본다거나."

교코는 냉정하게 묻고 있다.

"복잡합니다. 주위에 신경을 쓴다거나 남의 기분을
추측하는 능력은 매우 뛰어납니다. IQ만 높은 보통 천재
와는 다릅니다."

남자 지도원은 정중하고 뜨겁게 말하고 있다.

"조숙한 거죠. 그리고 스무 살이 넘어가면, 보통 사람. 발육이 빨리 멈추고 교활한 어른이 되는 거죠."

엄마는 나를 사랑하지 않는 걸까? 소는 문득 불안해졌다.

"조숙하다고 불리는 사람들이 지금 말씀하신 것 같은 타입입니다. 하지만 유감스럽게도 아드님의 미래를 미리 알 수는 없습니다. 이건 다른 정신센터로 가도 마찬가지겠지요. 사모님이 걱정하시는 건 잘 압니다. 솔직히 말씀드리면, 여기에서는 어떻게 판단하면 좋을지 모르겠습니다. 젊은 의사들은 열광하고 있지만요. IQ는 186이고요. 감각과 감정의 발달은 15세 평균과 비슷하니까요. 드디어 돌연변이가 나타났다면서."

지도원은 교코의 기분을 풀어주려 가볍게 웃었다.

"여기에서는 특이한 사례를 많이 수집하고 계신 것 같은데요?"

교코는 의사와는 다른 식으로 웃었다.

"굳이 말씀드린다면, 유난히 뛰어난 사람들이라고 자부하고 있습니다. 그건 원만한 인격이라는 뜻이 아닙니다. 뭐, 그런 사람은 완전히 자족하고 있으니 신선이라도 되면 그만이고요. 그보다 사회에 도움이 되는, 그것도 전문 바보가 아닌 퓨전된 능력을 가진 퍼스널리티를 기른다는 것이 이곳 아동부의 목표입니다. 성인 클래스도 마찬가지입니다. 정확히 알아두십시오. 정신병원과 닮았을지도 모르지만, 콘셉트가 완전히 다르니까요."

"……알겠습니다."

교코는 당신이 하고 싶은 말은 이해했다,라는 의미로 대화를 끝냈다. 하지만 내가 납득했다는 것은 아니다,라는 말이 그 뒤로 이어진다. 입 밖으로 내지는 않는다.

무섭다고, 소는 느꼈다. 그가 아직 모르는, 영문을 알 수 없는 것을 엄마는 태연히 내어 보인다. 가끔이지만.

소는 집음기를 숨겼다.

교코가 나왔다.

"어땠어?"

소는 어린애답게 마음을 쓰면서 엄마의 얼굴을 들여다보았다. 교코는 잠시 가만히 있었다. 갑자기 그가 있는 쪽을 보더니 밝게 말했다.

"저녁에 친구가 오거든. 자, 장 보러 가자. 서둘러야 해."

"근데 엄마, 선생님이 뭐래?"

"넌, 아주 섬세하대. 감수성이 강한 거야. 신경증이 있으니 카운슬링을 시작한대."

"신경증이라는 게 뭐야?"

말은 몇 번이나 들은 적이 있다. 뜻은 모른다.

"자기가 자신을 방해하는 거. 스스로는 깨닫지 못하는 부분에서 말이야. 복잡하게 얽혀 있고, 부자연스럽고, 괴로워하고…… 인간관계가 겉보기와는 관계없이 내용면에서는 좋지 않고."

소는 엄마만큼 진지한 사람을 모른다(지금 시점에서는). 그 점을 매우 좋아한다. "나도 그런 부류일지도 몰라. 나랑 안 맞는 남자랑 고집부려서 결혼하고, 함께 사는 동안 그 사람을 미워했지. 신경질적인 주제에 대담하고. 마음이 약하니까 제멋대로고. 반년도 안 되어서 헤어지고 싶다고 한 것도 나고. 몇 년이나 계속 그렇게 얘기하고, 얘기함으로써 어느 정도 만족을 얻고 있었어……"

"저녁은 뭐야?"

소는 보란 듯이 깡충깡충 뛰었다.

"글쎄…… 그 사람은 양만 많으면 돼."

"그런 곳에 내 아이를 보낸다니 무섭지 않아?"

친구인지 뭔지 하는 주부는 장밋빛 와인을 마시고 있다. 우둔해 보이고 허리 주변이 특히 굵다. 교코는 입술 끝으로 웃었다. 친구에게는 이 미소가 수수께끼처럼 느껴지지는 않겠지.

둘은 장시간에 걸쳐 계속 먹고 있다. 교코 쪽이 비교가 안 될 정도로 몸매가 좋다. 여자들은 계속 이야기한다. 소는 자신의 양과 속도로 식사를 마치고는 방으로 들어갔다.

침대에 엎드려 누워 어둠 속에서 옴짝달싹 안 한다. 힘을 빼고 뇌에만 몸을 맡긴다.

나는 이상할까? 하고 소는 맑은 머리로. 기본적으로는 뭐든 어찌 됐든 상관없다. 그런 주제에 감정의 강도는 극단적으로 세다. 평범해지기를 바란다. 기도까지 하고 있다. 다른 아이처럼. 줏대 없고 머리가 나쁘니까 거짓말을 하고, 다루기 쉬운 어린애의 평균적인 이미지.

나는 지지 않으니까! 무엇에? 이 세계에 말이야. 겁쟁이여도, 이렇게 굳게 결심하고 있으면—소의 격렬히 샘솟는 감정은 머리를 빠져나가 방 안을 뛰어다녔다. 외치고, 부딪히고, 구부러지고, 강렬한 반사가 되돌아온다. 온몸이 분해되어 산산조각 날 듯한 진동이 뇌를 뒤흔든다. 곧바로 급격한 불안.

소는 부드럽고 커다란 베개 아래로 머리를 처박았다. 싫어, 싫어! 남들과 똑같아지고 싶어! 이런 건 싫어! 그는 베개 양 끝을 두 손으로 꽉 쥐었다. 머릿속을 바꾸고 싶다. 카세트처럼 간단히. 그는 떨면서 땀을 흘렸다.

여자들의 웃음소리가, 희미하게. 그는 긴 숨을 내뱉었다. 이완이 온다. 서서히.

그는 베개를 치우고, 천천히 바로 누웠다. 가슴은 아직 요동치고 있다. 다시 한번 한숨을 쉬고, 이마의 땀을 손등으로 닦았다. 이제 괜찮다.

소는 시기를 보아 침대에서 나왔다. 다리는 멀쩡하다. 소리가 안 나도록 조심하면서 욕실로 갔다.

샤워 물은 너무 차가웠다. 온도 확인을 깜빡 잊었던 것이다. 웬일로. 그는 손을 뻗어 조절하고, 머리에 따뜻한 물 비를 뒤집어썼다. 3분 정도 지나 끄고 배스타월을 뒤집어썼다. 거울에 흐릿하게 비친 모습은 연약하고 말라빠졌다. 이대로 있고 싶다고 막연히 생각했다.

자기 방으로 돌아온다. 불을 안 켠 채로 잠옷을 찾고 있는데, 노크 소리가 들렸다.

"헬로 보이."

교코는 기분 좋은 목소리를 냈다. "그 사람, 갔어. 나와."

벽 쪽 스탠드를 켠다. 잠옷 단추를 채우고 드라이어를 가볍게 댔다.

거실로 가니 교코는 푹신하고 커다란 의자에 몸을 묻고 있었다. 고개를 숙인 채 팔만 쑥 내밀고 있다. 가냘픈 손가락에는 브랜디 글라스.

교코는 고개를 들었다. 평소보다 반응이 약간 늦다. 그녀는 무언가 생각을 떨치듯, 아들에게 웃어 보였다.

"목, 말라?"

"나, 커피 마시고 싶어."

"지금은 밤이야. 너 정도 나이의 아이한테는 낮이라도 카페인은 좋지 않아."

부드럽게 쉰 여자의 목소리.

"하지만 우유를 가득 넣으면 되잖아? 반 이상."

"……그렇지."

교코의 머리는 공백 같다. 신경만이 지령 없이 움직이고 있다. 그녀는 마실 것을 만들고는 그에게 건네주었다. 비스킷을 곁들여서.

모자는 잠시 가만히 있었다.

깨달았다는 듯 교코가 일어나서 음악을 틀었다. 웅장하고 유난히 힘찬, SF영화의 테마다. 볼륨은 약간 약하게. 밤에 들을 만한 건 아니다. 확실히. 하지만 그녀는 어두침침하고 불평만 늘어놓는 노래를 매우 싫어한다.

소는 배아가 들어 있는 딱딱한 비스킷을 먹었다.

"근데 엄마, 화장법을 바꾸면 더 예뻐질 거야."

세이코를 떠올리며.

"어떻게?"

교코는 눈동자를 빙글 돌렸다. 엄마는 최고다, 하며 소는 안심하고 기운을 차렸다.

"이마에 말이야, 반짝반짝한 작은 별을 잔뜩 붙이는 거야. 그리고 앞머리만 파랑이나 빨강이나 예쁜 보라색으로 물들이고."

"좋네."

자신에게 향하고 있는 그 목소리는 세이코와 비슷하다는 착각을 주었다.

세이코가 웃으며 돌아본다. 누구에게랄 것도 없이. 소에게는 아니고. 천 개의 태양이 한꺼번에 떠오른 듯한, 눈부시고 순결한 미소다. 그것이 반복된다. 몇 번이고 몇 번이고. 영상이 겹친다. 그는 숨이 막혔다. 현기증까지. 세이코는 슬로모션으로 몇 번이나 돌아보았다.

"무슨 생각 하는 거야?"

현실의 엄마가 물어왔다.

18세·30세

소는 아르바이트를 다녀오는 길로, 몹시 지쳐 있었다.

10대 여자아이에게 특이한 옷을 팔기는 참으로 손쉽다. 반나절을 선 채로 있어도 체력 소모가 그렇게까지 심하지 않다. 열셋을 지나고 그는 갑자기 튼튼해져서, 거의 모든 운동을 할 수 있게 되었다.

여자아이를 경멸하고, 억지웃음을 띠며 온갖 좋은 말로 속이는 일 따위, 너무나 간단하다. 그보다, 이런 일을 해도 되는 걸까, 끊임없이 자문한다. 그러느라 지쳐 버린다.

네온사인의 섬광 장치가 걷고 있는 그를 저속도 촬영으로 비춰낸다.

교코는 초조해하며 아들을 기다리고 있을 것이다. 그녀는 재혼하지 않았다. 애인도 정부도 만들지 않고, 하룻밤 상대도 계속 거절해왔다. "보통보다 낫다든가, 그저 그렇다는 건 스스로 용납이 안 돼. 아주 뛰어나지 않으면 싫어"라고 하면서. 그 탓인지 갱년기장애가 빨리 왔다. 지금쯤이 절정인 걸까, 소는 나른하게 생각한다. 그렇다면 감사한 일인데. 갈수록 심해져서 가장 심한 시기가 몇 년쯤 뒤라고 한다면 견딜 수 없다.

소는 거리를 어슬렁어슬렁. 성실했던 자신이 최근에 이렇게 된 것이 무섭도록 우습다. 훗, 하고 웃는다.

맞은편에서 세이코가 천천히.

그로부터 10년, 처음 봤을 때부터 15년이 지났다. 그 사이 정면으로 마주친 적은 한 번도 없다.

"안녕하세요."

소는 아무렇지 않은 척 했다.

"안녕하세요."

세이코는 생글거리며.

하지만 어쩐지 그를 모르는 것 같다.

"만나서 두근두근합니다. 한참 옛날부터 당신을 봐 왔습니다."

지극히 자연스럽게 그렇게 말할 수 있었다. 소 입장에 서는 첫 대면이 아니니까.

"그래?"

세이코는 고개를 갸웃했다.

복장과 화장의 인상은 그날과 조금도 다르지 않다. 10년 지났는데.

오늘 밤은 반짝이 머리띠에 같은 소재의 스타킹. 은색 미니드레스. 작은 요정을 연상케 한다. 밤이니까. 짙은 화장도 신경 쓰이지 않는다.

"당신의…… 팬입니다."

연애 감정이 아니다, 이것은. 그렇다면 마더 콤플렉스와 비슷한 것일까? 이 동경은 도대체 뭐지?

"시간, 있어요?"

세이코가 가만히 있어서 그는 다소 초조했다.

"네, 언제든."

세이코에게는 전혀 경계심이 없다. 이 여자, 조금 이상한 거 아닐까? 완전 바보일지도 모른다.

센터에는 반년 전부터 가지 않았다. 시시하다기보다 밤에 놀고 싶으니까.

"그럼, 저, 늘 가시는 식당에 갈까요?"

자신이 흥분해 있다고 소는 희미하게 느꼈다. 말하고 나서, 세이코의 다른 남자와 동일시되기는 싫다는 생각도 하고.

"거기는 이 시간이라면 닫았어."

세이코는 의식하고 있지 않다. 하지만 그 대답은 그에게 딱 좋았다.

"그럼, 제가 자주 가는 가게로 가도 괜찮을까요?"

"그러자."

그는 앞장섰다. 안고서 걸을까도 했지만, 아직 이르겠지. 세이코는 얌전히 따라온다.

그렇다 쳐도 이상한 것은, 하고 소는 건물과 간판 하나하나를 보았다. 동네의 표정은 최근 10년간 변함이 없다. 전혀. 그가 초등학교에 들어가서 2년 뒤쯤까지는 끊임없이 공사가 있었다. 동네는 계속 급격히 변화했다. 그러던 것이 아무런 예고도 없이 딱 멈췄다. 경제성장 어쩌고 하는 것과는 관계없이.

낡은 것이 존속하고, 새로운 것이 생기지 않는다는 것뿐만이 아니다. 건물은 손질 같은 것을 하지 않는데도, 10년 전과 완전히 마찬가지로 반짝반짝 새것이다. 마치 시간이 멈춰버린 것처럼.

오늘도 어제와 마찬가지. 어제는 그제와 마찬가지. 내일도 변하지 않을 것이다. 아무것도 변하지 않는 것이다. 밤이 오고 아침이 오고, 다시 밤이 오고…… 청춘기일 터인 그는 이미 절실히 (판에 박은 듯 말하자면) 인생에 지쳐 있었다. 순수하게 육체적으로 그렇다는 것이 아니라. 희망도 기대도 없다. 그렇다고 해서 단순히 흥이 깨진 것은 아니다. 지루하지만, 그렇게 생각해도 소용없으니 지루하지 않다.

완벽히 열중할 수 있는 것은 며칠인가에 한 번, 몇 분, 세이코를 볼 때뿐이다. 그는 음악을 해보거나 드라이브를 하는 등, 꽤 많이 돌아다니고 있다. 그래서 세이코를 보는 것은 어쩌다 한 번이다. 그녀는 쿼츠 시계quartz clock처럼 정확하고 규칙적인 생활을 계속하는 것 같다.

'록시의 밤'이라는 가게는 손님이 드문드문. 지금부터 한밤중까지 붐빈다. 아크릴, 플라스틱, 블랙 미러의 완전 시대착오적인 분위기.

어린애들(소와 동갑 정도)은 제각기 한껏 꾸미고 와

서, 오로지 눈에 띄고만 싶어 한다. 촌스러운 게 부각될
뿐인 사람이 반 정도.

세이코의 패션은 그들 이상으로 화려하고 야하다. 그
게 잘 어울린다. 나이에 맞지 않게 무리하고 있다는 느
낌은 전혀 없다. 여기에 있는 가장 어린 아이의 엄마라
고 해도 지장이 없을 텐데.

세련된 어른 여자와 함께 있다. 소는 은밀한 승리감
과 함께 테이블에 앉았다. 벽 쪽이 막혀 있었기에 되도
록 구석으로. 소리는 그다지 시끄럽지 않다. 여기는 디스
코텍이 아니니까.

소는 흑맥주를 주문했다.

세이코를 돌아보니 "같은 걸로"라고 말한다. 의지가
없다고 해도 지장이 없을 목소리다. 그렇다고 해서 우울
과 나태와 될 대로 되라는 뉘앙스가 섞여 있는 것도 아
니다.

"저기. 쭉 혼자였습니까?"

너무 성급했다. 그는 반성했지만 세이코는 신경 쓰지
않는다. 그녀는 남들에게는 내키지 않는 듯 보이게 고개
를 들었다.

"난, 언젠가 올 날을 기다리고 있었던 거야. 분명."

세이코는 테이블에 팔꿈치를 괴었다. 이곳 분위기에

녹아들어 있다. 아마도 어디를 가든 그렇겠지.

"근데, 시간이 멈춰 있다고 생각한 적 없어?"

세이코는 문득 진지해졌다. 이 동네에 대해서라면, 그렇다. 설명할 수 없지만. 하지만 세이코도 소도, 확실히 나이를 먹었다. "사실은 어떤지 모르겠지만. 시간 따위, 멈춰버리면 좋겠어."

"그렇지. 지루한 거라면 결국 마찬가지니까."

"어머, 너 따분해?"

세이코의 눈이 강하게 빛났다.

"제대로 된 신경을 가졌다면, 누구든 그렇겠죠."

"그렇다면, 나 제대로 되지 않았어."

비아냥과 비난과 자조는 없다. 오히려 골똘히 생각하는 듯한 느낌이다.

"그런 뜻이 아닙니다."

소는 당황했다. 그럼, 어떤 뜻이지?

"저기…… 이런 말을 해도 되는지 모르겠지만—저, 쭉, 당신을, 좋아했습니다. 어릴 때부터."

엄청난 고백. 그에게는.

세이코는 간단히 "고마워".

세이코는 늘, 스물부터 스물다섯 정도 되는 남자와 그 식당에 있다. 상대의 외모는 약간 잘생긴 정도에서 그 이상. 사실, 누구든 괜찮은 모양이다. 스타일만 보고 만족하는 거라면, 소를 택해도 괜찮을 것이다. 그는 보통 이상으로 여자아이에게 인기가 있고, 외모도 나쁘지 않다. 이제껏 계기가 없었을 뿐인가? 남자들 모두에게 이런 태도를 취하는 것일까.

"내일, 시간 있어요?"

대학과 아르바이트는 빠지자. 나, 점점 무너져가네. 언제나 신중하고 올바르게 살았는데.

"있어."

세이코는 영혼 없는 상냥함으로. 뭐, 괜찮다. 일단 약속을 잡으면.

"언제든 좋아요. 만나주겠어요?"

소는 대답을 기다리며 숨을 죽였다.

"낮에는 엄마랑 지내니까……"

소가 처음 봤을 때부터, 세이코는 자주 엄마와 함께 다녔다. 두 달 전쯤에도 수업을 듣고 집에 가는 길에 보았다. 쉰이 넘었을 텐데, 스미레 씨도 세이코와 마찬가지다. 아니, 반대겠지. 세이코가 충실히 부모를 모방하고 있는 것이다.

스미레는 자신의 청춘기에 가장 멋졌다고 추정되는 스타일을 완고하게 지키고 있다. 옷은 미니, 아르 데코,

롱 등 다양하지만, 화장법은 변함이 없다. 촘촘한 속눈썹에, 파랑이나 초록 아이섀도를 진하게. 반드시 양산을 쓰고서.

"2시부터 5시까지라면 비어 있어. 그 뒤로는 7시 반쯤부터 9시까지."

세이코의 말투는 담백하다.

"장소는……" 말하다 말고, 그는 입을 닫았다. 언제나 있던 그 식당에서 세이코를 사이에 두고 남자들끼리 뒤얽혔던 일을 떠올린 것이다. 5, 6년 전. 그녀는 남자가 청하면 (그리고 외모가 합격이라면) 무턱대고 좋아,라고 말해버리는 것일까.

세이코는 그의 말을 기다리고 있다.

"너, 알고 있겠지만. 그 식당에서 걸어서 2분 정도 가면, 꽤 깔끔한 라운지가 있어. 볕이 아주 잘 들어. 이름은 말이지…… '조카에게'*야."

"알아요. 거기로 해요."

세이코는 미소 지었다. 눈만, 입만, 이런 식의 '굴절된 현대인'의 표정이 아니다. 진심으로 얼굴 가득, 그를 향

* 오시마 유미코가 1972년에 발표한, 성전환 약이 일으킨 삼각관계를 그린 판타지 만화 제목.

해 미소 지었다. 웃으면 조금도 변한 게 없다고 그는 생각했다. 그 시절과.

"나, 물이 무서워."

작은 금색 라이터를 만지면서 세이코가 털어놓았다.

"눈 뜨고 있을 때는 전혀 그렇지 않거든. 그 반대일 정도. 근데, 꿈을 꾸잖아? 그 안에서 바닥이 젖어 있거나 목욕탕이 있으면, 무서워서 말도 안 나와."

약간 멍하니 있다. 눈은 그를 보고는 있지만.

"바다는?"

"바다? 텔레비전이랑 사진에서밖에 본 적이 없어. 별로 가보고 싶지도 않고."

"나도 그래. 태어나서부터 한 번도 이 동네를 떠난 적이 없어."

"근데 꿈속에는 나와. 가끔. 그게, 붉고 더러운 바다인데, 그 더러움이 예뻐. 굉장히. 거기는 이미 시간이 멈춰 있어. 조개랑 물고기는 살아 있지도 않고, 죽어 있지도 않아. 혼자 해변에 서 있는 거야. 무서워."

"사실, 그걸 바라고 있는지도 몰라."

소는 의식하지 않고 상냥하게 대할 수 있었다. 드문 일이다. 세이코는 사실 예민한 성격일지도 모른다. 그것을 눈치채지 못하게 할 만큼의 영리함이 있는지도. 그중 어느 쪽인지 전혀 모르겠다. 그저 함께 있으면 자기를 있는 그대로 드러내는 게 어렵지 않아진다. 자연스러운 태도를 취할 수 있다. 철들고 나서, 엄마에게조차 남을 대하는 듯한 의식을 계속 가지고 있었는데. 최근에는 그게 더 심해졌는데.

이 사람은 몇 살이 되어도 청아함을 잃지 않겠지. 어떤 종류의 신성함을 느낀다.

"다른 거 주문할까요?"

어, 하고 세이코는 끄덕이고서 그에게 메뉴를 속삭였다. 소는 웨이터를 불렀다.

모두들 자의식 과잉의 구질구질함으로, 자기 자리에서 열심이다. 재미없는 음악을 열심히 듣는 척하는 게 완전히 티 나는 남자도 있다. 여기에는 땀도 외침도 없다. 떠들썩한 것을, 그는 싫어한다.

"시간도 무서워?"

소는 세이코와 더욱 바싹 붙어 있고 싶었다. 사이에 끼어 있는 테이블이 성가시다.

"시간이랑 물."

세이코가 중얼거렸다. 페퍼민트가 든 잔을 입술에 대고. 아득한 목소리로.

"영원의 물."

소도 비슷하게.

"나, 잠을 별로 안 자. 네 시간 이상 잔 적이 없어. 어릴 때부터. 왜냐하면 자는 동안 죽을지도 모르잖아?"

세이코는 조용한 눈으로 소를, 정확히는 그의 등 뒤에 있는 것을 쳐다봤다.

소의 시간 감각은 얄팍하기만 하다. 그녀를 바라볼 때만 '영원'을 접하는 느낌이 든다. 그때만. 그리고 '영원'과 '순간'은 똑같은 것이다. 길이가 없다는 점에서.

스스로, 이것이 독자적인 종교적 정열이라는 것은 안다. 인 더 플래닛이라는 느낌으로, 어떤 종류의 신을 믿는 부류다. 자기 내부의.

"좀더 같이 있을 수 있어?"

소는 몸을 앞으로 내밀었다. 다 속삭이고서 원래대로 앉는다. 그래서 확실히 알았는데, 이건 사랑이 아니다. 경험한 적 없는 것에 대한 그리움,이라는 기분이 든다. 말도 안 되지만.

"미안. 지금 생각났어. 엄마 야식이랑 음료를 준비해야 해."

"몇 시까지?"

"9시 반에 집에 가면 돼. 엄마가 자면 뒷정리하고서 1시부터는 다시 나올 수 있어. 엄마, 아침 9시에 일어나니까."

한밤중에는 소가 힘들다. 교코는 작은 소리에도 잠에서 깨고, 깨면 그날 밤에는 두 번 다시 자지 않으니까.

"좀더 있을 수 있네. 뭐라도 먹을래?"

"괜찮을까?"

세이코는 조심스럽게 속삭였다. 남자가 계산하는 것이 당연하다고 생각하지는 않는 얼굴이다. 약간 겁내는 듯 보이기도 한다.

세이코가 돈을 내고 있는 걸까? 열다섯쯤부터 계속.

"괜찮지, 당연히. 오늘 월급 들어왔어. 아르바이트."

"나, 케이크 좋아하거든."

"응, 그럼 그런 게 많이 진열된 가게로 가자."

세이코를 부축하며 일어선다. 아는 여자를 안 만나면 좋겠다고 언뜻 생각하면서.

그 가게의 웨이터가 가져온 쟁반에서 그녀는 세 개를 고르고, 거기에 두 개를 더 추가했다.

"깜짝 놀랐어?"

행복 그 자체인 어린애 같은 얼굴.

"아니?"

소는 가볍게 웃었다. 나이 차를 전혀 못 느끼겠다. 가끔은 그녀가 연하처럼 느껴진다.

"집에서는 더 많이 먹어. 엄마가 '밖에서는 추하니까, 먹지 마'라고 해. 이것도 참고 있는 거야."

"안 참으면 되지."

"으—음, 그럼 나중에 세 개 정도 더 주문해야지."

"근데, 살이 전혀 안 쪘잖아. 몸매, 스무 살 때보다 오히려 더 예뻐진 것 같아."

그 시절의 세이코에게는 젊음의 지방이 있었으니까. 이런 식의 칭찬은 하고 싶지 않았지만.

"그래애?"

세이코는 온몸으로 기뻐하고 있다.

하지만 얼굴은 10년 전의 반짝임이 완전히 사라졌고. 지친 꽃으로 보인다.

"너, 항상 젊은 여자애랑 사귀지?"

세이코는 그런 건 전혀 신경 쓰지 않는다는 식으로 행동하지만. 여자는 알 수 없으니까. 소는 조심스럽게 대답했다. "그런 것 같아."

10대 여자아이는 그리 좋아하지 않는다. 중년이 되면 소녀를 좇을지도 모르지만. 지금은 그저, 어쩌다 보니 그런 것이다. 어느 쪽인가 하면, 연상 취향. 가끔은 좋은 여자도 있지만, 상대방에게 잘못이 있는 게 아니고 그가 푹 빠지지를 못한다. 그 결과로 수가 늘어날 뿐.

그 얘기를 하지 않은 것은, 그냥 듣기 좋으라고 하는 말로 들리겠지,라고 계산했으니까. 그녀와 하는 첫 데이트의 흥분은 막 식으려 하고 있다.

"근데, 그쪽으로 가도 될까?"

소는 지루해지기 시작해서.

"그래."

벽 쪽 소파에 나란히 앉았다. 달콤한 향기가 그를 순간적으로 어질어질하게 했다. 확실히 말하자면, 하고 싶어진 것이다. '한창 짐승일 나이'라며 웃었던 여자애가 있었던가. 그 아이는 농담을 잘하는 귀여운 아이였다. 벽시계를 보니 앞으로 한 시간쯤, 세이코와 있을 수 있는 것은. 지금 당장, 지금 당장!

"호텔, 안 갈래?"

순간, 가슴이 뛰는 것을 느꼈다.

"좋아."

그녀는 태연하다. 누구와든 자겠지. 그런 건 전혀 상관없다. 여자에게서 도망칠 때 그것을 이유로 몰아세우는 일은 있지만. 수단에 지나지 않는다.

담배를 끄고 계산서를 든 순간, 들어온 여자와 눈이 마주쳤다. 지난달인가 지지난달, 일주일 정도 사귄 스물다섯 살.

"어머머, 오랜만이네."

이런 목소리였지, 이 녀석은.

"여전히 혈기왕성하네."

거참, 시끄럽네. 내 맘이잖아. 개의치 않고 일어선다. 여자는 곧바로 다가왔다. 다른 어떤 것도 눈에 들어오지 않는 듯.

"너 이번엔, 저런 아줌마를 좋아하게 된 거야?"

"이 사람, 사촌이야."

소가 아무렇게나 한 말을 여자가 캐치했다.

"그런 거짓말, 바로 탄로 나거든? 하지 마."

여자와 소는 선 채로 있다. 세이코는 남은 케이크를 먹고 있다. 여자는 둘을 퍼뜩 노려보면서 앉았다. 그는 서 있다. "저기 말이야, 내 얘기 좀 들어줄래?" 이번에는 처량한 애원조. 눈을 치떴기에 여자의 드넓은 흰자가 탁하게 번들번들 빛났다.

"시간 없어."

소는 빠른 말투로.

"괜찮잖아. 부탁이야. 제발, 잠깐만. 2, 3분이면 되니까. 아니, 1분이면 돼."

"할 얘기 있어?"

세이코는 조금도 동요하지 않는다.

"없어."

그는 세이코의 등에 손을 얹었다. 호텔로 가는 것보다 이 여자에게서 벗어나는 게 더 시급한 문제다.

"하고 싶은 얘기가 많이, 많이 있어. 매일 밤, 매일 밤 혼자서…… 누구랑 놀러 가든 외로워서."

여자는 눈물을 글썽이고 있다. 자기 문장의 모순도 눈치채지 못하고. 늘 혼자인데, 늘 누군가와 함께인 거야? 이런 걸 감정 돌려막기파라고 하는 거야.

"나, 집에 갈게. 이제 슬슬 들어갈 시간이고."

세이코는 여자를, 일부러 그러는 게 아니라 지극히 자연스레 무시하고 있다. 이런 자질도 드물다.

"알았어."

소는 (반은 과시를 위해) 굉장히 상냥한 목소리를 냈다. "내일, 꼭이야. 잊어버리면 안 돼. 나, 그 시간에 갈 수 있을 테니까."

"나, 가끔 늦는데."

"괜찮아 (웃으며) 두 시간 정도까지는 기다릴 수 있으니까."

"그럼 내일 봐."

세이코는 손을 들어 보이고는 나갔다. 그도 손을 들었다.

느릿느릿 팔을 내리면서 문득 영원히 잃어버리는 것 아닐까, 하고 생각했다. 그의 기분이 얼굴에 드러난 것 같다.

"질척거리는 남자라니, 싫어라."

여자는 또다시 눈을 그렇게 치떴다. 그는 자리에 앉고는 자세를 바로 했다.

"그치. 그런 생각 들지? 그래서 나, 그때 너랑 할 수 없이 헤어진 거야. 억지로 말이야. 함께 있고 싶었는데."

사실은 가벼운 마음으로 눈물을 띠며,였지만.

"진짜로?"

여자의 목소리가 낮아졌다.

"진짜지 그럼, 완전 진짜."

"장난치지 마. 진짜로 그랬어? 난 괴로워져도 상관없어. 거짓말만큼은 하지 말았으면 좋겠어."

고개를 갸우뚱하는데 턱부터 목 라인이 뚜렷하지 않으니, 개구리 목 같다. 거기에 보기 흉한 주름이 져 있다.

"그대로였다면, 너한테 완전 빠져 있었겠지. 그리고 난 유난히 질투가 많아서 까다롭게 굴어. 오래 사귀면 너를 괴롭게 할 거야. 그러니까, 그래서 물러난 거지. 네 행복을 위해. 왜냐하면 네겐, 새로운 사람이 생겼고…… 슬프게도."

소가 아무렇게나 내버려뒀으니까. 여자는 얼떨결에 썩은 소세지 같은 남자와 일단 들러붙었다. 지금 상태를 봐서는 길게 가지는 못했던 모양이다.

"아니, 오해야……"

이러쿵, 저러쿵.

소는 건성으로 입만 움직이면서 시간을 보냈다. "나 데려다줘"라면서 응석을 부리는 여자를 놔두고 그곳을 나섰다. 그다지 피곤하지는 않다. 허탈감도 없다. 늘 있는 일이니까. 그보다, 그보다……

소는 엄마가 있는 집을 향해 걷기 시작했다. 교코는 이제 심한 아들 콤플렉스가 있다. 그렇게 현명했던 여자가. 나이와 쓸쓸함 탓일까? 소가 많은 여자아이들과 놀고 있다는 사실은 알고 있다. 그래서 오히려 안심일 것이다. 특정한 한 명에게 빠져 있는 게 아니니까. 하지만 세이코는……

소가 세이코에 대해 이해할 수 없는 종류의 감정을 가지고 있다는 것을 엄마는 알아챘다.

"열둘이나 연상이야! 생각 좀 해봐! 나이도 먹을 만큼 먹은 게 그런 차림새로 나다니고. 항상 다른 남자랑 같이 있고 말이야."

아아, 엄마. 너무나 좋아했던 엄마. 옛날의 당신은 어디로 가버린 거야.

소는 별이 없는 밤을 걸어갔다.

다음 날 소는 세이코와의 약속을 지키지 못했다.

나오기 직전에 교코가 발작을 일으켰기 때문이다. 눈이 안 보이게 되고 다리가 마비되었다. 엄마는 잠자코, 그러면서도 바닥을 기어서라도 집안일을 한다는 식의 시위를 한다. 작은 테이블과 그 위에 있던 물이 든 꽃병이 쓰러졌다. 교코는 일부러 그러는 듯 치우지 않는다. 머리 위에서 도자기가 깨지고, 파편이 날아갔다. 이런 상황에서 나갈 수는 없다. 히스테리라는 걸 알지만.

센터에 전화를 하고서 바로 세이코에게도 연락을 하고 싶었다. 하지만 그녀의 집 전화번호를 모른다. 주소조차도. '조카에게'로 전화를 걸어보았지만, 30분 전이라 세이코는 없었다.

바닥에 비스듬히 쓰러져 있는 교코를, 아무것도 하지 않으면서 곁눈으로 보던 중에 센터의 담당자가 왔다.

들것에 실려 가면서 교코는 독백을 계속한다. "아아, 죽겠네. 심장이 아파. 이럴 때 아들은 뻔뻔스럽게 여자를 만나러 가다니."

소는 탄식했다.

그가 침대에서 조금이라도 떨어지려고 하면, 교코는 몸을 젖히며 비명을 지른다. 그가 손을 잡고 있으면 얌전하다. 세이코, 세이코, 세이코 하고 그는 머릿속으로 되풀이했다. 눈을 질끈 감고 엄마의 손을 잡는다.

5시가 지나자 교코는 조용해졌다.

"계산적인 여자라니까."

소는 중얼거렸지만, 교코에게 들렸을지 어땠을지. 그를 낳은 여자는 집요하게 이 남자아이의 얼굴에서 목까지의 라인, 특히 그녀가 좋아하는 그의 입술을 시선으로 훑는다. 연인을 보는 눈이다.

"오늘 밤엔 여기서 자. 난 갈게. 괜찮아, 집에 있을 거야."

병실 문을 닫고서 소는 뛰기 시작했다. 다른 사람에게 부딪치고, 에스컬레이터를 두 단씩 뛰어서.

가게의 유리문 앞에 서서 그것이 열릴 때까지의 찰나, 그는 안을 둘러보았다. 세이코는 없었다. 당연하다.

의자에 털썩 앉아 1분 정도 멍하니 있었다. 웨이트리스가 옆에 서 있는 것을 깨닫고 갑자기 물었다. "무슨 전언 없었습니까?"

웨이트리스는 말없이 가게에 구비된 낙서 노트를 가지고 왔다.

"레몬주스. 시럽 빼고."

말하면서 페이지를 넘긴다. 오늘 부분에 세이코는 아무것도 적지 않았다. 기록이나 기념 같은 것을 중요하게 여기는 여자가 아니라는 걸 알고는 있었지만.

무언가 터무니없이 중요한 것을 잃어버렸다는 기분이 든다. 신 주스를 2분 만에 마시고, 그는 가게를 나섰다.

거리는 여느 때와 똑같다. 늘 똑같다.

밤이 시작된다. 5분만 있으면.

소는 어쨌든, 걸었다. 집에 있어야지. 엄마가 30분마다 전화한다(하겠지). 도중에 여자아이를 불러냈다. 한밤중까지 교코의 전화를 계속 받으면서, 여자아이를 괴롭혔다. "아파, 아파" 하고 웃던 여자아이는 끝내 울음을 터뜨렸다. 그는 열심히 달래서, 새벽 3시에 함께 산책하러 나갔다. 정신이 들자 누군가의 집에서 홀로 담요에 휩싸여 있었다. 거의 낮이다. 이것저것 찾다가 어쨌든 커피를 내렸다. 앞으로 나는 언제나 이렇지 않을까.

창을 활짝 연 건너편 집에서 또래 남자가 기타를 치며 노래하고 있었다. 계집애 같은 러브 송을. ♪돌아와 줘~~ 적어도, 내 손가락을 잡아줘~~

"닥쳐!"

소는 소리치며 그 남자에게 커피를 끼얹고서, 창문을 닫고 그 집을 나갔다.

28세 · 40세

눈을 뜨자, 미치루는 이미 침대에 없었다. 소가 좋아하는 경박한 팝이 틀어져 있다. 이렇게 푹 잔 기억은 이제껏 없다.

어젯밤은 약 반년분의 피로를 떠안고서 곯아떨어졌다. 일이라든가, 그런 이유가 아니다. 문제는, 엄마.

동갑인 이 여자와 알게 된 그날부터 진지하게 사귀기 시작했다. 4년 전. 그것을 들키고 나서 교코는 '쉽게 아프지만 쉽게 죽지는 않는' 사람이 되었다.

소의 여자관계로서는 기묘했다.

음반 가게에서 오랫동안 찾고 있던 귀한 테이프를 발견했다. 소가 집어 들자 옆에서 날카로운 목소리가 날아왔다. "그거, 내가 살 거야. 지금 계산서 써달라고 했어."

"아니……"

돌아보니 어른스러운 얼굴의, 그러나 분위기는 유아적인 여자가 왼손에 담배를 끼고서 노려보고 있었다. 본인에게 그럴 생각은 없겠지만, 몹시 빛나는 강한 눈이다.

"그럼 뭐, 됐어."

바로 귀찮은 듯, 여자는 숨을 내뱉었다. "그거, 너 줄게. 계산은 끝났으니까 가지고 가!"

등을 휙 돌리고서 나가려고 한다. 소는 여자의 어깨

에 손을 얹었다. 옷에 가려져 몰랐는데 뼈가 앙상해서 놀랐다.

"기다려. 그렇게는 못 하지. 그럼, 나도 반 낼 테니까 이거, 공유하지 않을래?"

하이힐을 신고 있는 여자의 눈 위치는 소보다 2센티 정도 낮다. 밸런스는 딱 좋구나, 걸으면서 이야기하기에는, 하고 소는 생각했다. 그녀는 그의 얼굴을 똑바로 보았다. 여자의 표정이 부드러워졌다. 웃으면서 "그러자" 하고 끄덕인다.

"그럼 이거, 지금 둘이서 듣지 않을래?"

"우리 집 여기서 가깝거든. 올래?"

"갈래, 갈래."

당연하지. 하지만 가족들과 마주치면 뭐라고 말할까?

"혼자 살아."

우연인지, 소의 심리를 읽은 건지, 그녀는 아무렇지 않게 덧붙였다. "나, 미치루라고 해. 네 얼굴, 맘에 든다."

소는 잠시 할 말을 잃었다. 무슨 뜻이지? 미치루는 재빨리 걷기 시작했다.

사흘을 함께 지냈다. 남자인 친구에게 거짓말을 하게 해서, 그 녀석과 일을 하고 있다고 교코가 생각하게끔 해놓고. 하루에 두 번은 "엄마, 뭐해?" 하며 전화를 넣고.

소는 금세 푹 빠졌다. 그가 하는 이야기에 미치루는 곧바로 적절한 반응을 보여주니까. 무척 즐겁고, 들뜨고, 편하기도 했다. 그러면서도 연애 감정은 별로 없었다.

약간 거리를 두는 듯한 서로의 심리 탐색전이 비교적 길게 지속됐다.

'이 녀석은 보통내기가 아니군.' 소는 생각했다. 이제껏 없었던 일인데, 그 점이 마음에 들었다. 미치루는 겉으로는 흐늘흐늘하다. 하지만 내면에는 끝을 알 수 없는 무서운 것을 숨기고 있다고, 소는 직감했다.

미치루와 사귀는 사이에 소는 다른 여자와도 '가벼운 교제'를 적당히 하고 있었다. 미치루는 역시, 기다리고 있었던 것이다. 그런 내색은 전혀 보이지 않았지만, 자존심이 무척 강하니까.

이렇게 함께 살기 시작한 것이 2주 전. 동시에, 늘 한편으로는 교코를 계속 설득했다. 6개월 전에 "그 아이랑 나 둘 중에 어느 쪽을 택할 거야?!"라고 외치던 교코는 어제, 드디어 타협했다.

"좋은 아침."

미치루가 밝게 말을 걸어왔다. 오믈렛 냄새가 흘러들어 온다.

"날씨가 정말 좋아. 이 동네는 늘 그렇지만, 오늘은 특별히 더 그래. 여기, 높으니까 더욱 말이야. 어머님이 공중空中주택은 반대했었지만, 여기로 하길 잘했어."

무엇이든 반대한 것은 물론 교코다. 미치루네 어머니는 딸을 믿고 있고, 아버지는 아내가 하자는 대로 하는 타입이다.

스카이하이는 딱히 드물지도 않다. 도시계획이 급격히 바뀌었을 무렵, 소가 태어났을 무렵에 이미 청사진이 그려져 있었다. 전부 완성되고, 20년이 지났다. 한 개의 버팀목에 일조량이 고려된 정원 딸린 단독주택이 주렁주렁 달려 있다. 정원이라고는 해도 베란다 느낌인데, 진짜 흙이 50센티 이상 들어 있다.

미치루가 커피를 가져다주었다. 마시고 나서 침대에서 일어난다.

"와, 이게 다 뭐야."

식탁을 보며 소가 말했다.

"일단은 말이지. 새로운 시작이니까."

"나도 같은 기분이야. 근데 아직 피로가 남아 있어서."

소파에 아무렇게나 털썩 앉는다. 텔렉스*도 읽고 싶

---

* telex: 1960년대에 널리 쓰였던, 전화의 자동 교환과 인쇄 전신의 기술을 이용한 기록 통신 방식.

지 않다.

"앞으로 얼마나 더 있다가 먹을 거야?"

"20분…… 정도? 미안한데, 페퍼민트 칵테일 만들어 줄래?"

"아침부터? 술 별로 마시지도 않는 사람이."

미치루는 웃고 있다.

"응, 난 저혈압이라서 소량의 알코올은 몸에 좋아. 그러고서 샤워하고, 밥 먹을게."

테이블에 나와 있는 샴페인이라도 좋았다. 아니, 그것은 제대로, 자리에 앉고 나서 축하하는 용도다. 맥주 한 잔이라도 좋았다.

문득, 세이코가 떠오른 것이다. 오랜만에. 데이트했던 그날 밤을.

미치루는 부엌으로 돌아갔다. "재료가 있을까? 괜찮아. 바로 시킬 수 있으니까. 그건 그렇고, 어쩐 일이야. 여자애가 먹을 것 같은 칵테일을, 네가."

지금도 세이코는 옛날과 비슷한 차림으로, 스무 살 가까이 연하인 남자와 사귀고 있겠지. 1년인가, 그보다 더 전에 길에서 보았다. 여전했다.

그때 미치루는 소의 시선을 놓치지 않았다. "저 사람, 신경이 이상한 거 아냐? 아는 사람이면, 미안해."

민감한 여자다. 미치루는 소와 세이코의 길고도 이상한 관계를 모른다. 그도 입 밖에 낼 생각은 없다. 지금은 미치루와의 관계가 중요하니까.

둘 다 같은 물고기자리이고 AB형. 센터에 따르면, 이혼하지 않을 가능성은 80퍼센트.

소는 1년 전부터 센터에 다니기 시작했다. 나는 이미 어른이니까. 세상 사람들처럼 살자, 결심하고.

성인 대상인 그곳에서는 '환자'라고 하지 않고 '내담자來談者'라고 부른다. 사기도 그런 사기가 없다. 월터 미셸의 '사회학습이론'이라든가, 커텔과 아이젱크의 '인자어프로치'라든가, 뭐든 다 가져다가 뒤범벅을 하는 것이 소를 웃게 한다. 이미 이론이라고는 할 수 없는, 꽤나 독특한 논리가 '절대'적인 것으로 받들어 모셔지고 있다.

테스트에서 소는 사고적 내향·사회적 외향이라는 묘한 결과가 나왔다. 원래는 집에 처박히기 십상인 인간이 공격을 방패 삼고 있다는 의미일까. 기본적으로는 Hy성격이라고 한다. 히스테리를 뜻하는 거겠지.

당연하지 않은가. 나는 연기와 서비스 정신을 지향한다. 이 대단한 세상에서 지내기 위해서 말이지. 복잡하고 부자연스러운 삶의 방식이라고 들었지만, 스릴이 있어 좋다. 그 의사는 이런 식으로 말했다. "진료 기록에는 대

뇌피질의 환기 레벨이 높다고 되어 있어. 이게 낮은 사람은 반드시 외향적인데, 일단은. 다시 말해서 자네는 외향적인 사람보다 더욱 약한 자극에 민감한 거야. 내향적인 거지. 그렇게 태연한 얼굴로 있지만, 사실은 긴장과 갈등이 늘 지속되고 있어. 자신의 신경질과 소심함을 열심히 커버하고 있는 거야."

알고 있다고, 그런 건. 젊은 시절의 엄마를 닮은 것이다. 그 여자, 지금은 그렇게 되어버렸지만. 그리고 그가 교코보다 더욱 의식적이지만. 유난하고 부자연스러운 것은 스스로도 알고 있다.

고맙게도 지난달부터 담당 심리학자가 바뀌었다. 이번 사람은 무의식이라든가 자아라든가 하는, 지겨운 유행어를 쓰지 않는다. 센터 안에서도 이단자라는 것 같다. 그의 개념 안에는 적어도, 그것이라고 알 수 있는 형태로는 동기·본능·학습 따위의 말이 포함되어 있지 않다. 소는 그게 마음에 들어서 예전보다 더 열심히 다니게 되었다.

미치루가 칵테일글라스를 쟁반에 받쳐 가져왔다. 자기가 마실 것으로는 토마토주스.

"일주일에 한 번은 밖에서 데이트해줄래?"

"응."

"여기에 살 수 있다니, 멋지다."

"맞아."

"전부터 동경했거든. 나, 일은 계속할게. 아이는 안 가질 거야."

암묵의 이해를, 미치루는 처음으로 입 밖에 내었다.

"네가 하고 싶은 대로 하는 게 제일 좋아. 서로 말이지."

헤어지고 싶어졌을 때 그러는 편이 순조로울 테니까. 그렇게 생각해도 자기혐오 따위 없다. 함께 살기 전부터 이혼을 위한 마음의 준비는 해둔다. 그것이 본래의 그니까.

"넌, 너무 계산적인 남자야. 심지어 교활하고." 언젠가 미치루가 말했다. 눈으로는 웃으면서.

미치루와는 현실 면에서는 잘 맞는다. 오래 사귀었고, 그녀는 남의 마음의 동요에 재빨리 반응하는 타입이니까. 싱크탱크 팀으로는 이상적이다.

"오늘은 쉬는 날이야?"

"아니."

"아쉽네. 나도 볼일이 있으니 같이 나갈래."

볼일이란 혼인신고를 말한다. 소에게는 호들갑스럽고 돈이 드는 식을 올릴 마음이 없다. 미치루도 마찬가지. 관공서에는 그녀 홀로 가게 되었다.

동거만 해도 좋지 않은가,라는 친구도 있다. 하지만

소는 무엇이든 정확히 하는 것을 좋아한다. 시류를 거슬러 "나, 결혼했어"라고 말하면서 친구들을 웃기고 싶다. 헐—, 그 소가 결혼이라니…… 하고, 모두들 놀라겠지. 게다가 다른 여자아이와 친해진다면, 그다음부터는 대단한 불륜이 된다. 그것이 재미있어죽겠다.

둘은 식사를 했다.

햇빛이 넘치고, 그릇 부딪치는 소리가 상쾌하다. 그림에 그린 듯한 '가정의 행복'. 그것을 연기하는 것이 소의 취미. 그의 아이로니컬한 부분을 미치루는 잘 알고 있다. 가끔 그의 음색을 흉내 내어 "양식미가 있네"라고 말할 정도니까. 알고는 있지만…… 인정하고 있는 걸까? 그녀는 그를 전면적으로 인지하고 있는 걸까. 훤히 아는 것과 인지는 다르다.

소는 옷을 갈아입었다. 옷을 벗고 입는 것까지 아내와 연인의 도움을 받는 남자의 마음을 알 수 없다. 그런 어린애 같은, 아내를 엄마와 동일시하는 응석받이가 아니라고 스스로는 생각하고 있다. 의존 애정욕구는 거의 없다고, 지금은 믿고 있다. 타인(자신 말고는 전부 타인)에게 기대는 것은 딱 질색이다. 물질적으로도, 정신적으로도.

아니다, 하고 소는 단추를 채우면서 생각했다. 싫다기보다 무서운 것일지도 모르겠군, 나는. 소심하니까. 누군가에게 의존하는 게. 그것은 휩쓸리는 것과 마찬가지니까. 그리고 증오보다도 애정이 더 무섭다. 사랑에 휩쓸리는 게 무서운 것이다, 분명.

사랑? 소는 희미하게 웃었다. 내가 마음속 깊은 곳부터 통째로, 몸과 마음을 다 기울여 타인을 사랑하는 날이 올까? 마치 몸을 던지는 것처럼. 누군가의 속으로, 머리부터 뛰어들듯. 그런 자살행위와 비슷한 일을 할까? 할 수 있을 리가 없잖아, 이런 내가.

그러니까 말이지, 그러니까 웃음이 나온다고. 이런 식으로 어엿한 결혼 같은 걸 하는 자신이 웃겨서. 사랑도 말이지. 19세기 느낌이야. s폭풍의 언덕t이다. 사나운 날씨에 아랑곳 않고, 실성한 듯 돌아오는 히스클리프. 사랑하는 여자의 무덤을 두 손으로 파헤치는 미치광이. 연극이라면 얼마든지 할 수 있어. 재밌으니까. 하지만 이런 세상에, 있겠냐고? 진심으로(아앗!) 그 정열 뭐시기에 사로잡히는 녀석이. 여우에게 홀린 것도 아니고.

"어머, 또 그거 써?"

미치루는 미러 선글라스에 대해 그렇게 말했다.

"어?"

그것이 요즘 그의 버릇이다. 타인의 찌르는 듯한 시선은 거북하다.

(애당초 그런 눈으로 남을 볼 수 있는 녀석, 몇이나 될까? 이 세상에. 그 정도로 스케일이 큰 녀석이라면 경의를 표해주지. 미치루는 가끔, 그걸 하지만.)

누가 자신의 눈을 보는 것이 싫다. 그런 주제에 옛날부터 가지고 있던 관찰하는 버릇에는 변함이 없다. 짜증나는 성격이구나, 스스로도 생각한다. 남의 흠을 들추길 좋아하니까.

"앞으로는 센터에 같이 갈 거지?"

미치루의 말에는 다른 뜻이 있는 듯하다. 소 안의 무언가를, 그가 결코 바깥으로 내보이지 않으려는 것을 그녀가 찾아낸 걸까? 아니면······

"네가 그러고 싶다면."

소는 갑자기 끌어안았다. 미치루는 팔을 밀쳐냈다.

"립스틱이 네 옷에 묻을 거야."

비교적 조리가 선 문장을 말하는 여자다. 주어와 술어를 별로 생략하지 않는다.

"어? 응, 그치? 맞아. 그러니까, 저게 그거야"라는 식으로 장난칠 때는 다르지만. 그럴 때 그는 "어, 그러면, 역시, 이건 그렇게 되는 거야. 결국, 그건 저것이기도 하고. 하지만 저렇게 되면 곤란하지. 그 자체가"라는 식으로 답한다.

"난, 10시에 나가."

머리카락을 손가락으로 살짝 매만지고, 커피를 한 잔 더 내렸다. 한 모금 마시고 나서 미치루를 위해서도 준비해준다. 두 개의 흰 머그컵.

"이제, 거의 다 됐어."

미치루는 그와 사귀기 시작하고 나서 그에게 맞추는 노력을 했다. 많이. 예를 들어 지금, 이렇게 나가는 데 꾸물꾸물 시간을 쓰지 않는다거나. 세이코라면 쉬엄쉬엄 옷을 고르고 화장을 할 것이다. 그 여자는 세 시간 걸릴지도 모른다. 이건 물론 추측이지만.

미치루는 당황하지 않고 신속하게 준비하고 있다. 이목구비가 또렷해서 눈가에 가느다란 선 하나만 그어도 맨얼굴과는 완전히 달라진다. 화장은 간단하지만 진해 보이는 타입이다. 향수를 뿌리고, 가방을 든다.

"됐어."

10시 7분 전. 소는 주머니 속 열쇠를 확인했다.

미치루가 문을 잠그는 사이에 그는 대각선 뒤편에서 약혼자의 전신을 바라보았다. 약간 몸통이 기네. 다리가 굵다. 팔이 짧다. 목은 지나치게 가는 정도여서, 나는 너무 좋다. 2센티미터만 더 길면 불평할 게 없다. 손가락이 길고 가느다란데 희니까 손발이 실제보다 작고 가냘파 보인다. 옷맵시는 이만하면 합격일 것이다. 일부러 빈틈을 보이는 부분 같은 것이.

엘리베이터에 올라탄다. 미치루가 손을 뻗어왔다. 태연히. 그는 가볍게 잡았다.

문이 열리고, 유리 너머로 눈부신 거리가 보였다.

"그럼, 나 갈게."

미치루는 손을 흔들었다. 그녀는 돌아보지 않고 재빨리 걸어갔다.

소의 근무처까지는 환승이 없다. 세번째 정거장. 에스컬레이터가 비어 있는 쪽(속도가 느린, 노인·아동용)에 탄다. 지상으로 나가서 3분.

회사 입구의 문에는 중간보다 약간 오른쪽에 푸른 사각형이 빛나고 있다. 손을 댄다. 그것이 식별과 동시에 시간기록기의 역할을 한다. 방문자는 내부에 있는 누군가의 허가 없이는 들어갈 수 없다.

이 장치는 개인주택과 작은 사무소에서는 안 쓰인다. 너무 엄중하고 불편하다 해서 평판이 좋지 않다. 이 동네에서 큰 범죄는 거의 일어나지도 않고.

방으로 갈 때까지 아무도 만나지 않았다. 4년을 일하고 있지만 인간의 모습을 본 적은 한 번도 없다.

여기에서 10시 반부터 오후 4시까지, 일주일에 나흘

일한다. 한 시간에 5분 휴식, 12시부터 45분간 점심시간.

데스크에 이르자, 눈앞의 스크린에 복잡한 기하학무늬가 나타난다. 버튼을 조작하여 그것을 다르게 배열한다. 그러면 다시, 다른 패턴이 나온다. 다른 무늬로 한다. 하루 종일, 그것만 한다. 같은 패턴을 두 번 내면 안 된다. 그러면 경보음이 울린다. 피곤할 때는 그런 실수를 종종 한다.

처음에는 무엇을 위한 일인지 의문을 가졌다. 지금도 모른다. 하지만 점차 신경 쓰지 않게 되었다. 다른 생각을 하면서도 할 수 있으니 오히려 편하다. 그러한 손쉬움이 최근에는 따분해졌다.

나는 어떤 사람이 되고 싶었던 걸까. 소년 시절에 꿈이 있었나? 그런 건 있지도 않았다. 돈을 많이 버는 직업을 가지고 싶다고는 생각했지만. 열다섯쯤 되었을 때는 아티스트를 동경했다. 막연히. 화가나 작가가 아니라 당연히 뮤지션을. 어째서 하지 않은 거지? 재능의 문제? 아니다.

재능이 있는지 없는지를 스스로 확인하고 나서 음악에 덤벼드는 녀석 따위 없다. 해보지 않으면 모르는 거니까. 그러고 보면 역시, 정열인가. 학창 시절에 밴드를 결성한 적은 있다. 놀이일 뿐이었다. 내겐 분명, 무언가가 결여되어 있다.

이 일에는 벌써 진력이 나 있다. 결혼도 하는데, 하고 그는 빈정거리며 생각했다. 직무를 바꿔달라고 하자.

그래서 집으로 가면서 그것을 위한 신고서를 타이핑했다. 연락함에 넣는다. 일주일이면 답신이 오겠지. 주제넘은 건지도 모르지만, 그는 더욱 창의적인 일을 하고 싶어진 것이다. 잡job이 아닌 워크work를.

회사 앞 보도에 미치루가 서 있었다.

"기다렸어? 얼마나?"

"12분."

그건 소가 신고서를 만들기 위해 필요했던 시간이다.

"좀 돌아다니지 않을래?"

"좋아. 기분 좋은 식당이 있어. 온실이랑 꼭 닮은."

세이코의 레스토랑!

"거긴 별로, 안 좋아."

"그래? 너 밝은 데 좋아하잖아."

"그 전에 쇼핑하자. 너 새 옷 갖고 싶지 않아?"

"어쩐 일로 그런 말을 해? 너, 구두쇠면서."

미치루는 싱글거렸다.

"월급 나왔어."

이미 이 여자에게 께름칙함을 느끼고 있다. 소는 그

런 자신에게 화가 났다. 그것은 몇 초 만에 가라앉았다. 늘 하는 방식으로.

미치루는 요령 있게 한 세트를 샀다. 탈의실에서 나와 그의 앞에서 빙글 하고 한 바퀴 돌아 보였다. 남들 앞에서도 상관없이(남의 눈이 있으니까 더욱) 안겨 붙는다. "고마워" 하고 가볍게 키스했다.

부티크를 나서자 미치루는 늘 하는 '일부러 농탕질'을 시작했다. 소의 목에 두 팔을 감아보거나. 팔짱을 끼고 걸으면서 가슴을 비벼대거나.

언제나 갑작스럽게 그러니 그로서는 난처하다.

"그만, 그만, 그런 건 밀실에서 하는 거라고."

소는 미치루의 머리를 쓰다듬으며 달래려 한다.

"그 반대가 재밌어. 너, 부끄러운 거야?"

"어, 좀 그래."

"그래도 구경거리가 되어서 그런 자신을 관찰하는 것도 재밌어."

"알아. 나한테도 그런 취미는 있으니까. 근데 그 전에, 렌즈 사지 그래? 요즘은 안약같이 생긴 것도 나왔고 말이야. 하지만 그건 기술자가 껴줘야 한다더라. 사흘에 한 번 꼴로. 귀찮아라."

"그보다 근시 고치는 수술도 하잖아."

"그건 각막을 깎는 거잖아? 백수십 조각으로. 싫어. 기분 나빠. 넌, 약이니 수술이니 하는 거 정말 좋아하네."

"아무개 씨한테 물으면 자기 파멸 욕구라고 할 거야, 분명. 자신을 증오하는 건 자신을 낳은 것을, 다시 말해 이 세계를 증오하는 것이다,라고."

"난 그런 말 한 적 없어."

"맞아."

"넌 결코, 되돌아가지 않아?"

소는 진지하고 강하게 물었다.

"응."

미치루는 가볍게 대답했다. 너무 간단히 긍정했기에, 오히려 본심이라는 것을 알았다.

"그렇군."

"알고 있으면서."

"아니, 몰라, 전혀. 나, 너에 대한 건 뭐 하나 아는 게 없어."

"히히히히."

"야, 겸손하지? 나."

"근데, 노래 불러봐."

"싫—어."

"그럼, 내가 할게."

미치루는 노래하면서 춤을 추기 시작했다. 가끔 스쳐 가는 행인을, 그는 신경 썼다. 이 여자는 나와 있을 때 어떤 한정된 자유를 느끼는구나, 하고 생각하면서. 적어도 그건 나쁜 일이 아니다.

"사랑이 아니니까, 이건" 하고 미치루가 노래했다. 파티에서 처음 만난 여자를, 남자가 본성을 숨긴 부드러운 목소리로 꼬드기고 있다,라는 설정.

"뭘 하든 괜찮지?"

사랑이 아니다. 확실히. 양쪽 다.

"시간이 흐르는 틈에서."

미치루는 다른 노래를 율동 없이 시작했다. "아마도 한 번은 돌아보고……"

세이코가 나이 든 엄마와 걷고 있는 것이 보였다. 겉보기에는 아주 사이좋게.

"그리워할 날도 있겠지요."

미치루는 목소리에 바이브레이션을 넣었다. 세이코를 알아본 것이 분명하다. 묵살하고 있는 건 아니다. 하물며 무시라니.

이 여자는 자존심이 강하구나, 하고 새삼 소는 감탄했다. 그래서 시끄럽게 불평을 하거나 날뛰지 않는다. 질투를 겉으로 드러내지 않는다. 스토익하게, 자신에게 금지하고 있는 거겠지.

애처롭다. 애처롭다? 소는 자신의 감상에 깜짝 놀랐다. 여자를 보고서 이런 식으로 생각하다니. 처음 있는 일이다. 나는 이 여자에게 스스로 원해서 포획되고 싶은 것인가? 희미한 공포가 따라온다. 하지만…… 뭐, 됐다.

소는 미치루의 목덜미에 손가락을 댔다. 무언가 말하려 했지만, 말은 나오지 않았다.

38세 · 50세

세이코는 주름투성이로 미소 짓고 있었다.

10대부터 허구한 날 두꺼운 화장. 잘 때도 속눈썹을 붙이지 않을까 하는 생각이 들 정도로. 담배와 밤샘. 그러면서도 극단적으로 이른 기상. 엄마를 재우고 나서 놀러 나가니까. 그런 것들이 같은 나이의 여자들보다도 훨씬 빨리, 세이코를 폭삭 늙게 한 것이다.

도마뱀을 생으로 잡아먹을 것 같은 얼굴을 한 엄마가 옆에 서 있다. 이 사람도 화장을 두껍게 하고. 노파는 3할은 인간, 7할은 도깨비의 경지를 훨씬 더 넘어서 있다. 완전, 귀신이라고 해도 좋다. 끝이 뾰족하고 처져 있는 매부리코에는 사마귀까지 달려 있다. 동굴 안에서 개구리와 박쥐와 독초를 큰 냄비에 끓이면서 주문이라도 외는 편이 어울린다.

오전 중의 상쾌한 햇빛을 받으며 이 길모퉁이에 서 있는 것보다는.

세이코가 손짓으로 불렀다. 친근함을 담아.

소가 어슬렁어슬렁 다가갔다.

"엄마, 이 사람 알아?"

세이코는 기분이 좋다. 하긴 최근 35년간 그녀가 뾰로통해 있는 모습 따위, 그의 기억에는 없지만.

"글쎄."

마녀 같은 노파는 추한 모양으로 입술을 다물었다.

"이 사람, 엄청 섹시한 미소년이었거든. 정말 아름다웠어. 바로 얼마 전까지."

세이코는 넋을 잃고 고개를 저었다. 소를 다시 바라보고는 "왜 그렇게 중년 같아져버린 거야? 순식간에. 지난주까지 열여덟이었는데."

소는 대답할 수 없다. 가만히 있는 수밖에 없다. 세이코의 경우, 무슨 말을 해도 비꼬거나 놀리는 게 아니다. 다루기 어렵다. 세이코는 지나치게 순진하다. 그것은 죄다.

"넌"이라고 말하며, 엄마는 소를 무시하고 딸을 갑자기 째려보았다. 또박또박하고 쩌렁쩌렁한 목소리다. "항상 젊은 남자랑 어울리면서. 돈 내고―이용당하고 있다는 걸 아직도 몰라?"

세이코는 엄마와의 심리적 교류 따위 한 번도 없었던 게 분명하다. 지금도 진심으로, 신경 쓰이지 않는다는 얼굴로 있다. 엄마의 말이 끝나기 전에 그에게 상체를 기울이며 다가왔다.

"시간 있으면 뭔가 마시자."

어린 여자애처럼 고개를 갸웃했다.

"난, 갈게."

엄마가 선언했다. 세이코는 끄덕였다. 그를 돌아보면서 "미안하지만 집까지 데려다줄래? 바로 요 앞이니까."

세이코는 엄마에게 씌워주고 있던 양산을 그에게 떠맡겼다. 소는 노파를 직사광선으로부터 지키는 역할을 얌전히 받아들였다. 양산을 쓰는 것은 피부를 위해서가 아니라 그녀들의 습관인 듯하다.

건강해 보이는 할머니가 앞장섰다. 세이코와 소는 수행원 같은 꼴이 되었다.

세이코는 흰 면 레이스 장갑을 끼고 있다. 그것도 팔꿈치 정도까지 오는 길이의—신부가 쓸 것 같은 물건. 우스울 정도로 어울리지 않는다. 눈물이 날 지경.

옛날의 모습은 완전히 없어져버렸다. 소는 깊은 슬픔 속에서 그렇게 생각했다. 이 여자가 작은 요정이었다는 것 따위, 지금은 누가 알까?

그러나 세이코는 바깥세상과 더불어 자신의 외모 변화에 전혀 흥미가 없는 것 같다. 세이코는 언제나 같은 시간, 같은 순간 속에서 살고 있다. 고독에 괴로워하는 일 없이. 그보다 그녀 자체가 고독을 구현하면서, 그런 의식은 전혀 없이.

세이코는 아무것도 모른다. 속물들이 말하는 '인생에 대한 놀라울 만큼의 무지함'을 태연히 드러내고 있다는 표현이 맞을 것이다. 하지만 소에게는 '그녀는 뭐든 다 알고 있다'는, 이유 없는 확신이 있다. 어린 시절, 그것을 강하게 느꼈다. 다른 여자에게 얽매여 있는 사이에는(기운이 넘쳤을 때는) 그렇지도 않았다. 그리고, 다시. 이제 와서 보니.

"엄마는 이제부터 낮잠 자거든."

세이코는 그에게 얼굴을 돌렸다.

"시끄러워! 쓸데없는 얘기 하지 마! 이 모자란 것!"

엄마는 돌아보지 않고 앞을 향해 소리쳤다. 스미레(라는 이름이었나? 너무한데, 이건)는 세이코와는 대조적으로 끊임없이 짜증을 내고 있다. 이 세계 전부를, 멋대로 적으로 돌리고 있는 것이다.

스미레와 세이코의 집이 있는 블록에 도착한 듯하다.

엄마는 문에 손을 댔다. 문이 열렸다.

소는 세이코에게 양산을 건넸다. 그들은 보도에 허수아비처럼 우뚝 서서 노파가 사라져가는 것을 지켜보고 있었다.

"어디로 갈까?"

세이코가 방긋 웃었다. 주름 사이로 파운데이션이 뭉쳐서 굳은 선이 잎맥처럼 떠올랐다. 피부는 꺼칠꺼칠하고 숨길 수 없는 기미 몇 개인가가 들여다보인다.

"우리 집으로 가지 않을래요?"

이제 와서 무슨 속셈이 있는 것도 아니니까.

"부인은?"

"······헤어졌어."

"저런."

세이코는 눈을 계속 깜빡였다. 상체를 기울이며 다가와서, 양산이 흔들렸다. "왜?"

질문의 말투가 참으로 소박하다. 그것에 대해서는 입을 다물고 있던 그도 반사적으로 지껄일 정도로.

"미치루는 날 사랑하지 않았어. 점점 사랑할 수 없게 되었던 것 같아······ 몰랐어. 그런 건."

누구에게도 말할 수 없었고, 말하지 않았다. 세이코를 한편으로는 반미치광이로 경멸하고 있으니 말할 수 있는 것일까. 세이코는 다른 사람에게 말하지 않는다. 알고 있다.

"미치루가 너무 관용적이었으니, 모든 걸 받아들여주고 있다고 안심하고 있었어. 뻔뻔스럽게."

어딘가 멀리서 정오를 알리는 종소리가 울렸다. 느긋하게.

"그래서 넌?"

세이코가 가까이 다가온다. 이건 언제부터 생긴 버릇인 걸까. 그 방식이 이상하게도 아주 고상해 보인다.

"난, 사랑했어. 스스로도 여태껏 못 믿겠지만. 남을 사랑하는 능력 따위 없다고 스물여덟까지 확신했었어. 기뻤지. 그 대전제는 꽤 마음 편한 거였어. 여자애한테 집착할 수 없다는 건, 괴로워하지 않아도 된다는 거니까. 꽤 산뜻한 상태잖아. 아아, 하지만 집착이랑도 달라. 미치루한테 품고 있던 마음은."

세이코는 알겠지. 하지만 모르겠지. 어느 쪽이든 상관없다.

둘은 소의 집을 향해 천천히 걸어간다.

"사실은 그 아이한테 전적으로 기대고 있었어. 오래도록 그 사실을 깨닫지 못했지만. 미치루라면 그 어떤 심한 짓을 해도, 어떤 천한 짓을 해도 신경 쓰지 않는 걸 넘어서 이해해줄 거라고 멋대로 확신하고 있었어. 우쭐해 있었지. 확실히, 알고 있었던 것 같아. 나 자신보다도 더 깊이, 나에 대해 알고 있었어. 내가 몰랐던 것까지. 근데 그거랑 그 사실을 받아들인다는 건 또 다른 문제지."

"저런."

"난 여자애들한테 인기가 아주 많았고, 외모도 머릿속도 평균 이상이었으니까…… 그리고 난 실제로, 음험하고 약아빠진 방법으로 그 애를 이용했던 거야. 쉽게 보고. 어차피 내 곁을 떠나진 못하겠지, 하고. 얕보고 있었어—근데, 또 하나 모르겠는 게 있어. 어째서 그 애가 가버린 걸까. 그런 생활이라도 제법 만족하고 있었을 텐데. 왜냐하면 결혼해서 3년이 지나자, 미치루는 그 무엇에도 기대 따위 가지지 않게 됐으니. 괴로움도 없었을 거야. 엄청나게 심한 단념 속에서 오히려 밝아졌을 정도였는데."

"저런." 다시 한번 세이코가 말했다. 그러고 나서는 가만히 있는다. 가만히 그에게 다가온다. 이 사람은 아무리 세월이 흘러도 아가씨구나, 하고 소는 생각했다.

"어떤 시기에 이인증離人症이 있었어. 시간이 상식적으로 연결이 안 돼. 짧게, 짧게 조각 나 있어. 잘게. 많은 '지금'이 날아와. 그 지금은 곧바로 날아가버려. 지금, 지금, 지금이 엄청난 속도로 덤벼들어. 나의 지금은 곧바로 사라져 없어져. 그게 과거가 안 돼. 시간은 아주 잠시도 머무르지 않아. 결코. 눈앞이 아찔해질 만큼의 감각이었어. 실제로 항상 머리가 어질어질했지. 내겐 찰나밖에 없었어. 순간밖에 없었지. 난, 시간을 완전히 잃어버렸어. 무시무시한, 불연속적인, 순간의 바늘에 끊임없이 찔렸어. 그건 이제 나았는데―그렇게 괴로웠던 적은 그때까지 없었어. 서른이 지나도 처음 겪는 일이라는 게 있더라고.

거의 모든 인간은 완벽히 무의식적으로 고유의 시간을 제대로 가지고 있어. 소유하고 있지. 이 얼마나 사치스러운 일인가, 그때 나는 생각했어. 시간을 잃어버린다는 건 세계도 잃어버린다는 거야. 세계와 자신이 동시에 붕괴돼.

당신을 보고 있으면 시간을 내포하고 있다는 느낌이 들어. 당신 안에 모든 것의 시작과 끝이 있어. 그러니까 안심이 돼, 난. 옆에 있으면."

세이코는 걱정스러운 듯 소를 지켜보고 있다. 반미치광이? 그럴지도 모른다. 그래도 괜찮다. 세이코의 조용한 광기, 서서히 완성에 가까워지고 있는 위대한 고전적 광기는 크로노스*로부터 받은 것이다.

* 그리스 신화에 나오는 시간의 신.

세이코 안에서는 모든 것이 지극히 자연스럽게 다스려져 있다. 그녀는 무리 따위 하지 않는다. 이렇게까지 비뚤어져 있으면서, 그러면서도 자연스러운 것이다.

"지금도 사랑해?"

세이코는 앞을 본 채로 부드럽게 물었다. 무관심한 듯.

"지금도."

소는 비참한 기분으로 강조했다. 그런 건 오래도록 생각한 적이 없었으니까. 미치루가 떠날 때까지.

소는 불현듯 울고 싶어졌다. 1년 전 미치루가 없어지고 난 이래, 감정을 잃어버렸는데. 그는 한 번도 울지 않았다. 울 수 없었다. 나쁜 징후다. 울 수 있다면 훨씬 편했을 텐데.

둘은 스카이하이에 이르렀다.

미치루와의 추억은 엘리베이터를 타고 있는 동안에도 소를 괴롭혔다. 그 무렵, 그는 뻔뻔스러울 정도로 아무것도 몰랐다. 미치루는 언제나 한결같이 쾌활했다. 자신을 끊임없이 격려했다. 거의, 비참할 정도로 쾌활했다.

소는 소리쳤다. 계속 소리쳐댔다.

세이코는 접은 양산을 옆구리에 끼고 서 있었다. 그의 몸에 닿지 않도록. 잠자코 있으면서. '보류' 버튼을 계속 누르며.

얼마나 계속 그러고 있었는지는 모른다.

그는 소리치기를 멈췄다. 목이 잠기어 몹시 아팠다.

세이코는 버튼에서 손가락을 뗐다. 정신을 차리지 못하는 그를 태우고, 엘리베이터는 올라갔다.

방의 한쪽 벽에는 검고 둥근 갓을 씌운 붉은 네온사인이 조용히 빛나고 있었다.

세이코는 단정치 못하면서도 품위 있게 의자에 앉았다.

"사랑한다는 게 어떤 건지 알고 있었어?"

어리고 순진한 목소리로 세이코가 물었다.

"그때(세이코가 모르는 사건이 있었을 때) 처음으로 알았어. 미치루는 아직, 여기에 있었어."

소는 소리를 너무 많이 지른 뒤의 갈라진 목소리로 대답했다. 자세히 얘기할 마음은 안 든다.

"난, 몰라."

세이코는 독백을 시작했다. "스스로 알고 있는지 어떤지, 몰라. 그저, 모두, 가버리는 거야. 아무 말도 없이. 모두, 누구든, 동네를 떠나는 거야. 차례가 되면."

그건 세이코가 꾸며낸 망상일 것이다. 확신에 찬, 안정된 말투지만.

"네 아내도 이 동네를 떠난 거지?"

"글쎄."

그는 애매한 대답을 했다.

"어디로 갔는지는, 넌 몰라."

세이코는 단정했다.

"몰라. 몰라도 돼. 안다고 해도 어떻게 할 수가 없어."

그는 아무렇게나 말했다.

"그 사람은 반드시 떠올릴 거야. 시간의 틈에서 돌아보면서. 한 번은. 이 동네를. 너를."

"그럴지도 모르지. 그러지 않을지도 모르고."

그는 가시 돋친 말투로 이야기했다. 어느 쪽이든 마찬가지다.

"그래도 그건, 중요한 거야."

"흥." 소가 말했다. 조금 전까지 세이코 덕분에 구원받았다고 생각했는데.

그런 이상한 예언과 해설이 무슨 도움이 된다는 것인가. 시끄러워.

소는 자신의 이기심을 강하게 느꼈다. 이건 죽을 때까지 못 고치겠지.

"언젠가 너도 깨달을 거야."

세이코는 멍하니.

어서 나가줘. 이 여자와는 어떻게 해도 어긋남을 느낀다. 그것도 보통의 바보 같은 여자에게서 느끼는 그

익숙한 빈틈과는 다르다. 대체로 세이코 자신이 커뮤니케이션을 원하지 않으니까. 그런 개념은 그녀 안에 전혀 없으니까.

세이코는 소파에 얕게 앉아 두 다리를 내밀고 있다. 소녀 같은 자세다. 피부와 살은 늘어져 있는데. 몸 선을 노골적으로 드러내는 공단은 허리에서 여며져 있을 뿐. 옷감은 누레져 있다. 랩스커트 사이로 구부러진 바싹 마른 다리가 보인다. 그런 스타일을 하기에 지금의 세이코의 다리는 추하고 너무 말랐다.

그 하얗던 드레스를 30년 전에 본 기억이 있다. 스무살의 그녀가 그것을 입고서 남자와 함께 웃고 있었다. 그 장면이 또렷이 떠올랐다. 지나치게 선명할 정도로. 그러니까 이건, 그가 만들어낸 이미지일지도 모른다.

화장도 그 시절과 전혀 다르지 않다. 빛의 가감에 따라 금색이나 은색으로 변화하는 아이섀도는 갤럭시 같다.

세이코는 추하다.

하지만 소는 감동을 느끼기도 했다. 이 추함이 여자의 진정한 아름다움 아닐까 하는 생각이 들기 시작했다. 내가 호모라면 더 일찍 깨달았을지도 모르지. 여자를 냉정하게 관찰할 수 있었을 테니.

"뭐라도 마실래?"

겨우 진정하고 그는 다정해질 수 있었다. 목소리는 아직 쉬어 있다.

"어."

"커피? 홍차? 우유랑 주스도 있어."

"커피 부탁해."

소는 커피포트를 세팅했다. 3분 만에 2인분의 커피가 컵에 따라져 나왔다.

세이코는 순종적인 어린애처럼 건네받은 커피를 마셨다.

소는 벽의 네온사인을 쳐다보았다.

미치루는 떠났다. 그녀는 이 동네를 떠났다. 어딘가 다른 동네에 있겠지. 이번만큼은 안전하게 행복하게.

정말로, 그럴까? 그녀는 죽어버린 것 아닐까? 이 세상 어디에도 없다면……

소는 점차 퍼져가는 잉크의 얼룩 같은 의혹을 견뎠다. 숨이 끊어질 듯 호흡하기 시작한, 가물가물한 빨간 불빛을 바라보면서.

48세 · 60세

동네를 떠날 때가 왔다. 지금.

눈을 떴을 때 문득 확신했다. 그렇군. 누구든, 언젠가는 동네를 떠나는 것이다. 그때가 되어 깨닫는 것이다.

이 동네는 이제 그를 필요로 하지 않는다. 소도 이 동네에서 할 일이 없다. 모든 것을 잃었으니까.

엄마는 3주 전에 죽었다. 소는 조금 울었다. 너무 오랫동안 잊고 있었으니까.

미치루 생각은 지금도 가끔 한다.

직장에서는 다소 아쉬워했지만, 교코의 죽음을 계기로 일은 관뒀다.

동네를 떠난다.

소는 커피를 세 잔 마시고 담배를 두 대 피웠다.

침대에서 일어나 평소에 입는 셔츠로 갈아입었다. 집안일을 해주는 여자는 앞으로 두 시간 있으면 온다. 문 안쪽에 가정부에게 전할 말을 적은 메모를 붙였다. 지갑에 있던 현금을, 동전만 남기고 종이봉투에 넣었다. 탁자에 놓아둔다. 월급은 매월, 그녀의 계좌로 이체하고 있다. 이건 그러니까, 최소한의 팁이다.

로봇은 고용하지 않았다. 그건 재주가 없고 조잡하니까. 그런 주제에 금방 고장 난다. 혼자가 된 이래로 쭉 같은 가정부를 쓰고 있다. 죽은 엄마와 같은 세대 사람인데, 정신적으로 안정된 점이 마음에 들었다.

이전의 소라면 망설임 없이 로봇을 골랐을 것이다.

소는 원래 손으로 만든 것과 사람 손의 따스함이 남아 있는 것을 무척 싫어하니까. 원한이 들어 있는 것 같아서. 기성품의 아름다움에는 지금도 끌린다. 규격대로 만들어진 물품이 대량으로 나도니까 아름다운 것이다.

방 청소를 사람에게 맡기게 된 것은 그가 늙었기 때문일까.

오후 3시.

왜 이런 시간에 일어나는 것일까.

인간은 얼마든지 나태해질 수 있다. 게으름 피울 수 있다. 오래도록. 심지어 그런 상태는 결코 즐겁지 않다.

바깥은 산뜻하고 밝은 오후였다. 소는 미러 선글라스를 썼다.

소는 늘 지나는 길을 반대로 걸어갔다. 그런 적은 태어나 처음이다. 언제나 한 방향으로만 걸었다. 풍경이 무척 신선해 보였다.

모퉁이를 도니 언제나 보는 그 레스토랑. 오늘은 유리가 묘하게 반짝반짝 빛나고 있다. 세이코는 그리고, 언제나 앉는 테이블에 있었다. 혼자서.

세이코의 노모(스미레 씨!)는 언제인지 모르지만 죽은 모양이다. 세이코가 남자와 함께 있는 횟수도 눈에 띄게 줄었다. 최근 10년 정도, 거의 혼자 있다. 불행해 보이지는 않는다.

소는 그곳을 지나쳐 갔다.

목적지는 없다. 하지만 이렇게 반대로 걸어가면, 언젠가는 동네 밖으로 나갈 수 있을 것이다. 그는 미러 선글라스를 벗어 가슴 주머니에 넣어두었다.

하늘은 이상한 보랏빛을 띠고 있다. 불길하고도 아름답다. 건물은 모두 얄팍한 연극 무대 배경처럼 보인다.

언젠가 이런 날이 온다.

비현실적인 풍경 속에서 소는 깨달았다. 오늘의 이 오후를 예상하고 있었던 것을.

모두가, 누구든, 언젠가는 동네를 떠나는 것이다. 나이와 상황은 제각기 다르지만. 무언가 부동의 순서가 있어서. 그것은 (아마도) 이미, 정해져 있었을 터이다. 그누구도 가르쳐주지 않고, 어느 날 아침, 깨닫는다. 자신의 순서가 다가왔음을.

미치루도 깨달은 게 분명하다. 밝은 절망감을 깨달은 아침에. 그래서 아무 말 없이 혼자서 가버린 것이다. 지금 겨우 알았다.

소는 몇 년인가 전부터 그 밝은 절망 속에 살고 있었다. 인생에 기대도 희망도 없다. 그렇다고 해도 한밤중에 두 손으로 머리카락을 쥐어뜯는 식의, 그런 19세기적인 어두운 절망과는 다르다. 그런 것은 고뇌하는 게 취미이기도 하고 사는 보람이기도 한 녀석들에게 맡겨두면 된다. 한탄하고 슬퍼하며 한숨만 쉬는 녀석들은 끝까지 동네에 남을 것이다. '시간'에 대한 생각 따위, 결코 하지 않을 테니.

소는 가진 게 아무것도 없다. 기다리는 것도 없다. 그 무엇도 저 멀리서는 찾아오지 않을 것이다. 그래서 이렇게 동네를 떠난다.

문득, 외치는 소리가 들렸다.

세이코가 한쪽 팔을 곧게 펴고, 손을 쫙 펼치고서 달려온다. 길 건너에서. 하이힐과 미니드레스. 머리에는 하얀 리본을 나풀거리며. 세이코는 기쁜 듯 웃고, 천진난만하게 소리치면서 달려온다.

누군가를 쫓고 있는 것이다. 없는 누군가를. 누구의 눈에도 보이지 않는 존재를. 그 누군가는 멈춰 서서 세이코를 기다리고 있다.

아아, 드디어. 세이코는 결정적으로 미쳤구나. 그런 생각이 들어도 소는 아무 느낌이 없었다. 세이코가 행복 그 자체인 표정으로 있는 것을 보아도.

남자아이들은 아무리 돈을 쥐여줘도 더 이상 세이코를 상대해주지 않게 되었다. 그런 상황이 점차 만들어진 환상과 뒤얽혀갔다. 지금, 환상은 완벽하게 완성되었다. 세이코는 떠나간다. 달려들어 간다. 영원의 물가로.

소는 모퉁이를 돌았다.

세이코가 밝게 외치는 목소리가 머리 뒤편에 남아 있다. 불쾌하지는 않다.

세이코와도 이것으로 전혀 관계가 없어졌다. 그리고 그는 그것에 대해 별로 놀라지도 않고 있다. 그렇게 오랫동안 기묘한 감정을 품고 있었는데.

동네는 밝고 따뜻하다.

아무것도 모르는 사람들이 기분 좋은 듯 걷고 있다. 그들은 저 꺼림칙한 하늘색을 알아채지 못하는 것일까. 느끼지 못하는 것일까. 아직 순서가 안 왔으니.

그를 거부하고 있는 쌀쌀맞은 풍경에, 소는 향수 비슷한 것을 느꼈다.

나는 언제 돌아올까. 이 동네로 돌아올 일은 없겠지 싶기는 하지만. 그렇다면 언제 되돌아볼까. 그때, 무엇이 보일까.

소는 이 동네에 아무것도 남기지 않았다. 그 뒤에는 아무것도 남은 게 없다. 누구도 그 까닭 따위 말할 수 없을 것이다. 누구의 탓도 아니니까. 되돌아본다고 해도 무슨 소용 있을까. 그래도 사람은 분명 한 번은 되돌아볼 것이다.

사람들은 얌전하고 밝게, 정말 아무렇지도 않게 살고 있다. 소음이 넘치고, 그러면서도 다시 아주 고요해진 이 동네에서. 각자가 고립되어 있으면서 그것을 깨닫지 못한 채. 극도로 지루하면서도 즐겁다고 믿으며.

소는 위를 올려다보았다.

건물 3층 벽에 이상한 모양의 일루미네이션이 있었다. 그것은 '여기가 이 동네의 출구입니다'라고 상냥하게 신호하고 있었다. 글자와 모양으로 그것을 알려준 것은 아니다. 꿈속의 일과 마찬가지로, 소는 의미를 알 수 없는 표시를 보고 그것을 이해했다. 어째서 이제껏 이걸 깨닫지 못했을까. 동네가 생겼을 때부터 여기에 있었는데. 모두들, 이 표지에 이끌려 떠나는 것인데.

소는 한숨을 한 번 내쉬었다.

내부에는 이제 아무것도 없다. 원망도 미련도, 어둠도.

그는 동네 바깥으로. 새로운, 비슷한 동네로.

그리고 그녀는 환상 속으로.

달콤한 이야기

처음으로 그를 본 것은 시부야역 근처의 전화박스로, 그것도 내가 치한에게 쫓기고 있었기 때문이다.

당시의 나는 지금보다 훨씬 예쁘고 귀여웠으며(물론!), 그 나이에 걸맞은 불량함이 있었다. 전 세계 남자들의 이목을 끌고 싶다는 식의 의식으로 가득했다. 그래서 헤픈 여자풍이라고는 해도 대단할 것 없이, 위아래 세 개의 인조 속눈썹과 깊은 앞트임이 있는 타이트한 스커트, 13센티미터 하이힐 차림으로 씰룩씰룩 걷는 것이 고작. 친구들은 나를 '금발의 도깨비'라고 불렀다. 그래도 역 근처를 한 바퀴 돌면, 반드시 일곱 명 이상의 남자들이 말을 걸어왔다. 제일 많았을 때가 열네 명.

"저기, 잠깐 차라도 마시지 않을래?"

대체로, 머뭇머뭇 이런 느낌. (걸려들기 쉬운 여자라
는 생각으로 우습게 보고 자빠졌네.) 남자의 시선을 모
으고 싶은 주제에, 나는 그런 식으로 생각한다. 동시에
경멸과 기묘한 분노 비슷한 것을 맛본다. (난 그런 여자
가 아냐. 뭐, 거기 어디 가만히 서서 끈기 있게 다른 여자
라도 찾아보든가.)

그리하여 나는 (흥) 하는 느낌으로 코끝을 올리고 한
껏 허세를 부리며 발걸음을 재촉했다.

그날은 여느 때처럼 흘러가지는 않았다.

꽤나 끈덕지고, 어쩐지 약간 꺼림칙했다. 그 녀석은
언제까지고 계속 따라온다. "어이, 아가씨, 얘기 좀 해요.
30분이면 되니까" 같은 말을 하면서 태평한 듯 끈질기
게 따라온다. 눈만 유리로 만든 것처럼 무표정하게.

빨리 걸어도, 뛰어보아도, 찻집에 들어가도, 포기할
기색이 없다. 나는 힘껏 달려 도에이東映 건물 앞을 지나,
전화박스로 도망쳐 들어갔다. 110번에 신고하자,라고 생
각했다. 꽤나 마음이 여렸네.

먼저 와 있는 손님이 있었다. 그가 있는 것을 눈치채
지 못한 것은, 뉴욕 바워리가街의 부랑자처럼 기력이 다
빠진 듯한 자세로 웅크려 앉아 있었기 때문이다. 내가

문을 열자 천천히 고개를 들었다. 노을 속에서 생기가 없고 흰자가 많은 눈이 침입자를 뚫어져라 쳐다보았다.

"저기 말이야."

나는 평소처럼 크게 소리치듯 말했다.

"전화 쓰고 싶거든. 미안하지만."

반응 없음.

모랫빛 눈동자는 유아가 처음으로 바깥세상을 인식했을 때처럼, 갑자기 뛰어들어 온 여자아이를(그 당시 나는 여자가 아니라 아직 여자아이였다) 열심히 훑어본다.

"비켜주지 않을래? 아니면, 네가 저 남자를 쫓아준다는 거야?"

나는 소리를 질렀다.

욱해서, 또다시 그곳을 뛰쳐나가 미치광이 같은 높이의 힐에도 아랑곳 않고 뛰고 또 뛰었다. 추리닝 바지를 입고 있었던 게 아니니, 곧 숨이 차올라 육교 아래에서 멈춰 섰다. 구두가 부서질 것 같은 기분도 들어서.

뒤돌아보니 치한은 없다.

대신, 전화박스에 있던 남자가 공포영화에서 자주 나오는 것처럼 놀랄 만큼 가까이 다가와 있었다. 나는 꺅하고 작은 비명을 질렀다.

그는 조용히, 조금은 이상해 보이는 얼굴로 거기에

가만히 서 있었다.

"무슨 일이야?"

낯선 남자는 맥 빠진 목소리로 물었다.

"아니…… 그냥 놀랐을 뿐이야."

작은 목소리로 대답하고 나서 간신히 상대의 전신을 훑어보았다. (이상한 사람이네)라고 생각했다.

우선 나이를 알 수가 없다. 열다섯에서 마흔 사이,라고 할 수밖에는 없다. 소년 같으면서도 아저씨 같다. 안색이 무척 나쁜데, 거무튀튀하다기보다 오히려 초록빛이다. 머리카락은 갈색에 초록이 섞인 듯한 기묘한 색으로, 먼지가 많다. 헐렁헐렁한 티셔츠에 바지도 몸에 맞지 않고 지나치게 길어서, 밑단이 신발 위로 주름져 있다.

싸구려 연극에서 튀어나온 듯한 스타일이다. 얼굴과 모습은 혼혈 같아 보이기도 한다. 그것도 어느 나라와의 혼혈인지 종잡을 수도 없다. 아이섀도를 하고 있는 걸까, 하고 자세히 보았지만 맨얼굴 같다.

"혼자서 집에 갈 수 있어?"

그는 정말로 걱정된다는 듯한 얼굴과 목소리로 다시 물었다. "다시 말해서 말이야, 네가 이런 세계에서 살아갈 수 있을까 하는 생각이 든 거야. 외톨이로 이 세계를 살아갈 수 있을까 하고. 틀렸다면 미안해. 그래도 그런 기분이 들어서 말이야."

나 원, 이상한 소리를 하는 사람이네. 나는 멍하니 서 있었다.

"집에 바래다줄게."

그는 아무렇지도 않게 내 어깨에 손을 올렸다. 위험성은 없는 것 같다. 게다가 다른 속셈이고 뭐고 전혀 느껴지지 않는다.

어쩔 수 없으니, 다른 방법도 떠오르지 않았기에 나는 걷기 시작했다. 기묘한 남자는 나란히 걸었다. 나는 사양 않고 그냥, 그를 유심히 관찰했다.

보통 남자처럼 보이지 않는 것도 아니다. 하지만 어딘가 이상하다. 어디가?라고 누가 물어도 바로 지적할 수는 없지만.

그는 주머니에 손을 넣더니 휴지를 길에 버렸다,라고 생각했는데, 그건 꾸깃꾸깃 뭉친 만 엔짜리 몇 장이었다.

나는 멈춰 섰다.

"너, 석유왕의 숨겨둔 아들이야?"

비꼴 셈이다. 속셈이 뻔하다. 부자건 아니건, 그 행동은 일부러 한 것 같다.

"아니, 아냐."

"그럼, 돈 주워. 추잡스러워."

"아아…… 나도 모르게 깜빡했어. 잃어버릴 뻔했네. 이럴 생각은 없었는데."

이 사람은 백치에 가까운지도 모른다. 뭐, 그런 건 어떻든 상관없지. 지금은 일단 얌전하고. 덮쳐 오기 시작한다면 그건 그때의 일이다.

메이지도리와 오모테산도의 교차로까지 왔다.

"여기서 됐어."

나는 그에게 살짝 손을 흔들었다. "괜찮아. 이젠 혼자서 집에 갈 수 있으니까, 고마워."

그를 신호등 앞에 세워둔 채로 팔각정의 모퉁이를 돌았다. 집이 어디인지 알려줄 필요는 딱히 없다.

그 무렵의 내게는 여자 친구들이 많이 있었다. 나는 여자아이들을 더 좋아한다. (레즈비언은 예외로 하고) 여자아이는 남자처럼 무섭지 않다. 어쩐지 남성 공포증의 조짐이 있었던 것 같다. 여자아이라면 얼마든지 상냥하고 정성껏 대해줄 수 있다. 공감할 수 있다. 아직 어린 애였던 나는 『여학생의 친구』* 같은 분위기에 젖는 것이 불쾌하지는 않았다.

---

* 일본에서 1950년 4월부터 1977년 12월까지 발행했던 소녀 대상의 월간지.

남자 친구들도 여러 명 있었다. 몇 년이나 어울렸더니 남매 같아져서 그 점이 좋았다. 남자아이란 생각지도 못한 시점에서 대상을 보고, 산뜻하다. 발상이 신선한 점이 좋은 것이라, 그래서 머리가 좋은 인물이 아니면 남자 친구 리스트에는 남지 않는다. 대상을 보는 방식이라는 점에서는 게이도 대환영이며, 이복 자매처럼 사이가 좋은 사람도 있었다. 부담 없이 수다를 떨거나 산책하는 상대는 부족하지 않았던 것이다.

연인 비슷한 남자와 헤어지고 나서, 반년 이상이 지났다. 내가 너무 어려서 상대를 과대평가하고 있었던 것이다.

남자들 대부분은 내게 좀 반하는 편이었다.

남자라는 종족은 처음에는, 모두 내게 반한다. 이것은 어떤 여자든 그럴 것이다. 젊고 용모가 시들기 전의 여자아이는 대부분 인기가 너무 많아서 곤란하다. 스물서넛 정도까지 그런 상황이 계속된다. 특별한 매력이 있건 없건 관계없이. 하물며 외견이 화려하거나, 혹은 화려하지 않더라도 눈에 띈다면 더욱. 나는 모두에게 상냥하고 친절하게 대하며, 매우 기분이 좋았다. 하지만 남자와 자고 싶다고는 생각하지 않았고, 동거처럼 불결하기 짝이 없는 짓은 하고 싶지 않았다. 그리고 진짜 마지막까지 자신의 것으로 지키고 있던 마음의 일부분은 누구에게도 보여주려 하지 않았다. 이것만큼은 누구에게도 털어놓지 말아야겠다고 생각했던 것은 아니다. 누구도 이해해주지 못할 거라는 단념이 앞서 있었다.

나는 서비스 정신이 왕성하고 참 쾌활했다. 때로는 야단법석을 떨었다. 하지만 자신의 신경이 너무나 약한 것을 알았던 탓에 언제나 외로웠다. 결혼하기 싫었지만, 결혼하고 싶은 기분이 들기도 했다.

한밤중에 홀로 방에서 발작하듯 우는 일이 있었다. **누구도, 나를, 이해해주지 않아.** 아마 나는 진정한 애정이라는 것을 몰랐고, '좋아한다'는 게 어떤 건지 알지 못했던 것이다. 그런 주제에 서로 증오하면서도 떨어질 수 없는 관계를 좋아하는 듯한 경향이 있었다. 함께 벌거숭이가 될 수 있는 상대가 필요했던 것이다. 피투성이의 부부애. 『누가 버지니아 울프를 두려워하랴』*를 몇 번이고 다시 읽기도 하며.

문을 닫고, 발의 고문도구 같은 신발을 벗어 던지고서 침대까지 걸으며 옷을 벗었다. 음반을 고르기도 귀찮아서 싱글 음반의 타이틀을 보지도 않고 바늘을 놓았다.

* 에드워드 올비의 1962년 희곡.

「자니 기타」였다. 오오, 자니여, 다시 한번 기타를 쳐줘, 라니 망측해라. 내 몸을 만져,라니. 좋겠네.

담배를 피우고, 반쯤 벌거벗고서 침대에 누워 홍차라도 우릴까 생각했다. 담배를 비벼 끄고 고개를 든 순간, 나는 얼어붙었다. 전화박스에 있던 남자가 문에 기대어 있었기 때문이다.

입을 뻐끔거리고 있는 나를 향해 남자는 조용히 말했다. "그 음악, 한 번 더 듣고 싶네."

시키는 대로 바늘을 되돌렸다. 달콤한 멜로디가 흐른다.

"너, 어디로 들어왔어?"

나는 간신히 목소리를 냈다. 문 안쪽에는 걸쇠가 걸려 있었다. 창문은 닫혀 있었고, 커튼이 흔들린 것 같은 기척도 없다. 나는 창문 쪽을 보고 있었던 것이다.

"어디로라니…… 여기로."

남자가 문을 가리켰다.

"아니, 잠겨 있었는데…… 설마, 벽에서 나온 인간은 아닐 테고."

"아니, 그 방법을 택하진 않았어…… 무엇보다 실례고."

"남의 집에 몰래 들어오는 게 더 엄청난 실례라고!"

욱했기 때문에 나는 그의 말뜻을 깊이 생각하려 하지도 않았다.

"……하지만 있을 곳이 없어요…… 처음 계획은 제대로 묘지를 만들고…… 아니, 저는 집이 없습니다."

"딱해라."

어차피 머리핀이나 그 비슷한 걸로 좀도둑 흉내라도 낸 거겠지.

"믿어주지 않으시는군요."

그의 목소리는 어디까지나 조용하다.

"당연하지. 나가줘. 빨리!"

"갈 데가 없습니다. 지금은."

그는 들고 있던 커다란 검정 가죽 가방을 바닥에 내려놓았다. 카메라 케이스처럼 보이기도 하지만, 그런 것 치고는 모양이 이상하다. 악기라도 들어 있는 걸까. 어쨌든 기계류 같다는 짐작은 들었다.

"아니, 여긴 내 집이라고!"

"네."

"됐고, 거기 앉아."

떨떠름하게 굴 생각이었지만, 그는 정말 기쁜 듯 웃었다. 이 남자의 표정 같은 건 처음 본다.

이 상황을 무마하려고 신문을 집었다. '뉴스 특보부'

페이지를 펼치자 '또다시 비행접시 소동'이라는 표제가 눈에 띄었다. 나는 그것을 그대로 소리 내어 읽었다.

"보여줘."

그가 말했다. 나는 건네주었다. 그는 의자에서 침대로 가더니, 뻔뻔스럽게도 그곳에 앉았다.

스스로도 굼뜨다고 생각하지만, 나는 그때가 되어서야 겨우 잠옷에 손을 뻗었다. 남에게 알몸을 보여주는 것은 좋지도 싫지도 않지만, 너무 놀란 나머지 반라 상태라는 걸 계속 잊고 있었던 것이다.

그는 (그렇게 신문이 신기한가) 싶을 정도의 얼굴로, 집어삼키듯 읽고 있다.

"가나가와현 쪽이지? 산속에서 원 모양의 눌은 자국을 발견했다는 거. 모래사장에 착륙하는 게 편할 텐데. 사람들이 찾기 쉬우니까 위험한 걸까? 그렇다 쳐도 고대사古代史라든가 UFO 같은 거, 말하자면 그냥 붐 아냐?"

여유가 생긴 나는 혼자 말했다. 그는 심각한 듯 기사를 눈으로 좇고 있다.

"근데 그런 거, 사기지? 꾸며낸 기사 아냐?"

음반은 자동으로 멈춰 있다.

"일본어, 어렵네."

그는 우스울 만큼 진지하게 말했다.

"하하하."

쓸데없는 농담에, 나는 타협적으로 웃었다.

"게다가 이 기사는 정확하지 않아."

"그치, 그치."

그는 페이지를 넘겨 오래도록 신문을 읽고 있다.

"너, 이름이 뭐야?"

나는 경박한 여자처럼 다리를 다시 꼬았다.

"사와다 겐지."*

"뭐?"

얼핏 보니, 그가 보고 있는 것은 예능란이다. 줄리**
가 어쩌고저쩌고.

"그렇군."

나는 혼자 기뻐했다. 어쩐지 이 남자가 마음에 들기
시작한 것 같다. 그에게는 묘하게 사람을(여자를,이라고
해야 하나) 끄는 데가 있다. 조금 전의 미소를 떠올려본
다. 마치 빛나는 것 같았다. 오히려 추남에 속하는 편이
지만, 그 미소에는 틀림없이 누구든 빠져버릴 것이다.

게다가…… 뭐라고 해야 좋을까, 그의 몸에서는 전기

* 일본의 1948년생 배우이자 가수.
** 사와다 겐지의 별명.

같은 것이 나오는 게 분명하다. 이상하다, 하고 입 속으로 중얼거려본다. 어쩐지 안기고 싶어져버린 것이다. 그건 그의 냄새 탓일까. 체취라고는 할 수 없을지도 모르지만, 짜증 날 정도의 성적인 분위기가 방 안 공기를 더럽히고 있다.

사와다 겐지가 침대로 들어왔을 때, 나는 이미 무슨 일을 당해도 괜찮을 것 같은 기분이었다. 그는 아무것도 하지 않는다. 위를 보면서 계속 명상에 빠진 듯한 포즈를 취하고 있다.

나는 『앙앙』*을 읽고, 니시다 사치코를 듣고, 홍차를 마시고, 담배를 피우고, 미용체조 흉내를 내고, 잠옷을 더욱 도발적인 것으로 갈아입고, 얼굴을 퍼프로 두드리고, 손톱을 다듬고, 모처럼 매니큐어를 바른 손톱을 씹고, 천천히 하품을 하고, 자는 척을 하고, 그대로 계속 가만히 누워 눈을 감았다.

"너 호모야?"

20분 뒤에 눈을 뜬 나는 실망해 있었다.

"호모라는 게 뭐야? 단일의,라는 뜻?"

그는 머리 아래로 깍지를 꼈던 두 손을, 기계인형 같

---

* 1970년부터 현재까지 발매되고 있는 일본의 대표적인 여성 잡지.

은 엄청난 기세로 팍 풀었다. 손가락 끝이 내 머리카락에 닿았다.

"아, 미안."

사과하지 않아도 되는 일을 사과한다. 그는 일어나서 아까 그 가방을 들여다보았다. 오랫동안 무언가를 만지고 있다. 타이프를 치고 있는 걸까? 통신장치라도 조립하고 있는 걸까.

그러다 나는 진짜로 잠이 왔다.

아주 간단히, 사랑에 빠졌다.

그는 사흘 정도 없어지거나, 하루 종일 엎드려 있거나, 한밤중 유리창을 두드리고 들어와서는 알 수 없는 기계류를 만지거나, 두 손 가득 철학서를 안고 탐독하기도 했다.

"안아줘." 내가 말한다. 그러면 그는 아침까지 안아준다. 가끔 머리칼을 쓰다듬거나 등을 어루만지거나. 옷 갈아입을 때 훔쳐본 결과, 있어야 할 곳에 있어야 할 것이 제대로 달려 있다. 그런데도 결코 성행위로 흘러가지는 않는다.

"어째서야?" 내가 묻는다. (어쩌면 그게 아주 작으니까 그 콤플렉스로 아무것도 할 수 없는지도 모른다)라는 생각은 들지만, 그래도 입 밖에 내지는 않는다. 그의 그 부분은 퇴화한 것처럼 극소 미숙아인 것이다.

"네가 좋아."

그는 심각함을 그림으로 그린 듯한 얼굴로 고백했다. "오옷!" 나는 연극처럼 소리를 지르고, 로미오와 줄리엣 풍의 포즈를 취해 보였다.

"못 믿겠지? 하지만 진실을 말해주지. 난, 이 별의 인간이 아냐."

"아아, 그러세요?"

나는 억양 없이 말했다.

"어떤 임무를 띠고 여기에 왔어. 불시착으로 동료의 반은 죽었어. 나는 맡은 일을 계속해야만 해. 하지만 이제 싫어졌어."

"왜죠?"

나는, 건성으로.

"모르겠어? 당연하잖아. 네가 좋으니까."

"정말 고마워요."

"그 임무란, 하나는 이 별에 대한 조사야. 온갖 정보를 쓸어 모아서 이 별의 역사, 정치, 그리고 가장 중요한 건 인간의 사고방식과 성질, 특히 감정의 움직임 따위를 분석해."

"힘들겠네요."

"총체적으로 파악하려면 말이야. 놀란 게, 이 별의 모든 인간은 제각기 감정과 기분, 다시 말해 정서를 가지는 방식에 차이가 있다는 거야. 우리 별은 달라. 모두 똑같아. 그런 편이 인류 전체에게 이로워. 죽어야 할 인간은 죽어야 하고, 본인도 받아들이지. 다시 말해 전쟁 따위 일어나지 않아. 그건 긴 세월의 연구 성과로, 부작용이 없는 약물을 모두가 복용한 결과야. 약은 유전자에도 영향을 줘. 원시 본능은 점차 쇠퇴했어. 모든 야만적인 일이 악으로 여겨져 없어져버렸지."

"살인은 야만이 아냐?"

나는 얼마간의 증오를 담아 물었다.

"살인이 아냐. 본인도 그것을 원해서…… 다시 말해 자진해서 그렇게 하게 되었어……"

그는 '침통한 표정으로'라고 표현해야 할 것 같은 얼굴로, 조용히 중얼거렸다.

"그래도 약물의 영향을 받지 않는 돌연변이가 나오는 일이 있어. 어떤 연령에 달하면 온갖 검사를 받아. 이곳 별의 인간처럼 노름과 술과 돈과 물욕 같은 게 가끔 드러나는 녀석이 나오지. 그러면 수용소행이야."

이 남자는 미치광이가 아닐까.

"그보다 더 중요한 건, 우리 별에는 연애라는 게 드물어. 나도 이제껏 연애 감정이라는 걸 몰랐어. 이 별에 와서 너랑 만날 때까지는 말이지. 내 고향에서는 한창때가 되면 모두들 일단 사랑 같은 건 해. 국가에서 정해준 상대랑 말이야. 그리고 싸우지도 않고, 쌍으로 사이좋게 인생을 끝내는 거지. 하지만 그런 건 진짜로 '좋아한다'고 할 수 있는 게 아냐…… 나한테도 정해진 상대가 있었어. 지금도 기다리고 있겠지. 조금 더 있다 결혼할 생각이었어. 결혼 제도는 국가를 통합하기 위해 정말 편리한 거니까."

그는 분명 정신병원에서 탈출했을 것이다. SF마니아인 미치광이도 있겠지.

"**사랑**이니 **연애 감정**이니 해도 말이지. 그런 건 이 별에서도 드문 거야. 여성 주간지는 늘 그런 걸 특집으로 만들어. 처세 테크닉의 세속적인 냄새가 풀풀 나는 **사랑**을 말이야."

"……하지만 그건 잘못된 거였어. 다시 말해 우리 별처럼, 인간의 원시적인 욕망과 감정을 억누르고 통제한다는 건. 나는 어쩐지 검사에 안 걸린 돌연변이 같아. 이제껏 깨닫지 못했지만."

"어머, 꽤나 알쏭달쏭."

진저리가 나서 나는 담배로 손을 뻗었다. 그러고 보니 이 남자는 담배를 피우지 않는다. 수면 시간도 꽤 짧은 것 같고…… 어쩌면……

"넌, 지극히 가벼운 기분으로만 나를 생각해. 지금은."

"그렇지 않아."

부정하면서도 자신이 없었다. 나는 언제나 남자에게 반한 척을 한다. 게임이 재미있으니까. 하지만 이번만큼은 다르다. 왜냐니, 그의 전기 같은 것이……

"네가 가진 감정 따위, 감정이라고는 할 수 없어. 기분 정도인 거야. 왜냐하면 다른 여자애들도 모두 그 정도의 기분을 가지니까."

"그럼 너, 다른 데서 여자를 만나고 다녔다는 거야?"

"어."

"축하해."

"근데 이제 싫어졌다고 말했잖아? 내 또 다른 임무 하나는……"

"여자 꼬시는 건 어떻게 해?"

나는, 비웃으려고 한 말.

"어떻게라니…… 너를 대하는 태도랑 똑같지."

"그러면 모두 사랑에 빠져버려?"

적당히 해, 멍청아!

"어쩐지 그런 것 같아. 하지만 네 질투는 굉장해. 다른 아이의 집에서 그 아이와 서로 안고 있어도, 갑자기 머리가 아파질 때가 있어. 그것도 한밤중에. 너는 그때 잠들지 못하고 담배만 피우고 있어. 가끔 한숨을 쉬거나 술을 마시면서."

"어떻게 아는 거야?"

무심코 입 밖으로 나와버렸다. 그런 건 꼭꼭 숨기고 있어야 했는데. 나는 강의에도 나가지 않고, 끙끙 앓는 날이 계속되고 있다. 아르바이트도 자주 빠진다. 그것도 모두, 이런 시시한 남자 때문에!

"난, 알아."

그는 미소 지었다. 모든 것을 용서해도 될 듯한 멋진 미소였다. 나는 얼굴을 찌푸리고 담배를 손가락에 낀 채로 방 안을 돌아다녔다. 카펫에는 몇 군데 탄 자국이 생겨 있다.

"내가 임무를 포기한다는 건, 내 목숨을 노리는 자가 생긴다는 거야. 각오는 돼 있어. 그러니까 너도 알았으면 해."

"상관없어! 그런 거!"

나는 그에게 달려들었다. 이 남자의 묘하게 침착한 태도, 자신만만한 모습이 못마땅했기 때문이다. 자기가 뭐라도 되는 줄 아나? 마치 온갖 것을 다 알고 있다는 듯 말하고. 신흥종교 교주도 아니면서. 나는 그의 머리카락을 잡아당기려 했다. 그는 무시무시한 힘으로 내 두 팔목을 잡았다.

"제길! 사기꾼! 살인마!"

"난 살인마가 아냐. 사기도 안 쳤고."

"변태!"

머리카락을 잡으려고 발버둥 친다.

"성적인 변태도 아냐."

"돌팔이 새끼야! 죽어버려!"

"아니라니까."

"넌, 나를 속이고 있어. 잘도, 잘도……"

어째서 화를 내는지 모르겠어서, 나는 그만 날뛰기로 했다. 그러고는 훌쩍이며 울기 시작했다. 그는 나를 침대로 옮기고, 평소처럼 꼭 안았다.

"왜 우는 걸까, 이상해."

잠시 뒤, 나는 희미하게 겸연쩍은 웃음을 지었다.

"아니, 조금도 이상하지 않아."

그는 유난히 진지하게 신탁을 내리셨다.

어느 날 집에 돌아왔더니, 낯선 남자가 있었다. 그와

둘이서 가만히 서로 마주 보고 있다. 나는 침대 구석에 앉아 무릎을 두 손으로 끌어안고, 둘을 쳐다보았다.

"미안한데…… 좀, 밖으로 나가주지 않을래? 두 시간 정도."

그는 평상시의 조용한 목소리가 아니라, 감정을 억지로 억누른 느낌으로 속삭이듯 말했다.

"싫어."

나는 큰 소리로 말했다.

"왜?"

그의 목소리는 한층 더 가냘프다.

"왜냐하면 여긴 내 집이니까."

그는, 이제는 갈색으로 보이는 눈동자로 오랫동안 나를 보고 있었다. 속을 줄 알아?!

"알았어."

그 목소리에는 어떤 결의가 느껴졌다.

수수께끼의 인물은 그보다도 크다. 이런 계절에 모자를 깊이 눌러쓰고, 마스크를 하고, 코트를 껴입고 있다.

"여기는 추워. 정말 추워. 아가씨, 이상하게 보지 말아주십시오. 전, 지금 심한 감기에 걸렸어요. 아무튼 이곳의 바이러스란 답이 없다니까……"

덩치 큰 남자는 친근하게 굴려고 한다.

"그렇다고 하기엔 너무 오버잖아요. 그 아래에 비밀 병기라도 숨긴 것 같고."

나는 툭 받아쳤다.

"아니 아니…… 그런."

덩치 큰 남자는 눈을 치켜뜨고 마른기침을 두어 번 해 보였다.

그의 입술이 살짝 움직인다. 뭐라고 하는지는 잘 알 아들을 수 없다. 덩치 큰 남자는 끄덕이거나 부정하는 몸짓을 하기도 하고, 그러고 나서는 무언가를 말하기도 하는 듯하다.

둘은 잠자코 있다.

"이제, 그만!"

갑자기, 그가 일어났다. 덩치 큰 남자는 두 손을 드는 듯한 모습으로 눈을 크게 뜨더니, 그러고 나서 뒤로 쓰러졌다. 그의 손에는 권총 같은 것이 쥐어져 있었다.

"이걸 쓸 생각은 없었어."

그는 숨을 헐떡이고 있다.

"결국 살인마가 되고 말았어."

그는 기묘하게 떨리는 목소리로 말했다. 나는 말이 안 나온다. 도대체 둘 사이에 무슨 일이 일어났는지도 이해하지 못한 채 있다.

"왜 그래? 뭐야, 당신."

잠시 뒤, 내가 물었다.

"죽었어."

그는 무기를 넣었다.

"왜?"

"내 동향을 살피러 온 거야. 연락 사항이 있다면서. 난, 내 기분을 말해봤어. 여기에서 이 별의 인간과 함께, 라는 건 너와 함께라는 뜻인데, 살고 싶다고. 일에서 손을 떼겠다고. 저 사람은 나쁜 녀석이 아냐. 처음엔 깜짝 놀란 것 같았지만, 어쨌든 설득을 시도하기 시작했어. 하지만 난 생각을 바꿀 수 없다고 했지."

"그럼, 그럼…… 설마."

"이제까지 내 얘기가 거짓말이라고 생각했지?"

우주인인지 뭔지는 모르지만, 어쨌든 나는 사람이 그런 식으로 죽는 것을 처음 보았다. 침대 위에서 메뚜기처럼 뛰어오르고 싶은 기분이다. 하지만 이상하게도 묘하게 차분하다. 그것은 그에게 안겨 울었던 밤부터 그 남자를 믿기 시작했기 때문인지도 모른다.

"어쨌든." 나는 숨을 삼켰다. "뒤처리해야지."

"맞아. 피곤하지만……"

"차 운전할 수 있어. 렌터카 트렁크에 넣어서 어딘가

로 옮긴다든가."

"아니, 그건 안 돼."

"왜? 여기에서 시체랑 같이 살려고?"

"담요나 그런 거 있어?"

"어."

나는 옷장에서 두꺼운 담요와 쓴 적 없는 낡은 이불을 꺼냈다.

"여기 깔아."

두 장을 포갠다. 그러고는 둘이서 덩치 큰 남자를 들었다. 생각했던 만큼의 무게는 아니다. 하지만 시체라는 것은 다루기 어렵고 거치적거리니, 역시 상당한 무게다.

"이제부터는 안 보는 게 좋아. 잠깐 밖으로 나가 있어. 15분만."

나는 문을 닫았다. 다리가 후들거려서 굽에서 소리가 나는 것을 깨달았다. 이제 와서야 일의 중대함이 실감 나게 사무치기 시작한 것이다.

떨면서 찻집으로 들어갔다. 의자에 부딪혔다. 담배를 거꾸로 물었다. 나온 커피를 엎지르고, 스푼도 떨어뜨렸다. 돈 내는 걸 깜빡해서 주의를 받았는데, 이번에는 거스름돈 받는 것을 잊었다.

자동문이 열리고, 그가 들어왔다.

"나가자."

나는 안기듯 하며 걸었다.

"담요, 더러워졌어. 게다가 그 방은 악취가 엄청나. 밀폐하고 왔지만. 거기엔 안 돌아가는 게 좋아. 냄새가 없어질 때까지는."

"그건, 어떻게 됐어?"

"사라졌어. 화학 처리했거든. 완전히 사라져버렸어."

그는 내 팔을 당겨 택시를 멈춰 세웠다.

"어디로 가는 거야?"

"호텔."

그 방에서 그는 내 옷을 벗기고, 목덜미를 물기도 하고, 가슴을 잡기도 했다.

"싫어! 그만해."

"미안. 이곳 사람들이 하는 것처럼은, 난 못해. 지금, 기분이 상한 모양이네…… 어떻게 하면 돼?"

"평소대로 해."

나는 그에게 꽉 안겼다. 이미 공포는 없었다.

"이렇게 해도 당신 별에서는 아이가 생겨?"

"생기는 일이 많아. 반반 정도이려나. 시험관 아기라는 걸 이 별에서도 연구하는 것 같던데."

"그럼 당신, 여자애 집에서 자면서…… 와, 너무하네. 지구 씨 뿌리기 작전인 거야?"

그는 대답하지 않는다.

팔 힘이 더 세지고, 머리카락을 쓰다듬는 손가락이 부드러워졌다

(네가 좋아.)

아무런 예고도 없이, 그의 감정이 내 안으로 뛰어들어 왔다.

(지금, 뭐라고 말한 거야?)

나도 똑같은 방법으로 의사를 전한다. 그렇게 할 수 있을 거라고는 생각지도 못했는데.

(놀랐어? 드디어 통했네. 넌, 스스로도 깨닫지 못하는 사이에 내게 많은 걸 전해왔어. 넌 이곳 인간 중에서도 특별히 감정이 과격한 편이야. 하지만 내 생각을 전하려 하면 거절해. 철벽을 치고 말이야. 그게 지금, 겨우 없어졌어.)

(다른 애들이랑도 이런 식이야?)

(아니, 달라.)

나는 그의 목에 두 팔을 감았다. 생각이 너무 격렬해진 탓에 몸에 경련이 났다. 영문을 알 수 없었고, 두 개의 마음이 섞이고, 그리고 끝났다.

"좋았어?"

그는 소리를 내어 말했다. 나는 웃어 보였다.

"앞으로 어쩔 거야?"

"난, 도망가야 해. 다른 동료가 가만있지 않을 거야."

"나도 같이."

"가능하면 말이야."

"어째서?"

"우리가 타고 온 기계는 반은 고장 나 있어. 그걸 가능한 한 고쳐서 여기서 도망치려고 해. 상태가 괜찮다면 너도 같이 갈 수 있어."

"지구 밖으로?"

"맞아."

"물론 갈 거야—근데 이런 말을 하다니, 나도 너랑 같이 미치기 시작한 것 같아."

"노란 버스*에서 탈출한 거야."

그는 너무나 천진난만하게 웃었다.

"덜컹거리든 어떻든, 같이 갈래."

"그건 안 돼. 난 살아남을지도 모르지만, 네 몸이 견

---

* 1970년대 중반 무렵, 일본에서는 노란 구급차가 머리가 이상한 사람을 납치해 간다는 괴담이 유행했다.

딜지 어떨지……"

(죽어도 본전이잖아.)

마음속으로 외쳤다.

"아니, 안 돼."

"왜?"

"2년…… 지나면, 반드시 돌아올 거야. 그때까지 기다리는 편이 안전해. 왜냐니……"

"아아, 너."

뜻을 이해하고 나는 그의 목에 다시 팔을 감았다.

"지금, 임신한 거야?"

"맞아."

"어떻게 알았어?"

"탁 하는 소리가 났으니까."

둘은 러브호텔 침대 위에서 크게 웃었다.

주간지에 기묘한 결혼 사기꾼 이야기가 실렸다. 외계인이라느니 뭐라느니 하면서 여자아이를 현혹한다. 어째서인지 모두가 걸려들어 돈을 갖다 바친다. 그 남자는 성적인 콤플렉스 때문에 여성에게 원한을 품게 되었다고 한다. 지금은 정신병원으로 돌려보내졌다.

"그런 쪽 테크닉이 굉장하다고 하면 모르겠는데, 어

째서 다들 걸려든 걸까?"

　레이코가 전화를 걸어 왔다.

　"매력이 엄청났던 거 아닐까?"

　나는 무책임하게.

　"그렇지. 여자란 바보니까. 나라면 그런 데는 안 걸려 들어."

　레이코는 신난 것 같다. 나는 주간지의 사진을 뚫어 져라 쳐다본다. 그와 닮은 것 같기도 하고, 안 닮은 것 같 기도 하다. 선명하지 않아서 잘 모르겠다.

　"프랑스랑 베트남이랑 일본의 혼혈이래. 실제로 보 면 좋은 남자였을지도 모르지. 나, 미친 사람 느낌 좋아 해. 야수처럼 깔아 눕혀주고…… 아, 이 사람의 경우는 불능자인가."

　레이코가 재잘거린다.

　"근데, 그래서 임신한 사람 있을까?"

　그렇게 묻는 것은 다소 불안을 느꼈기 때문이다.

　"어머, 너도 참 멍청하다. 초등학생도 아니고, 키스하 면 아이가 생긴다는 생각이라도 하는 거야? 요즘은 그런 나이에도 조숙한 꼬마가 있다던데."

　UFO 소동도 다시 기승을 부렸다. 가나가와의 그 산 속에서 정체불명의 대폭발이 일어났다고 한다. 학자와

학자 비슷한 인물, 마니아와 한가한 사람들이 속속 몰려들고 있다고 한다.

그 사람은 죽었다.

왜냐하면 돌아오지를 않으니까. 그는 내게 추억과 아들을 남기고 죽어버렸다. 나는 지금도, 그가 다른 별의 사람이었다고 믿고 있다.

아이는 유치원을 다니게 되었다. 지능지수가 대단해서 2백 몇이라나. 선생님과 주위 사람들이 '이 아이는 천재'라고 보증한다.

그런 건 뭐, 어찌 됐든 상관없지만…… 내게는 걱정의 씨앗이 딱 하나 있다.

아빠가 없는 아이니까 뒤에서 손가락질당할지 어떨지, 불량해지지 않을지, 그런 문제가 아니다. 생활도 꽤 힘들지만, 어떻게든 살고 있다. 결혼하고 싶다는 생각도 안 들고, 남자가 필요하지도 않다.

가끔 무시무시한 고독감에 사로잡히지만, 그 추억 하나에 기대어 계속 살아갈 수는 있다. 이제, 거의 울지 않게 되었다.

걱정의 씨앗이란 참으로 현실적인 문제인데, 어쩐지 우리 아들이 너무 조숙한 녀석인 듯하다는 것이다. 병원

놀이 같은 것은 하지 않는다. 그저 마음에 드는 여자아이를 꽉 끌어안기를 좋아해서, 선생님들은 "좀 도가 지나치지만, 애정에 목말라 있는 거겠죠. 편모가정이니까요" 같은 말을 한다.

하지만 상대 여자아이의 배가 불러오면 어쩌지. 네 살 정도의 아이에게 배란은 없으니까, 하고 낙관적으로 볼 수만은 없다. 그 사람은 그런 천재적인 방법으로 나를 임신시켰으니까.

게다가 우리 아이는 마음에 드는 상대가 2주일 정도마다 계속 바뀌는 모양이다.

유치원 여자아이들이 전부 임신하면 어쩌지. 그런 생각으로 밤에도 잠이 안 온다고 하면, 너무 지나친 말일까.

무조건 지루해

개찰구 너머에 〈그〉가 서 있었다. 평소처럼 몸에 맞지 않는 옷을 빼입고 있다. 전부 아버지 것이겠지. 특히 바지가 헐렁하다. 기대어 있던 기둥에서 등을 떼지 않고, 한 손을 들어 아는 체했다.

나는 차표를 슬릿에 넣고, 금속 바가 들어가 열리기를 기다렸다. 뒤에서 온 남자아이가 내 등에 바싹 따라붙었다. 차표를 못 산 거겠지. 둘이서 같이 통과한 뒤, 그는 입속으로 "고마워" 같은 말을 하고서 귀찮은 듯 걸어갔다.

"뭐야, 저건?"

〈그〉는 히죽거리고 있다.

"네가 항상 하는 거야."

"통과를 못 한 녀석들이 떼거리로 뭉쳐 있어."

"저 사람들, 어떡해? 막차가 가버리면."

"쫓겨날 뿐이지."

"진짜? 신원보증인이 없으면 하룻밤 잘 수 있지 않을 까 생각했어."

"그건 옛날 얘기야. 사람이 너무 많아서 다 수용할 수 가 없어, 지금은."

둘이 나란히 서서 기둥에 기대어 있다. 다리가 아파 서 나는 바로 웅크려 앉았다. 〈그〉도 똑같이 했다.

"어디 갈래?"

나는 한숨을 쉬었다.

"어…… 우선, 지상으로라도."

〈그〉 또한 한숨을 쉬었다. 그러고 나서 억지스럽게 "우리 만나면, 항상 똑같은 거 하잖아. 서로 엄청 사랑하 는 거 아냐?"

나는 코웃음 치는 듯한 얼굴을 했다. 처음부터 비슷 했을 뿐이니까. 2년 전에는 그게 기뻤다. 별자리, 혈액형 뿐만 아니라 키, 몸무게까지 같다는 것이. 지금은 내가 2센티미터 더 크다.

"에구구." 〈그〉가 일어섰다. "이런 간단한 동작만 해 도 죽겠네. 왜 이렇게 몸이 무겁지?"

"밥 안 먹었지?"

"아, 그거다. 까먹고 있었어."

"밖에 나가기 전에는 먹으려고 하고 있어. 몇 번이나 쓰러졌으니까. 하루에 두 번은 식사를 해야만 하는 것 같아."

"왜일까?"

〈그〉는 얼이 빠진 듯한 목소리를 냈다. 평소에는 멍청이인 척하고 있다고 해석하지만, 때때로 진짜 바보가 아닐까 하는 생각이 들 때가 있다.

"지루하니까 그렇겠지. 뭔가를 안 하면."

"맞아. 네가 옳아."

지상으로 나가는 계단 옆에도 소년소녀들(열두세 살부터 서른 살 정도까지)이 앉아 있다. 모두 일이 없는 것이다.

"실업자용 식당에 가는 건 어때?"

〈그〉가 뒤돌아보았다.

"싫어. 깡패들 집합소니까. 신분증을 빼앗겨버리면 끝장이야. 녀석들은 그걸 암거래로 판다고."

"내가 같이 있잖아."

그렇게 말하며 〈그〉는 혼자 웃음을 터뜨렸다. 나는 재미없다는 표정을 지었다.

지상에는 볕이 내리쬐고 있었다. 더러운 거리가 펼쳐져 있다. 나는 개방된 장소가 무섭다. 프레임이 없는 풍경이 익숙지 않은 것이다. 진짜든 가짜 창문이든 좋으니, 테두리에 박힌 그림을 보고 있으면 마음이 차분해진다. 텔레비전을 너무 많이 보는 건지도 모른다.

"쇼핑할까?"

"같이 하기 싫어. 밖에서 기다릴게."

"협력자가 있는 편이 좋아. 근데 너라면, 말도 안 되는 실수를 할 것 같긴 해."

절도로 잡힌 적이 없다는 것이 〈그〉의 자랑거리다. 도난방지 카메라의 얼마 되지 않는 사각지대를 노리는 게 포인트라고 말했었다.

분수광장 방향으로 걸으면서 〈그〉는 양쪽 가게를 잘 살피고 있다. 갑자기 약국에 들어갔다. 나는 그대로 천천히 걸었다. 〈그〉는 바로 따라왔다. 잠시 잠자코 있는다. 작은 골목을 돌았다. 돈으로 바꿔주는 곳으로 가는 거겠지.

건물 2층에서 내려온 〈그〉는 현금을 손에 들고 있었다. 얼마 안 되는 금액이다. "여기" 하고 내게 건넨다. "어휴, 장난 아니었어. 엄청 성실한 점원이 있어서. 눈알을 이리저리 굴리고 있는 거야. 잘리고 싶지 않으니까 그러겠지만, 그 바람에 돈이 안 되는 것까지 가져와야 했어."

〈그〉는 주머니에서 작은 상자를 내보였다.

"뭐야?"

"사후피임약이래. 산 적이 없어서 몰랐어. 환금소換金所
사람이 가르쳐줬어."

"누가 쓰는 걸까?"

"변태 노인들이겠지. 하는 횟수가 많거나 정자가 많거
나 둘 중 하나야. 요즘은 특이체질이야, 그런 건. 왜 그래?"

"마지막으로 한 게 언제였는지 기억이 안 나서."

"나랑이라면, 2년 전 처음 만났을 때 두 번."

"그렇네."

"다른 사람이랑 했어?"

"그렇게 피곤한 짓, 할 이유가 거의 없잖아."

"그렇긴 하지만…… 피곤한 것도 나쁘지 않아. 뭔가
를 해냈다는 실감이 들어서. 전혀 안 피곤하면, 지루하다
는 생각 안 들어?"

"모르겠어."

해야만 할 것 같은 기분이 든다. 1년 정도 헤어져 있
었던 것은 그것 때문일지도 모른다. 오랫동안 안 했기 때
문에 연애 감정이 옅어진 것이다. 최근에 만나게 된 것은
〈그〉가 텔레비전에 나왔기 때문이다. 그 프로그램을 제

작한 회사의 중역이 우리 엄마였으니까. '정신분석의 방'인가 뭔가 하는, 미리 짜고 하는 프로그램이었다. 전화해서 왜 나왔는지를 묻자 "엄마가 이걸 보고 불쌍하다고 생각해서, 저를 데리러 올지도 모르니까"라고 말했다. 15년이나 전에 증발한 엄마가 스물한 살이 된, 심지어 익명으로 나온 아들을 알아볼 리가 없다. 그렇게 생각했지만 나는 입 밖에 내지 않았다.

패스트푸드 가게에 들어갔다. '고급 죽 레스토랑'이라는 이름이 붙어 있다. 어디가 고급인지 모르겠다. 밥그릇 두 개를 놓은 쟁반을 들자, 살짝 현기증이 났다. 그에게 주의를 준 주제에 어제부터 아무것도 안 먹었다는 사실이 떠올랐다. 먹는 것을 까먹어서 굶어 죽는 젊은 남녀가 늘었다고 텔레비전 뉴스에 나왔었다.

"부끄러워, 어쩐지."

숟가락을 집어 들고서, 나는 말했다.

"응."

〈그〉는 끄덕인다.

"늘 혼자서만 먹었으니까."

"나도."

둘이 나란히 앉아 비디오 스크린을 보면서 먹었다. 무언가 볼 것이 없으면 마음이 가라앉지 않는 것이다.

화면에는 남쪽 섬의 일몰이 나오고 있었다. 카메라가 움직이지 않아서 가짜 창문 같다. 해가 다 지고 나자 '금주의 톱 40'이라는 프로그램이 시작됐다. 이 가게는 '언제나 최신 비디오 상영'이 캐치프레이즈다.

나는 밥그릇을 포개 얹고 가까이 있는 쓰레기통에 넣었다.

"여자 친구는 어떻게 됐어?"

"어?"

"나 다음 사귄 사람 있었잖아."

"안 만나."

"왜?"

〈그〉는 눈썹을 찡그렸다. 어쩔 수 없네,라는 느낌으로 한숨을 쉰다. "걔, 부모님이 둘 다 있어."

"신기하네."

"그래서 그런지 아니면 뭐 때문인지, 세계를 의심하지 않더라고. 너무 활기차고 떠들썩하고, 희망 같은 걸 갖고 있어."

"너랑 결혼할 거라는 희망?"

"아이를 낳겠다는 희망 같은 거 말이야."

"체내수정으로?"

"어. 가능할 것 같지 않아? 그 몸매를 보면."

150센티에 50킬로 정도다. 남녀 불문하고 170센티에 50킬로가 평균인데.

"더 이상은 말하기 싫어."

다시 한숨을 쉬더니 〈그〉는 시선을 화면으로 되돌렸다.

더 이상이라니, 달리 뭐가 있을까. 생리라도 있는 건지도 모른다. 나도 어릴 때 2, 3년은 있었다. 열여덟이 지나 점차 음식을 먹지 않게 되어, 어느새인가 없어져버렸다. 무엇보다 여자 같은(혹은 남자 같은) 체형이면 인기가 없다. 요즘 세상에서 살이 찐 사람은 중년 이상이거나, 병원의 특별 메뉴를 실천하고 있는 임산부 정도이다.

〈그〉는 스크린의 아이돌을 쳐다보고 있다. 〈그〉가 진심으로 사랑하는 것은 이 아이돌 가수일 것이다. 나도 좋아하는 탤런트가 있다. 그러니까 아무리 질투해도 당해낼 수 없는 건 알고 있다. 상대는 이미지니까. 하지만 역시 질투는 있다.

"얼마 전 하원 선거, 저 아이 뽑았어?"

질투해야만 하는 거 아닐까, 라는 생각도 한다. 이건 (그와 나는) 일단 연애를 하고 있는 거니까. 의무감을 자각한 순간, 싱거운 기분이 든다.

"뽑았어. 쳇, 상관없잖아."

"열다섯부터 선거권이 있다니, 어이없어."

"그럴지도 모르지."

"게다가 '빛나라! 제 몇 회 선거 투표'라니."

"그래서 투표율이 높아졌잖아. 텔레비전 앞에서 좋아하는 탤런트 번호를 누르기만 하면 끝나니까."

"그래도 아이돌이 획득한 표수로 어떤 정치가를 뽑을지는 공표되지 않아."

"다 아는 얘기 하지 마."

〈그〉는 고개를 저었다. "나가자."

거리에는 실업자가 넘쳐난다. 서거나 앉거나 떠들거나, 악기를 연주하거나.

"왜 이렇게 많은 걸까?"

〈그〉는 이미 기분이 나아져 있다.

"신주쿠니까."

"어째서 모이는 걸까? 무임승차까지 하면서."

"구경하고 있는 거 아냐? 서로를."

고마극장에 가까워지자 그 수는 더욱더 많아졌다. 경찰 순찰기 두 대가 머리 위를 날고 있다. 가끔 내려와서는 녹음테이프로 같은 말을 반복한다. 〈20분 이상 같은 장소에 있는 것은 법률 위반입니다. 이동해주십시오.〉

광장까지 와서 나란히 앉았다.

"무슨 일 있어?"

할 얘기가 없으니 〈그〉는 그런 말을 한다.

"아무 일도 없어."

그렇게 대답한 순간, 초조해지기 시작했다.

"잘 지내?"

"어."

"너희 엄마는?"

"잘 지내."

이런 바보 같은 남자아이와 사귄다 한들 무슨 소용인가 싶다.

"넌?"

"기분? 좋아."

"너희 아버지는?"

"요즘, 사춘기가 온 모양이야."

〈그〉는 희미하게 웃었다. "가끔, 골똘히 생각에 잠겨 있어."

"왜?"

"아이덴티티에 대해 고민하고 있는 거 아냐? 환갑이 돼서."

둘이 나란히 웃었다.

"아니, 아무래도 연애하는 것 같아." 〈그〉가 덧붙였다.

"노인이란, 기운이 있잖아? 뭔가 무턱대고 열심인 것 같아. 일기를 쓰거나 편지를 쓰거나 선물을 보내거나 하면서."

"상대가 진짜 인간이야?"

나는 묘한 말을 했지만, 〈그〉는 이해한 모양이다. 아이돌이 아니라,라는 의미로.

"어, 녹색 문*은 아닌 것 같아."

이미지 얘기다. 환각제 따위에도 쓰는 말이지만.

"힘들지 않아? 노인의 연애는."

"맞아. 대단한 일인 것 같은 얼굴을 하니까. 우리들 같은 사람들은, 그거잖아. 의무감으로 사랑을 하잖아? 젊은이들은 사랑을 해야만 한다, 같은. 아니면, 심심해서 달리 할 일이 없으니까,라든가." 이어서, 누가 봐도 거짓말처럼 "아니, 네 얘기가 아냐. 넌 특별하지. 알잖아".

"그래서?"

나는 눈을 내리뜨고 상대를 봤다. 진심으로 욱했는지

---

* 일찍이 작가 오 헨리의 단편소설 「The Green Door」(1906)가 있었지만, 미국 가수 짐 로우의 노래 「The Green Door」(1956)가 크게 히트하면서 '녹색 문'은 함부로 들어갈 수는 없지만 상상력을 자극하는 비밀스러운 장소를 상징하는 이미지로 대중들에게 널리 알려지게 되었다.

어떤지, 잘 모르겠다. 연기가 성격에 섞여 들어 있다. 적어도 기쁘지는 않을 것이다,라고 어렴풋이 생각한다.

"소중히 하고 있잖아."

〈그〉의 목소리는 날카로워져 있다. 그것도 연기일지도 모른다.

"어떤 식으로?"

아무래도 상관없다는 기분도 들지만.

"예를 들면 말이지─"

〈거기 검은 옷, 이동하십시오.〉

항공순찰반이 주의를 준다.

〈이동하십시오.〉

내려왔다. 검은 옷은 갑자기 일어나 뛰기 시작했다. 그 뛰는 자세가 좋지 않았던 것 같다. 로봇 팔이 내려왔다. 그 사람은 두 팔을 들었다. 팔을 내린 채 있으면, 몸통과 함께 끼어 다칠 가능성이 있기 때문이다. 검은 옷은 공중에 매달려 끌려갔다.

"너무하네."

〈그〉는 올려다보았다.

"저러고 나서 어떻게 돼?"

"경고 처분, 벌금."

"잡힌 적 있지?"

"적발이라는 게, 경찰 기분 나름이야. 이유는 얼마든지 갖다 붙일 수 있어."

"저러면, 어떤 기분이야?"

"두 팔을 옆으로 벌려서 그런지, 펠리니*의 첫 부분이 떠올랐어."

모르겠다.

"넌, 뭘 모르는구나. 그러니까 취직해도 바로 잘리지."

반년에 한 번은 취직 시험을 봐야만 한다. 그 이력은 신분증에 기록된다. 게을리하면 어떤 처벌을 받는지, 나는 모른다.

"시험엔 붙거든?"

나는 기운 없이 항의했다.

"직종은?"

"웨이트리스. 거기에도 조건이 있어. 키라든가. 네 여자 친구 같은 사람은 못 붙어."

"걔는 계속 약혼을 하니까, 취직 시험을 안 봐도 돼. 다시 말해서 결혼 준비 기간으로 인정되니까. 짜증 나, 화제가 빙빙 돌고 있어."

"약혼했었어? 너."

---

* 페데리코 펠리니(1920~1993): 이탈리아의 영화감독.

"말하고 싶지 않아."

했겠지.

나는 손톱을 깨물었다. 〈그〉는 나의 그 손을 잡고 가볍게 쥐었다.

"자꾸 꼬치꼬치 캐묻지 마. 짜증 나니까."

나는 가만히 있었다.

"근데, 저번에 그 전화, 누구야?"〈그〉가 말했다.

"뭐야. 갑자기 그게 무슨 얘기야."

"너희 집에 둘이서 갔을 때, 전화 왔었잖아. 화면을 띄우지 않았던 건, 남자니까 그랬겠지?"

"영상을 안 보내줘서 그래, 상대가."

"그런 일이 있겠냐고."

"있어. 나도 항상 그렇게 해. 남한테 보이고 싶지 않은 차림으로 있거나 그럴 때."

최악이다.

"예를 들면?"

"머리가 헝클어져 있다든가."

"나랑 할 땐 항상 영상 보내잖아. 머리가 깔끔하지 않아도."

"그건, 너니까."

혼자 집에 가고 싶다.

"심지어 그러고 나서 나를 빨리 내보내고 싶어 했어."

"착각이야."

어떻게 마무리 짓지?

"집에 가고 싶다고 생각하고 있지? 추궁당했으니."

뒤쪽에서 퍽 하는 소리가 났다. 남자가 여자의 머리를 무언가 무겁고 딱딱한 것으로 때리고 있다. 몇 번이나. 여자의 두 손이 올라가 있다. 이윽고 비명 소리가 들렸다. 여자는 쓰러져갔다. 피투성이다.

여자는 더 이상 움직이지 않았다. 가해자는 입 속으로 뭐라고 중얼거리고 있다. 꼴좋다라든가, ……한 대가다,라든가.

여자의 피를 뒤집어쓴 채, 남자는 걸어갔다. 아무도 움직일 수 없다. 순찰반이 온 것은 그로부터 2분이나 지나서다.

나는 〈그〉가 빈혈을 일으키는 것 아닐까 생각했다. 원래도 하얀 얼굴이 새파랗게 질려 있었기 때문이다.

"생생하네."

아직 남아 있는 끈적한 피를 보고 있다.

"가자."

"잠깐만. 너무 박력 있어서 머릿속이 새하얘져버렸어. 마치 진짜 같아서."

"진짜였어."

"아, 그렇군."

〈그〉는 피 냄새를 맡으려다가 경찰에게 제지당했다. 그건 연기다. 〈그〉에게는 후각이라는 게 거의 없으니까. 냄새도 맛도 모르니까. 그런 경향은 내게도 있다. 요즘 애들이 먹는 데 흥미가 없는 것은 그 때문인지도 모른다. 일상생활이 텔레비전 속 한 장면으로 보이는 것도.

"나도 모르게 프레임에 끼워 넣고 생각해버려. 그러면 어떤 그림이라도 신선해 보이고, 보는 사람으로서 안심할 수 있어."

혼잣말처럼 〈그〉가 중얼거렸다. 그리고 나를 향해 방긋 웃으며(방긋이라기보다 다른 표정으로 보이기도 했지만) "아휴, 오랜만에 흥분했네. 짜고 하는 거 아니지? 방송국 사람 안 왔어? 우리 엄마한테 보여주고 싶네."

나는 잠자코 있었다. 확실히 설명할 수는 없지만, 사태가 무언가 이상한 국면으로 접어들었다는 기분이 들었다.

방송국에서 나온 사람은 없었다.

비디오카메라를 (취미로) 찍고 있는, 서른 살쯤으로 보이는 남자가 있었다.

"부탁하고 올게."

〈그〉는 평소처럼 밝은 남자아이로 돌아왔다.

"뭘?"

"복사하게 해달라고."

「바람과 함께 사라지다」를 보고 있는데, 엄마가 온 것 같다. 현관 쪽에서 소리가 난다. '시끄러워'라고 생각하면서 화면에 집중하려 한다. 거의 마지막 부분이다. 레트 버틀러가 나가고 스칼렛 오하라가 계단에 쓰러지는 장면이다. 나는 늘, 여기에서 울어버린다. 몇 번을 봐도 눈물이 난다.

철이 들고 나서 (최근 2년 정도) 현실 생활에서 운 적은 없다. 무언가 중대한 일이 생기면 별일 아냐, 하고 자신을 속인다. 되도록 타격을 받지 않도록 한다. 그것이 습관이 되어 감정이 없는 인간이 되어버렸다. 상상으로 만들어진 세계라면, 그런 점에서 안심하고 울 수 있다.

엄마는 자기 방으로 들어간 것 같다.

나는 눈물을 줄줄 흘리며 스칼렛의 앞으로의 운명을 생각했다. 과연, 레트의 애정을 되돌릴 수가 있을까. 하지만 그런 남자이니, 한번 마음을 정하면 태도를 바꾸지 않을 것 같은 기분이 든다. 내가 사귀어온 사람들 같은 유약한 타입이 아니니까. 영화에서 보는 스타일의 남성들은 모두 정말 다루기가 힘들다. 자신의 남성성에 계속 집착하고 있으니까. 남자로서의 프라이드라든가, 어울리는 행동이라든가, 바보처럼 보일 때도 있다. 그 원리만 잘 이해한다면, 대처하기는 간단할지도 모르지만.

버튼을 누르자 화면이 어두워졌다.

"어때?"

엄마가 나왔다. 티슈 상자를 한 손에 들고 화장을 지우면서.

"어, 뭐, 잘 지내지."

어쩐지 쑥스럽달까, 뻘쭘하다. 엄마와 이야기할 때는 언제나 그렇다.

"요즘 뭐 해? 재밌는 일 있어?"

상대가 부모 자식 간의 커뮤니케이션을 시도하려고 하는 것을 딱 자를 수도 없다.

"평소랑 똑같아."

"집안일 하고, 그러고 나선 멍하니 있어."

"흐음, 한가해서 좋겠네."

엄마는 크림이 묻은 얼굴을 문지르며 웅크려 앉아 있다. 어른 여자의 이런 모습은 별로 보고 싶지 않다.

"메모리 보면 알겠지만…… 아빠한테서 전화 왔었어."

미묘한 화제다.

"그렇구나."

엄마의 표정은 바뀌지 않는다. 그렇다기보다 얼굴이 온통 하얘서 잘 모르겠다. "뭐래?"

"녹음해놨어…… 얘기하기 힘들었어. 그런 타입이라 파장이 안 맞으니까. 좋은 사람이라는 건 알지만."

"숨 막히지, 성격이."

여기에서 동의해도 되는 걸까.

"하는 말들이 다 과장이고."

엄마는 홀로 끄덕였다. 크림이 투명해졌다. 몸짓으로 알려주자, 티슈로 닦아내기 시작했다.

"그런 걸 19세기적인 '성격'이라고 하는 거야. 확실치 않은 요즘 남자애들도 싫지만, 그렇게까지 꽉 막힌 것도 질색이라니까."

"뭔가 다시 잘해보고 싶은 거 아냐?"

텔레비전을 틀어놓지 않으면 마음이 가라앉지 않는다. 하지만 실례인 것 같기도 하다.

"그런 느낌이었어? 분위기가."

"그랬어."

"여전히 바보네!"

예전 남편에 대해 말하고 있다. "그 인간의 세계관이 얼마나 견고하냐면, 깡통 장난감도 댈 게 못 돼. 천국이랑 비슷할 정도로 오래가겠지."

"엄마."

"왜."

"아는 단어가 꽤 많네."

"그건, 너처럼 항상 텔레비전만 보고 있진 않으니까. 책도 읽고."

얼굴을 다 닦자 더러워진 티슈가 산더미처럼 쌓였다. 나는 그것을 버렸다.

"아빠 부인한테서도 전화가 왔었어. 그러고 나서."

"뭐래?"

엄마는 상자를 들고 일어섰다.

"저희 남편이 거기 안 갔나요, 하고. 뭔가 시끄럽게 떠들었어―그 사람, 못생겼지."

나는 엄마에게 아첨하고 있다. 나를 키워주고 있기 때문이다. 뭐라도 하지 않으면, 미안하다. 같은 편부모라도 〈그〉의 사고방식은 또 다르다. 엄마가 집을 나간 건 아빠 탓이라고 단정 짓고는 가능한 한 빨아먹고, 그러면서도 부모를 무시한다는 수단을 취하고 있다. 엄마가 돌아올 때가 〈그〉에게 천사의 나팔이 울려 퍼지는 날인 것이다. 그것은 자기가 모든 의미에서 구원받는 날이기도 하다는 것 같다. 그런 날은 결코 오지 않으니, 어디까지나 망상을 부풀려도 괜찮은 것이다.

"내가 더 예쁜 것 같아?"

번들번들 빛나는 얼굴로 엄마가 물었다.

"응. 왜냐하면 그 사람, 키가 작고 살쪘잖아. 피부도 검고. 목소리는 쉬어 있고."

서비스하는 중에 〈그〉의 약혼자인 여자 친구와 닮았다는 생각이 들기 시작했다. 실제로 닮았는지 어떤지는 문제가 아니다. 이미지가 같다면 한데 묶을 수 있다. 착상에 감격해서 내 목소리에 힘이 실렸다. "게다가 아이를 네 명이나 자연히 낳다니, 동물 같아."

명백히, 엄마는 만족하고 있다. 언제나 1등을 하고 싶은 사람이니까.

"요즘 고양이는 불임이 많다는 것 같아"라는 둥 뭐라고 말하고 있다.

"이리로 와. 얘기 좀 하자."

엄마는 자기 방으로 들어갔다.

부모 자식 간의 대화라는 게 그렇게 중요한 걸까. 드라마의 테마가 되기도 하니까 중요한 거겠지.

얼굴 손질을 마친 엄마는 침대에 배를 깔고 엎드려 담배를 피우고 있었다. 남들은 몰랐으면 하는 나쁜 습관이다.

나는 옆에 놓인 의자에 앉아 한쪽 무릎을 양손으로 끌어안았다.

"일이랑 관련이 있어."

얘기를 듣고 있다는 표시로, 나는 끄덕였다.

"뇌의 어떤 부위에 전기자극을 주면 쾌감이 생긴다는 건 알고 있지?"

몰랐지만 일단 끄덕였다.

"그 실험이 처음으로 이루어진 건 꽤 오래전이야. 전극을 단 환자는 한 시간에 5천 번이나 스위치를 눌렀다는 거지. 그거랑 텔레비전을 연동시키는 장치가 실용화됐어. 수상기受像機에 전원이 켜짐과 동시에 뇌를 자극하는 거야. 자기가 일일이 스위치를 누르지 않아도, 자동으로 적당한 간격을 두고 약한 전기가 흘러."

"들어본 적 있어. 그거 쓰는 사람, 친구 중에 있었거든."

어쩐지 언제나 멍하니 있는 아이였다. 원래 그런지, 뇌에 단 전극 탓인지는 확실치 않다.

"널리 보급되어 있는 건 아니지, 하지만."

"수술하는 거야?"

"아주 간단한 거야. 단시간에 끝나고, 아프지도 않고. 귀 뚫는 정도라나 봐."

엄마는 어째서인지 화를 내고 있다. 그런 듯하다.

"그러면,"

나는 무슨 말이든 해야지,라는 생각에 말을 이었다. "기분이 좋아지는 거야? 텔레비전을 보는 동안?"

"아마도."

"그럼, 하루 종일 텔레비전을 보고 있는 게 되잖아."

말은 이렇게 하지만, 지금도 그렇다. 방에 혼자 있을 때는 대체로 텔레비전을 보고 있다. 그리고 거의 항상, 나는 방에 혼자 있다.

"이번에 대대적으로 캠페인을 한대. 장치를 달자,라는. 난 개인적으로는 반대야."

엄마로서의 발언인 걸까.

"왜?"

"그런 수단까지 써서 텔레비전을 더 보게 한다는 데 의문을 느껴."

"근데 이미 정해진 거잖아?"

"제작 중이야. 5초짜리랑 15초짜리로. 그 카피도 정말 끔찍해. '더 많은 기분'이라든가, '행복—당신이 손에 넣는 것'이라든가. 추잡한 느낌 들지?"

"무덤 광고 같네."

나는 문득 떠오른 생각을 말했다.

"듣고 보니 그러네. 지금은, 지옥은 잠잠하고 천국의 이미지가 이 나라를 뒤덮고 있으니. 그 차이를 말하자면, 지옥은 무엇이든 또렷해. 천국은 모든 게 막연하고. 적극적으로 좋은 느낌이 아냐. 수동적이고 막연한 쾌감인 거지."

그러면 안 된다는 걸까? 왜 안 되는 건지 모르겠다.

"엄마 일에는 오히려 잘된 거 아냐?"

"그건 그렇지, 확실히."

"분명 유행할 거야."

나는 유행에 약하다. 주체성이 없으니까. 유행하는 것은 일단 해보고 싶어진다.

"텔레비전 중독이 되면 아무것도 할 수 없을 텐데."

그 말을 듣고 나는 생각하는 척했다.

"근데 할 일이 없잖아."

"그래? 정말로? 내가 일 나간 사이에 너 하루 종일 뭐 해?"

"일어나는 시간은 안 정해져 있어. 하지만 오전 중에 일어나려고 하고는 있어. 우선, 무언가 마시잖아? 그러고서 텔레비전을 봐. 스스로, 점점 인간 같은 기분이 들기 시작해. 목욕하고. 청소는 그런 다음 해. 왜냐하면 더운물에 목욕하지 않으면 몸이 안 움직이니까. 빨래. 집안일은 다 해서 한 시간 정도. 그러고 나서는 계속 텔레비전."

정말 아무것도 안 한다. 스스로도 어이없다.

"그게 다야?"

엄마는 내가 공부라도 한다고 생각했던 걸까.

"직업이 없으니까 돈이 없거든. 아무 데도 못 가."

"도서관은?"

"책도 그렇고 비디오도 인기 있는 것밖에 없어. 얼마 전에 「블레이드 러너」 빌리려다가 없어서 깜짝 놀랐어. 친구 집에 가면 돈이 안 들지만, 남이랑 얘기하면 너무 피곤하거든. 자주 만나는 게 아니니까, 거리감을 좁힐 수가 없어. 아빠랑 얘기하면 지치는 건, 또 다른 이유지만."

이렇게 엄마와 얘기하기도 피곤하다. 나는 살아 있는 인간이 거북한 것이다.

"일은 못 구했어?"

엄마는 나를 걱정하고 있다.

"……응."

내가 멍청하고 어린애 같기 때문일 것이다. 직종에는 각각 인정된 IQ라는 것이 있다. 대부분의 직업들은 내 능력보다 높은 지능지수를 요구한다. 사람이 남아도니 당연하다. 〈그〉처럼 지능은 높은데 일부러 시험에 떨어지려고 하는 사람도 있다. 언제까지나 부모의 보호를 받고 싶어서. 〈그〉의 경우는 아버지에게 복수하고 싶은 의미도 있고.

"어째서일까."

"엄마, 이상한 얘기해도 돼?"

"어, 돼."

"나한테는 불운이 들러붙어 있는 모양이야. 일하면 2주 정도 만에 잘리고 월급도 못 받는 건 내가 틀려먹어서 그런 거겠지만, 대체로 그 가게도 잘 안돼. 들어간 그 날부터 손님들 발길이 뚝 끊겨. 내가 제 몫을 하는 사람 같은 얼굴로 일하는 것 자체가 죄악 아닐까 싶어. 남들한테 폐를 끼치는 듯한 기분이 들어."

"지나친 생각이야."

엄마는 웃었다. 어째서 그렇게 딱 잘라 말할 수 있을까. 단언할 수 있는 그 자신감이 부럽다. 일에 몰두해 있기 때문일까.

"……물 가져와."

엄마는 고개를 가로저었다.

부엌으로 가서 나는 한숨을 쉬었다. 한숨을 잘 쉬는 체질인데도 남 앞에서는 참아야만 한다. 남과 함께 있기가 괴로운 이유는 거기에도 있다. 〈그〉와 함께라면, 한숨을 쉴 수 있다. 사귈 수 있는 건 그 이유인지도 모른다.

"너, 다시 학교 갈 거야?"

물을 가져가자 엄마가 물었다.

"내가 갈 수 있는 곳은 그렇게 많지 않아."

중학교를 나오고 나서 입시가 없는 디자인 학교에 들어갔다. 그곳은 출석 체크도 안 한다. 자유교육인가 뭔가 하는 높은 이상이 있기 때문이다. 즐거웠다. 졸업하고 나서도 댄스파티 통지가 와서 놀러 갔다. 거기서 〈그〉와 알게 되었다. 예전에 같은 반을 했던 친구가 아니라는 점이 마음에 들었다. 그렇다고 해서 〈그〉가 아니면 안 된다는 것은 아니다. 키가 나와 비슷한 정도이면서 비슷하게 마르고 중성적이라면, 누구든 좋다. 그런 남자아이는 어디에나 차고 넘친다.

"돈 문제라면 걱정 안 해도 돼. 난 월급이 세니까."

"알고 있어—이제, 가봐도 돼?"

"그래."

엄마는 손을 뻗어 수면다이얼을 맞추기 시작했다.

거실이 아닌 내 방으로 들어갔다. 편성표가 실린 잡지를 펼쳐 살펴보았다. 칸이 너무 많아서 시간이 걸린다. 놓칠 뻔했다. 좋아하는 밴드가 나오고 있다.

서둘러 텔레비전을 틀었다.

유키 군(이라는 게 보컬의 이름)은 귀엽고 머리가 좋

아서 최고다. 낮 프로그램에서 그의 '애인 발견'을 했던 것이 신경 쓰이지만.

물론 언제나 지루하다는 데는 변함이 없다. 좋아하기로 정한 아이돌이 나올 때 말고는. 프로그램 내용 그 자체가 좋은 것은 아니다. 쓸데없는 게 너무 많다고 생각한다. 화면을 멍하니 쳐다보는, 그 상태가 좋다. 능동적이지 않아도 되니까. 자진해서 무언가를 한다는 것이 고통스러워 견딜 수 없다. 일단 고통을 회피할 수 있다면, 그걸로 좋다.

음량을 높이고 싶어서 헤드폰을 썼다. 프로그램은 언제까지나 계속된다. 자신만의 세계로, 나는 천천히 미끄러져 들어갔다.

아빠가 자살했다.

부모님 사이에 뭐가 있었는지는 모른다. 엄마는 휴가를 내고 호텔 형식의 정신병원에 들어갔다. 입원한 사이에 텔레비전 업계에 대한 에세이를 쓸 예정이라고 한다.

싫은 것은, 아빠의 아내가 계속 전화를 걸어오는 것이다. 예를 들어 나는, 싫어하는 상대가 내 손을 잡아도 결코 그것을 뿌리칠 수가 없다. 거의 남이었던 사람의 아내가 말하는 회상과 탄식을, 꾹 참고 들을 수밖에 없다.

"근데 내가 얼마나 폭 빠져서 사랑했는지, 알아?" 같은 말을 해도 곤란하다. 그러니까 잠자코 있다. 하물며 아빠를 경멸했다는 말 따위, 입 밖에 낼 수 없다.

아빠와 그 부인이 어울리는 한 쌍이었다는 것을 잘 알게 되었다. 둘 다 세계를 의심하지 않았던 것이다. 그러니까 한쪽은 자살한 거겠지. 자신의 죽음이 무슨 효과를 가질 거라고 믿었다니. 너무 낙관적이다.

동시에, 조건반사로 (부인의 얼굴을 볼 때마다) 〈그〉의 여자 친구를 떠올리게 되었다. 나는 질투로 미쳤다. 감정이라는 것을 오랜만에 가지게 된 듯한 기분이 든다. 감정을 가지는 건 좋은 일이다. 가지지 않는 것보다는.

"왜 화면 안 보내?"

스크린에서 〈그〉가 물었다.

"지금 다 벗고 있으니까."

나는 거짓말을 했다. 미미한 심술을 부리고 싶은 기분이었다.

"뭐라도 입지 그래? 얼굴이 안 보이면 불안해."

"입을 게 없어."

나는 웃지 않으려 애쓰며 대답했다.

"……알았어. 그럼, 나도 안 할래."

스크린이 어두워졌다.

"용건은?"

목소리만으로 이야기하는 것은 기묘하지만, 꽤 재미
있다.

"중대한 걸 물어볼 건데, 진지하게 대답해줄래?"

"어."

"부끄럽네. 괜찮을까, 이런 걸 물어봐도―얼굴이 안
보이니, 괜찮을까?"

이상한 남자다.

"말해."

"그럼 할게―나, 좋아해?"

"좋아해. 알잖아."

"어떻게?"

"나처럼."

"좋은 대답이네, 굉장히."

"무슨 일 있어?"

"아니, 약간의 계획이 말이야―이 얘기, 녹음하고 있
어?"

"안 하고 있어."

"진짜지?"

"러브레터를 녹음해두는 건 싫어해. 왜 그래? 너."

"아니, 우리가 몸도 마음도 하나,라는 상태가 될까 싶어서. 어때?"

"무슨 말인지 모르겠어."

무슨 생각을 하고 있는 걸까.

"뇌에 그 장치를 달았어. 너도 해봐. 세계관이 바뀌어."

"그럴지도 모르지. 근데 엄마가 반대해. 지금은 없지만. 그럴 돈, 안 내줄 거야."

"넌, 꼭 달았으면 좋겠어. 그러지 않으면 너랑 난, 꼭 닮은 둘이 될 수 없어."

"달면 어떻게 되는데?"

"싫은 게 신경 쓰이지 않게 돼. 다시 말해서 그때까지 무겁게 짓눌려 있었던 일에 간단한 해결법이 있다는 걸 깨닫기도 하고. 편의주의 스토리처럼 깔끔하게 부조리한 결말을 낼 수가 있어. 현실은 텔레비전 드라마 같고, 텔레비전 드라마는 현실처럼 느껴져. 그 경계가 확실치 않아서 마치 꿈속을 사는 것 같아."

"좋다. 악몽 같은 세계라니, 좋아."

"약간 혼란스럽긴 해. 어떤 일이 나한테 생긴 건지 드라마 주인공한테 생긴 건지, 잠시 생각해보지 않으면 모른다든가. 하지만 그런 건 별거 아니잖아?"

"맞아."

나는 바로 대답했다. 드라마건 현실이건, 어느 쪽이든 상관없다. 편하고 기분 좋은 게 최고. 하지만 그런 상태일 때는 거의 없다. 언제나 지루할 뿐.

"근데 그거 달면 편하고 기분 좋아?"

"어. 어쩐지 엔돌핀 분비도 관계있는 거 아닐까 싶어. 얼마 전에 이가 엄청 아팠을 때, 텔레비전 켰더니 나왔어."

"엔—뭐?"

"뇌내 마약. 조깅을 8주 이상 계속하면, 갑자기 대량으로 나온대. 우리 아빠도 기분이 좋아서 달리는 걸 멈출 수가 없다더라. 지금 여행 가고 없는데, 캐리어에 운동복이랑 운동화를 넣더라고. 믿기지가 않아, 정말. 노인은 기운이 넘쳐. 조만간 발목 같은 델 다치겠지. 이 장치를 달면 달릴 필요가 없어."

"중, 노년층은 대단해. 체력도 기력도 남아 있거든. 매일 일하면서도 심지어 연애까지 해. 우리 엄마도 얼마 전까지 맨날 바뀌었어. 헤어진 아빠가 처자식 다 합해 다섯 명 있는데, 그게 질투 나나 봐. 반미치광이가 돼서. 그 부인이 또……"

떠올렸다. 꼬마 여자 친구를. 아직 〈그〉와 약혼 상태일까. 결혼 같은 걸 해버리는 걸까. 나도 몹시 질투하고 있다. 부모들 세대처럼. 이런 감정은 이제껏 몰랐다. 감정으로서 마지막까지 남는 것은 질투 아닐까? (존경이나 두려움 따위, 이제 어디에도 남아 있지 않다. 누구나 모두, 마음 편히 우울하게—다시 말해 반농담으로 살고 있다.)

"왜 그래?"

"네 여자 친구……"

"아, 그 얘기 하려고 했는데. 괜찮아!"

"최근에 다시 만난다는 거, 들었어."

"만나. 의논할 게 있어서. 걔, 무려 임신했어."

"병원 가서? 네가 제공한 거야?"

"아니 아니. 자연히 말이야."

"어머나, 징그러워라."

"특이체질이야. 처음엔 깜짝 놀랐지만, 진짜 같아. 걔, 거짓말 안 해. 그건 알아."

나는 줄곧 거짓말을 한다. 아무 말이나 한다. 마음속에서 검은 것이 움직이기 시작한다.

"그럼…… 네가 원인?"

"동시에 여러 명이랑은 안 사귄대. 상대방에 대한 걸로 머리가 가득 찬대. 심지어 말이야, 이런 나를 끝까지 믿어주는 거 있지. 좋은 사람이라나, 그런 말을 해. 결코 배신하지 않는다든가. 둘 사이는 영원하다든가."

"말도 안 돼. 과장이 심하네."

"내가 한 말이 아냐. 정말이지, 걔는 천사 아닐까 싶어. 그 생명력, 그 강한 성욕. 죽여도 안 죽을 것 같은 느낌이야. 시험 삼아 죽여보고 싶어."

"끊을게."

머리가 아프다. 침대로 가고 싶어졌다.

"기다려. 난 아이 따위 원하지 않아. 혼자서 조용히 망하고 싶어. 걔를 어떻게든 해야 돼. 도와줘."

"설득이라면, 혼자서 해."

"그 체력을 당해낼 리가 없잖아. 있지, 오늘, 지금 당장 여기 올 수 있어? 제발 부탁이야."

스크린이 환해지고, 〈그〉가 무릎을 꿇고 있는 모습이 보였다.

"제발, 뭐라고 말 좀 해봐. 사랑해, 일단. 넌 천사—가 아니지, 악마처럼 멋져, 정말로."

〈그〉의 (아버지의) 집은 기계로 가득했다. 말끔히 정리되어 있다.

"이쪽이야."

〈그〉의 방은 더 청결하고 깔끔해서 지내기에 편해 보였다. 비디오카메라가 세팅되어 있다.

"이걸로 뭘 찍는 거야?"

"내 일상생활."

"나중에 보면 막 황홀해?"

"가끔은."

〈그〉는 조명과 실내 온도와 바람 방향을 조절했다.

"청소 자주 하나 봐."

"시간 보내기 좋아."

〈그〉는 테이프를 넣었다. 고마극장 근처의 광장이 나왔다.

"그날이야. 복사했어."

살인이 재현되었다.

"의외로 박력이 없네."

"그치? '이건 현실에서 일어난 일이다'라는 걸 염두에 두지 않으면, 수수해 보여. 그래도 현장을 찍은 건 구도가 안 좋거나 카메라가 흔들리니까, 역시 드라마랑은 달라. 이건 복사를 너무 많이 해서 화질이 안 좋지? 정말이지 진실이라는 느낌이 들어."

"선명하게 보이지 않는다는 점이 상상력을 자극하네."

"맞아. 얼마 전에 산 것 중에 자살 다큐멘터리가 있거든. 빚으로 옴짝달싹 못 하게 돼서, 그걸 팔아 유족이 빚을 메꾸게 하려는 의도로 제작했다는 모양이야. 그게 히트했대. 볼래?"

〈그〉는 테이프를 바꿔 끼웠다.

성실해 보이는 중년 남성이 프롤로그를 말하고 있다. 우리 아빠 정도의 나이다. (아빠는 자살했었나!) 생김새도 비슷하지만, 물론 아빠 본인은 아니다.

"말투가 담담하네."

"그치? 진짜 같아."

화면의 남성은 〈자, 그러면〉 같은 말을 하면서, 독극물 같은 것을 병째로 마셨다.

"뭐야? 저거."

"주도면밀하게 할 작정이었는데, 설명하는 걸 잊어버린 거야. 그 점이 사실인 거지."

이런 시대가 되었어도 우리는 사실을 존중한다. 하지만 한편으로, 사실과 허구의 구별을 없애는 작업에 힘쓰고 있다.

"농약 아냐?"

내 생각을 〈그〉는 개그로 받아들인 듯하다. 그 남성은 아무리 봐도 농업 종사자로는 안 보였으니까.

"네가 잔인한 데 취미가 있다니, 몰랐어."

"의외인 면이 좋잖아. 아아, 테런스 스탬프가 되고 싶어."

〈그〉는 교태를 부렸다.

"누구야?"

"「수집가 The Collector」*야."

"무슨?"

"영화 제목이야. 엄청 괜찮은 남자야. 근데―"

〈그〉는 내 얼굴을 바라보았다. 시선을 피하고 나서 다시 보니, 여전히 보고 있다. 퍼뜩 낌새를 알아채고서 나는 두 팔을 얼굴 앞으로 교차시켰다. "싫어, 죽이지 마!"

엷은 웃음이 〈그〉의 입술 끝에 떠올랐다.

"……네가 아냐. 넌 임신을 안 했으니까. 그 애가 이제 올 거야."

조용히 노래하듯, 〈그〉가 말했다.

"아니, 그런 짓을."

"나 혼자서는 못해. 너무 피곤할 것 같아. 붙들어주었으면 해. 분명 난리 피울 테니까."

"싫어."

"실제로 해보면 간단할 거야. 목 조르는 것 따위."

"내가 임신했다면, 입장이 바뀌는 거야? 그 여자랑 같이 날 죽일 거야?"

"뭐, 그렇지. 상관없잖아, 그런 거. 텔레비전 드라마

* 윌리엄 와일러 감독의 1965년 스릴러 영화.

라고 생각하면. 등장인물이 된 기분으로 하면."

"그런 기분은 안 들 거야, 분명."

"비디오로도 찍을 거고."

무슨 생각인 걸까.

〈그〉는 내 두 손을 잡고 앉았다.

"끝나면 아무 일도 아니었다고 생각하게 될 거야. 새디
스틱한 부분을 감추려고 해도 안 돼. 넌 어릴 적에 엄마한
테 두 번 죽임을 당할 뻔했다고 그랬잖아. 마리 벨*처럼."

"협력할 생각은 없어."

"영국에서 실제로 있었던 얘기야. 열한 살과 열세 살
소녀가 세 살과 네 살 남자아이를 죽여버렸는데, 열한
살짜리 아이가 머리가 좋고 교묘해서 나이 많은 아이를
리드했거든. 주범은 그쪽이고, 열세 살은 무죄가 됐어."

"듣고 싶지 않아."

"그럼, 리지 보든** 얘기는?"

"그만해. 넌 무슨 얘기를 하고 싶은 거야?"

"네가 양육된 방식에 문제가 있다는 얘기야. 엄청 귀여
움 받기도 하고, 심하게 혼나기도 하고, 그 반복이었지?"

---

* Marie Bell(1900~1985): 프랑스의 배우.

** 미국에서 1892년에 일어난 미제 살인사건의 용의자.

"네가 뭘 위해서……"

"바보구나. 좋은 테이프가 하나 늘어나잖아. 게다가 발각돼서 잡히기라도 하면, 경찰은 엄마를 찾아낼 거야, 분명."

초인종이 울렸다.

새벽에 내가 히스테리를 일으켜 울기 시작해서, 〈그〉가 깼다. 처음으로 운 것 같은 기분이 든다. 〈그〉는 나를 안심시키려고 내 손을 가볍게 두드렸다.

"걱정할 거 없어. 내일 수술하고 와. 뇌에 전극을 다는 거. 그러면 훨씬 편해져."

나는 스타킹 끝을 힘껏 당긴 것이다. 〈그〉가 질투심에 불을 붙였으니까. 시체는 냉동고에 쑤셔 넣었다. 눈을 감고 혓바닥을 축 늘어뜨리고 있었다.

"어쩔 건데, 앞으로."

"결혼하는 거지."

"싫어. 이런 기억을 공유하다니."

"지금 법률이라면, 배우자의 증언은 채택되지 않게 되어 있어. 그러니까 결혼하면 서로 유리해. 「브라이턴 록Brighton Rock」* 같네."

---

* 존 불팅 감독의 1947년 스릴러 영화.

어떻게 이렇게 침착하게 있을 수 있을까. 그 장치 때문일까.

"오랜만에 그거, 안 할래?"

"뭐? 아아…… 근데 시트가 더러워질지도 몰라."

살인한 방이 싫어서 〈그〉의 아버지 침대에 누워 있다.

"괜찮으니까."

〈그〉는 나를 끌어안았다. 끝날 때까지, 나는 시트에만 신경 쓰고 있었다.

〈그〉는 눈을 뜨고 다른 것을 보고 있는 듯했다.

이제, 지루하지 않다.

에세이

언제나 티타임

속도가 문제인 것이다. 인생의 절대량은 처음부터 정해져 있다는 느낌이 든다. 가늘고 길거나 굵고 짧거나, 어느 쪽이든 다 써버리면 죽을 수밖에 없다. 어느 정도의 속도로 살 것인가?

세상의 움직임에는 하등동물처럼 민감한 아트디렉터가, 절반은 썩어들어간 참으로 훌륭한 뇌수를 구사하여 텔레비전 광고를 만든다. 요즘의 메인 테마는 오로지 '천천히 살자'다. PCB*라든가 해수오염 같은 공해 문

---

* 폴리염화바이페닐: 전기저항이 높고 산과 알칼리에도 손상되지 않아 널리 쓰였으나, 인체에 해롭고 환경을 오염시켜 1970년대 중반 이후 생산이 금지되었다.

제가 떠들썩하다. 혹은 떠들썩했다,라고 고쳐 말해도 좋다. 인간이란 무서운 일은 금방 잊어버리게끔 되어 있다. 5, 6년 전에 생선 가게에 손님이 얼씬도 안 하던 시기가 있었지만, 지금은 다들 그런 것은 잊어버렸다. 참치회가 잘 팔리고 있다.

어느 시대건 문화가 절정기를 맞으면, 세기말적 세계관이 유행했다. 유럽 중세 암흑시대에 어울리는 검은 태양(누아르 솔레유)*의 불길한 환영. 1920년대 미국 금주법과 찰스턴**의 광란. 일본에서도 전쟁과 기근, 그에 얽힌 천재지변이 사람들을 두렵게 했다. 지옥이다, 지옥이다, 종말이 온다.

누구나 파멸이 다가왔다고 말했었다. 20년 뒤에는 지구의 인구가 지금의 몇 배가 된다든가, 빙하기가 온다든가. 하지만 옛날에는 주술적인 분위기 속에 종말 사상이 형성되어갔는데, 지금은 시대에 어울리게 점술사가 아닌 과학자가 입을 모아 그렇게 말씀하신다. "만약 내일

---

* 태양이 달에 의해 가려지는 일식은 예로부터 '검은 태양'이라고 불리며 재해나 죽음을 예고하는 부정적인 상징으로 쓰여왔다. 특히 중세 유럽에서 검은 태양은 연금술의 절차 중 하나인 '흑화黑化'를 가리키며, 물질의 죽음과 재생의 출발점이라는 의미를 담고 있다.

** 미국의 재즈 뮤지션 제임스 프라이스 존슨의 1923년 히트곡인 「찰스턴」과 이를 계기로 유행했던 춤을 가리킨다.

이 세계의 마지막이라도, 나는 사과씨를 뿌릴 것이다" 같은 로맨틱한 말을 했던 사람이 옛날에 있었다. 세계의 마지막이 내일 올지 어떨지는 모르지만, 지금은 사과씨를 뿌리기에는 어디든 간에 다 콘크리트투성이인 것이다.

그래서 일본인은 깊이 반성하고, 이코노믹 애니멀인 것을 부끄러워하며 '자연으로 돌아가자'를 모토로 하고 있다. 진심일까? 그런 생각이 든다.

젊은이들이 거리에서 없어졌다. 시모키타자와라든가, 기치조지라든가, 그들이 옮겨 갔다는 지역의 소문은 듣는다. 하지만 내가 보기에, 찻집에 모여 커피 한 잔으로 몇 시간이나 죽치는 듯한 어쩌고저쩌고족族은 신세대에서 소멸되어버렸다.

모여 앉아 풋내 나는 문학론·인생론을 늘어놓는 시간 때우기의 어리석음을, 영민한 그들이 깨달은 것 같다. 모두 집에 처박혀버렸다. 생활 수준의 향상이 그것을 허용했다. 생활 자체를 즐기게 된 것이다.

넓은 집에 살고 싶다는 생각이 든다. 도쿄에서는 월세가 비싸서 못 살겠다. 예전에 다치카와에 집을 얻고 싶어서 친구 몇 명과 간 적이 있다. 여러 가지 사정으로 그 일은 없던 일이 되었고, 나는 지금도 요요기에 살고 있다. 그래도 미군이 철수한 뒤에 남은 주택은 매력이 있다. 아카사카에서 다치카와로 이사 간 친구가 말했다.

"너 굳이 도심에서 아등바등할 필요 없어. 이 동네는 녹지도 많아서 좋아. 우리 집은 다다미 여덟 장*짜리 부엌에 다다미 열다섯 장짜리 거실, 욕실이랑 화장실에다 다다미 여섯 장, 여덟 장짜리 방이 두 개씩인데 7만 엔이거든. 볕도 잘 들고, 오후에 여유롭게 차 한잔 마시면 진짜 최고라니까."

광고 영상에 나오는 것과 똑같은 사랑의 생활이 그곳에서 펼쳐지고 있는 것일까? 햇살 가득한 넓은 방에서 여자아이가 눈을 뜬다. 목제의 낮은 침대에서 맨발로 일어나 커튼을 연다. 눈에 비치는 초록과 상쾌한 바람. 여자아이는 기지개를 켜고, 귀엽게 하품을 한 번 하고서 무표백의 헐렁한 면 가운을 걸친다. 거실로 가보면, 테이블에는 수제 드라이플라워가 장식되어 있다. 동거인이 홍차(어째서인지 커피가 아니라 홍차다)를 타주는 좋은 냄새가 난다. 여자아이는 조금 칠칠치 못한 모습으로 흔들의자에 앉아, 손을 뻗어 네이블오렌지를 집어 든다. 껍질을 까지 않고 베어 무는 것이 멋진 것이다. 거기서 컷. 드디어 상품 이름이 나온다,라는 것이 예전 광고였다. 지

* 다다미 두 장이 1평 정도이다.

금은 어떤 것이 주류인지 모른다. 집에 텔레비전이 없으니까.

"다치카와로 놀러 와. 널 만나고 싶어 하는 남자애가 지금 여기 있거든. 잠깐 바꿔줄게."

친구에게서 전화가 왔다. 그 요쨩이라는 남자애를 바꿔줬다.

"본가는 신주쿠에 있는데, 여기에 얹혀살고 있어. 안 올래?"

"내일 갈게." 나는 대답했다. 요쨩은 전화번호를 알려주면서 4시쯤부터 있을 거라고 덧붙였다. 젊은이들의 새로운 생활이라는 걸 보기 위해, 나는 신주쿠에서 다카오행 전철을 탔다.

다치카와역 앞의 찻집에서 기다리고 있자니, 15분 지나 요쨩이 나타났다. 그 가게에서 전화를 해도 시외번호라서 물어보니, 집이 있는 곳은 아키시마시市라고 한다. 차를 운전해서 온 것이다. 도중에 선물할 케이크를 사서 함께 간다.

의외인 점은 벽돌로 담을 쌓은 집이 있다는 것이다. 울타리 따위 없는 네덜란드풍의 주택을 상상하고 있었는데.

"전에는 전부 흰 페인트를 칠한 낮은 나무 울타리였는데. 우리 집은 그렇게 되어 있어."

그는 양복 학원에 다니면서, 마찬가지로 그와 관련된 일을 하고 있다. 어떤 일이든 그렇지만 남자 디자이너에도 평균적인 타입이 있어서, 그의 상냥한 말씨와 표정에서도 그것을 엿볼 수 있다.

요짱이 살고 있는 집 벽에는 W69라는 의미 깊은 번호가 적혀 있었다. 물론 신발을 신은 채 들어간다. 내부는 어수선하지만, 어지럽혀진 모습이 예전에 내가 잘 알고 있던 분위기와 완전히 똑같다. 풍월당*의 죽돌이이자 신주쿠 후텐족**의 선두 주자였던 내 친구는 언제나 이런 집에 살고 있었다. 놀러 가면 왜 여기에 있는지 알 수 없는 식객과 동거인이 멋대로 차를 마시고 있다. 그래서 나도 테이블에 두 팔을 괴고 차를 마신다. 친구는 프랑스와 일본을 오가면서 인생 태반을 보내온 남자로, 타고난 방랑자다. 이 집의 분위기는 프랑스풍 생활의 구질구질함으로 형성되어 있다. 프랑스풍 생활이라는 것은 욕

* 명곡을 선곡하기로 유명했던 찻집. 도쿄 신주쿠에서 1946년부터 1973년까지 영업했다.
** 일본에서 60년대 말, 저녁 무렵 신주쿠역 등지에 모여 어슬렁거리던 백수 젊은이들. 일본식 히피족.

조 테두리에 똥이 묻어 있어도 아무렇지 않다는 느낌이 있다. 이건 느낌일 뿐이지만 일본인이 훨씬 더 지나치게 청결하고 정리를 좋아하는 것은 사실이다. 더불어 유럽 체질이라는 사람들은 대부분 구두쇠랍니다. 모두가 다 그런 것은 아니지만, 견실한 유럽 여성의 이미지는 이런 부분에서 오는 것이겠지요.

예쁘게 볕에 그은 짧은 머리의 남자가 앉아 있고, 지금 한창 콜드파마를 하고 있다. '욧짱'이라는 식으로 소개를 받는다. 머리를 해주는 사람은 교토에서 놀러 왔다는 여자. 안에서 머리가 긴 남자가 나온다. 강렬한 빨강과 초록으로 물들인 헐렁한 면 가운을 입고 있다. 멋진 가운은 아프리카제다.

"이 사람, 슈짱. 일에서는 내 양팔."

요짱이 웃으며 말한다.

테이블 한가운데에는 역시 수제 드라이플라워가 있었다. 부엌도 거실도 그저 넓기만 하다. 좁은 집에서는 언제나 정리 정돈을 하지 않으면 살 수가 없지만, 이 정도 넓이에서는 오히려 어질러져 있는 편이 살기 편하다. 홍차를 내온다. 음반을 보니 대부분은 모던재즈이고, 비지스와 사이먼 앤 가펑클이 두어 장 섞여 들어가 있다. 이것 역시, 지금은 없는 신주쿠 풍월당의 연장선상에 있는 느낌이다.

그것에 대해 논쟁을 했다. 요짱은 어떤 일이 있건 R&B를 매우 좋아하며, 나는 싫어한다. 흑인에게는 소울이 있다고, 그는 말한다. 같은 이유로 나는 싫은 거라고 되받아친다. 가스펠의 흐름을 이어받은 R&B는 아무리 격하게 쾌활한 리듬이라도, 그들의 고뇌가 근저에 흐르고 있다. 실은 심각하고 무거운 것이다.

"피곤해져. 왜냐하면 생활 냄새가 나거든. 하는 말 하나하나가 다 진짜니까. 뭔가 억지로 강요하는 듯한 느낌이 들어. 더 거짓말 같은 게 좋아. 왜냐하면 그래 봤자 음악이잖아. 소리를 즐기는 거라면 말이야."

흑인이 흑인인 건 어쩔 수 없지만, 그 음악의 하층 계급적인 고지식함을 내 신경이 견딜 수가 없다. 그렇지 않아도 세상은 피곤한 것투성이인데. 나는 음악을 지나치게 성실하게 듣는 것이다.

나는 무엇에 대해서든 지나치게 착실해져버리니, 그래서 지치는 것이리라. 조금이라도 주장이 있으면 남의 이야기든 음악이든, 흘려듣는 게 불가능하다. 언제나 지나치게 마음을 쏟는다. 그런 나머지, 내가 이해할 수 없는 것이 하나라도 있으면 자신에게 그 능력이 없다는 자기 처벌적인 피로감에 휩싸여버린다. 언제나 지나치게 초조해하는 것이다. 모르는 것은 시간을 들여 이해하면 되는데 빨리 알고 싶은 나머지, 있는 정력을 죄다 쏟아버린다. 그 결과로 자기 능력의 한계에 대한 피로감이 생기는 것이다.

어쨌든 여기에는 그들의 '진짜' 생활이 있다. 예전에 이러한 생활을 했을 때 나는 신경증에 걸렸었다. 언제나 우울해서, 그럴싸한 생활에서는 그 즉시 삶의 고통을 찾아내버리는 것이다. 그래서 기묘하게 실체가 없는, 빛나는 꿈의 별 같은 생활을 시작하자고 생각했다. 스콧 피츠제럴드풍의 그것은 매일이 야단법석이다. 그 난리통 속에서 생명도 재능도 낭비하고, 1920년대 미국을 대표하는 작가는 심장마비로 죽어버렸지만. 역시 인생의 절대량에 변함은 없다. 치열하게 살면 요절한다.

남자만 셋 있는 이곳의 생활은 조금도 초조하지 않고 서두르지도 않는 듯 보인다. 그들은 모두 장수하겠지.

욕실도 넓다. 침실은 세 개 있다. 모두 여유로이 홍차를 마시고 있다. 욧짱의 콜드파마가 완성되었다. 요짱은 혼자서 밥을 먹고 있다. 밖에는 비가 내리고 있다.

"나, 비 싫어하는데, 여기 있으면 비 오는 날도 꽤 기분 좋게 보낼 수 있어."

그렇겠네, 하고 노이로제에 걸린 듯한 목소리를 내고서, 나는 그의 식사를 엿본다. 밥 위에 병조림 안의 무언가를 얹어서, 고양이 밥 같다. 그렇게 말하자 그는 웃으며 "만들다 실패했어"라고 대답했다.

해 질 녘도 느긋하게 찾아온다. 부드럽게 어쩐지 어두워져간다는 느낌이다. 밤이 되면…… 하고 나는 생각한다. 밤에는 늘 위안거리가 있다. 사물이 확실히 안 보이게 되고, 보고 싶은 것에만 빛을 비추며 망상 속에 빠져들 수 있다. 밤은 본래 휴식의 시간이며, 타인은 모두 신경을 느슨하게 하고 있(을 것이)다. 그럴 때 생각에 잠겨도, 실제로는 대단한 내용이 아니다. 디멘트 박사*가 말할 것까지도 없이, 우리는 심야에 조금이라도 얼이 빠져 있다. 얼이 빠져 있는 탓에 자기혐오 없이 터무니없는 생각을 할 수가 있다. 낮 동안의 빛 아래에서는 퇴색될지도 모르지만, 그 망상의 찌꺼기 속에서 무언가를 발견할지도 모른다. 밤이 되면 술을 마시자.

요쨩의 안내를 받아 '샘록'이라는 가게에 간다. 기묘하게 밝고, 또한 기묘하게도 조금 폼을 잡는 젊은 부부

* William C. Dement(1928~2020): 수면의학의 창시자로 수면과 꿈, 심리학 연구로 큰 업적을 남겼다.

의 방에 놓여 있을 법한 목제 의자가 산만하게 놓여 있다. 엷은 황록색 컵으로 물을 탄 술을 마신다. 실러라는 흑인 여자아이가 웨이트리스를 하고 있다. 재즈가 흐른다.

흑인 손님이 들어온다. 두어 명. 마스터는 키가 크고 머리가 작은 흑인으로 붙임성이 좋다. 요짱이 단골이라 그 인연으로 마스터는 마실 것 한 잔씩을 그냥 내주었다.

흑인 남자들이 이야기하고 있다. 고교 시절 수업을 빠졌던 탓에, 단어 하나하나는 알지만 의미가 바로 연결되지는 않는다. 여기는 9시에 닫는다. 마스터가 경영하고 있는 또 하나의 가게 'B·P'에 가기로 한다. 블랙 팬서*라는 뜻이라고 한다. 그런 아주 멋진 이름을 들은 것만으로, 마음이 약간 무거워진다. 거기에 오는 사람을 너무 농담조로 놀리면 반죽음당할지도 모른다는 기분이 드니까. 내겐 아무래도 가벼운 마음으로 살 수 있는 재능이 없는 듯하다.

마스터와 요짱이 밖에 서서 이야기를 하고 있다. 마스터의 무스탕과 요짱의 자동차를 한 달만 서로 바꿔 쓰자니, 정말 귀엽다.

'B·P'에는 주크박스가 놓여 있다. 안은 전부 흔히 소울

* black panther : 검은 표범.

이라고 불리는 음악. 거참, 빡빡하네. 똑같은 흑인의 피가 섞여 있어도 척 베리와 리틀 리처드의 곡은 들어 있지 않다. 다분히 희니까. 머지않아 희미해질 추억을 위해 밝고 즐겁게 노래하는 것은 허용되지 않는 모양이다.

의자에 몸을 기대고서, 나는 가만히 있는다. 차로 올 때 본, 요코타 비행장*에서 무서운 속도로 날아가던 희고 눈부신 빛을 떠올렸다. 많은 빛이 줄지어 늘어서서 차례로 깜빡여간다. 상공에서는 선으로 보인다고 한다. 그것은 게이오플라자 위에 붙어 있는 숨 쉬는 붉은빛과 긴자의 밤을 밝히는 서치라이트와 마찬가지로, 서사시적인 풍경이었다. 전쟁 중이나 계엄령하의 느낌이 나는 것이다. 그러고 나서 장교 계급의 주택이 철조망 너머에 여러 채 늘어서 있는 지역을 지났다.

점차 손님이 늘어난다. 흑인뿐이다. 나는 토마토주스를 두 잔 마신다. 족발이라는 것을 주문했더니, 아무렇게나 찐 기름진 요리가 나왔다. 한국음식점에서 나오는, 충분히 삶아 기름기를 깔끔히 뺀 것을 예상하고 있던 나는 내키지 않는 듯 아주 조금 먹는다. 요짱은 주크박스에

---

* 일본 도쿄 다마 지역 중부에 있는 군용 비행장. 항공 자위대와 미국 공군의 요코타 기지가 있다.

맞추어 기분 좋은 듯 홀로 춤추고 있다.

피곤해서 W69로 돌아간다. 욧짱의 짧게 깎은 머리에는 예쁘게 웨이브가 져 있다. 「아라비아의 로렌스」*풍의 긴 옷을 두른 그는 정말이지 멋있다. 슈짱과 그는 텔레비전을 보고 있었다. 무려 톰 존스가 나오고 있다. 출렁거리는 배에 코르셋을 조이고, 「조니 B. 굿」 같은 노래를 하는 것을 보고 깜짝 놀랐다. 다 함께 신랄한 비평을 하면서 본다.

"저거, 배에 고래 뼈가 들어간 코르셋 두르고 있는 거야. 왜냐하면 가슴 아래는 셔츠에 땀이 없잖아."

"집에 가서 코르셋 벗으면, 지방이 가득한 질 좋은 살이 축 늘어질걸. 무릎까지 흘러내리는 거 아닐까?"

다음은 프랑스어 시간으로, 욧짱은 입술을 뒤집는 듯한 모양으로 벌려 발음 연습을 한다. 그것이 우스워서, 나는 웃는다.

"괜찮아. 이렇게 놀면서 외워나갈 거니까. 너무 열심히 하지 않아도, 한 번에 단어 하나 정도면 외울 수 있겠지." 욧짱이 말했다.

* 세계 1차대전 때 아라비아에 파견된 영국군 중위 로렌스의 일대기를 그린, 데이비드 린 감독의 1962년 영화.

나는 언제나 뭐든 너무 열심히 하는 게 문제인 걸까, 하는 생각을 하면서 다시 홍차를 마신다. 언제나, 티타임.

전화로 차를 불러달라고 한다.

피곤하지만 나름대로 재밌었다. 내가 쉽게 지치는 것은 타인과 타인의 생활에 지나치게 감정을 이입하는 버릇이 있기 때문일까. '아아, 그런 건가'로 끝낼 수가 없다. 어째서 저럴까, 이런 기분일까, 하고 본인이 된 양 생각에 잠겨버린다. 아무리 작은 일이라도 일일이 멈춰 서서 마음껏 이런저런 망상을 펼치다 보면, 아무리 사소한 일이라도 매우 흥미로워진다. 타인의 감정이라든가 기분을 상상하는 게 즐겁다. 즐겁지만, 지친다. 그래서 줄곧 타인이 드나드는 일상생활은, 내겐 불가능하다.

모두 다 함께 신주쿠에 가기로 했다.

진짜 생활과 그럴싸한 생활은 다른 것 아닐까, 하고 나는 흐릿한 머리로 생각한다. 그럴싸함을 배제하고 올곧게 일상을 살아가는 데는, 그럴싸한 것 속에 푹 빠져드는 것보다 더 많은 에너지가 필요하다. 욧짱과 요짱의 생활이 그들에게 진짜가 아니라는 게 아니다. 그들에게는 진짜다. 하지만 나는 그런 생활을 할 수 없다는 얘기일 뿐이다.

"오오 캐럴." 차를 기다리면서 나는 노래했다. 네가 가버리면 난 분명 죽겠지. 여자아이가 떠난 것 정도로 죽는 일도 있을 수 있지만, 그것 하나 때문에 죽는 일은 있을 수 없다. 만약 죽는다면 그는 자신의 어둠 때문에 죽는 것이지, 여자아이 때문은 아니다. 그런데도 뻔히 거짓임을 알 수 있는 이런 노래는 단순하고 좋다. 그리고 캐럴은 떠났지만 이 노래를 만든 남자는 죽지 않고 살아남아 있다.

"태평하네." 욧짱이 미소 짓고 있었다.

메마른 폭력의 거리

무서운 것은 눈앞의 칼이다. 직접적인 폭력, 생명의 위기만큼 공포심을 불러일으키는 것은 없다. 사회가, 인생이,라고 해도 애매하다. 관리 기구라든가 체제라든가 계급 같은 것은 확실히 형태로 보이는 것이 아니다. 그런 것들을 적으로 규정하고, 구체적으로 싸우기는 매우 어렵다. 그래서 소년만화의 주인공들은 죄다 우스워 보이는 것이다.

'순애산하純愛山河'*라는 이름을 내걸고 『소년 매거진』

---

* 고단샤의 만화잡지 『소년 매거진』에 1973년부터 1976년까지 연재되었던 인기 학원만화 「아이와 마코토」(원작: 가지와라 잇키, 그림: 나가야스 다쿠미) 앞에 붙어 있던 말로, '순수한 사랑 이야기'라는 것을 과

에 연재됐던 학원물의 히어로는 멋있는 척할 필요도 없는 데서 묘하게 멋있는 척을 한다. 그의 적은 PTA* 회장인 대재벌과 그의 바보 아들, 혹은 고등학교를 폭력으로 지배하려고 하는 일당이다. 눈에 보이는 형태의 악역이 없으면 스토리가 성립되지 않는다. 그 멋진 척하는 남자에게 바보 같은 여자가 반한다. 언제나 미간에 알랭 들롱풍의 주름을 띤 남자를, 일진 여자가 부하들과 함께 집단 폭행한다. 그가 비명을 지르지 않는다고 하면서, 불량소녀는 자살을 시도한다. "이대로 살면 다이가 마코토太賀誠를 사랑하고 말 거야"라는 우쭐대는 유서를 남긴 채. 그렇게 되면, 부딪쳐보면 되는 것이다. 게다가 그 만화에 등장하는 남자와 여자는 서로 불꽃을 튀길 정도로 노골적인 관계가 아니다. 직접적인 관계라기보다 오히려 서로 어떤 종류의 환상을 안고 있는 듯하니, 그들의 고뇌와 허세는 장난이라는 생각밖에 안 든다.

자신의 적이 무엇인지를 파악하기 위해서는 세계를 인식하는 것부터 시작해야만 한다. 어떤 포르노 여배우는 "내가 무언가를 하려고 하면, 이 사회는 반드시 적이

장하여 표현한 일종의 캐치프레이즈다.

* 학부모 교사 협회.

된다"라는 참으로 멋진 말을 했다. 하지만 어째서 사회가 적이 되는지 납득이 가는 설명을, 그녀는 할 수가 없다. 그녀가 말하는 '적'의 개념은 아마도 타인에게서 심어진 것에 불과할 테니까. 하나의 말, 그저 스쳐 갈 뿐인 하나의 관념에 지나지 않는다. 이 세계에 대한 적의를, 눈에 안 보이는 것을 향해 집약했을 뿐이다.

어떤 것을 '적'이라고 정한다. 적이 되는 것이 아니라 정해야만 한다. 그것이 이치에 맞지 않는다 해도, 정해버리면 그만큼의 작업을 해야만 한다. 하양을 검정이라고 우기는 경우도 있다. 불합리하다면 불합리를 밀어붙일 정도의 에너지를 가진다. 애매하면 져버린다. 자기를 정당화하기 위한 작업에, 사람은 엄청난 힘을 쏟아야만 한다. 비록 틀렸다 해도. 억지를 부릴 정도라면, 이치에 맞는 행위인 편이 훨씬 편하다. 아니면 그것을 피해 지나간다든가. 사슴을 가리켜 말이라고 한 중국 고사*에서 바보馬鹿라는 말이 생겼다.

불량소년에게 오랫동안 흥미를 가지고 있었다. 어째서 불량해지는가 하는 의문에, 전에 불량소년이었던 사람은 이렇게 대답했다. "그건, 뭐가 자신의 적인지 확실

* 지록위마指鹿爲馬.

372

히 몰라서 그래." 사회 구조가 마음에 안 드니까. 어쩐지 화가 나니까. 이 세계에 대한 적의를 어떤 식으로 발산시키면 되는지 모르니까.

애정은 온몸에 넘치는 느낌이 든다. 증오는 자기 몸 바깥을 향해 간다. 자기 정당화가 약하기 때문에 외부를 향해야 할 증오가 안으로 향하는 경우가 있다. 자기 파괴 혹은 자기 처벌 욕구는 이 세계에 대한 적의가 바뀐 것이다. 자신을 만든 것에 대한 증오이다. 그러니까 자기 파괴 욕구는 미련과 보복처럼 나약함의 징표이다. 나약함이라기보다 본래의 길을 갈 수 없게 되어 굴절된 것이다. 변태라고 할 수 있다.

원칙적으로 사람은 정상이어야만 하지만, 나도 다소 변태가 된 부분이 있었다. 발작처럼 자신을 잘게 자르고 싶어졌다. 무엇이 나를 그렇게 만드는지는 몰랐다. 애매한 증오 탓에 '깽' 하고 외마디 비명을 지르고서 목을 매고 싶어지는 일이, 종종 있었다.

심한 일을 당하면 죽고 싶어지는 것은 그로 인해 타격을 입기 때문이 아니다. 힘을 잃었기 때문이 아니다. 증오의 에너지가 쌓여 그것을 외부로 향하게 하는 것이 곤란했기 때문이다. 무언가에 부딪치면 그 보복이 두렵다. 튕겨서 되돌아오는 것을 버텨낼 수가 없다. 자신의 감정에 책임을 질 수 없다는 것이다. 자기를 파괴하는 것만 가지고는 아무도 불평을 하지 않는다.

'여자아이는 귀여워야만 한다'는 말을 들으며 자랐다. 주위 사람들이 모두, 순종을 강요했다. 나중에 남자와 잘 지내려면 주장이나 의견은 방해가 될 뿐이다. 남자를 섬기고 덕분에 먹고살면서, 그의 아이를 낳는다. 노처녀가 되지 않기 위해 증오는 억눌러졌다. 적의와 격렬한 애정 욕구는 권위를 가진 자에 대한 가짜 순종이 되었다.

열다섯 살까지는 남자가 되고 싶다고 생각했다. 남자가 되면 자아의 주장을 칭찬받기 때문이다. 성적으로 성숙하기 시작하자, 이번에는 남자를 동경하기 시작했다. 이전에 내가 되고 싶었던 것을 무턱대고 열렬히 칭찬한다. 권위에 알랑거려서 그 덕을 보고 싶다는 생각과 그것에 동화되고 싶다는 심리가 있었다. 이게 심해지면 동성애로 발전할 것이다. 나는 삐딱했지만 레즈비언이 될 정도는 아니었다. 여자아이는 무척 좋아하지만. 그저 '여자아이가 좋다'는 것과 자신이 여자아이라는 상황은 다르다. 여자아이는 멋지지만, 자기가 여자아이라는 것은 별로 기분이 좋지 않다. 자아를 주장해도 비난받지 않는 남자라는 성에 동경을 품게 되었다.

남자를 좋아한다고 선언하고, 남들에게도 그렇게 보

이게 대해왔다. 나는 골목대장이 될 수 없다고 믿어왔으니, 당연히 자아를 가져야 마땅한 남성에게 기대했던 것이다. 그것에 귀속되는 것이 동화되는 것과 마찬가지라는 생각이 들었다. 대상행위일 뿐이지만 달리 방법이 없었기 때문이다. 기대를 만족시킬 만큼의 자아와 영리함을 지닌 남자는 적다. 나는 가끔, 정체를 알 수 없는 불쾌함과 초조함에 휩싸였다. 끝내는, 슬퍼졌다. 우는 것 말고는 방법이 없었다.

남자에게도 생활은 있는데, 하고 누군가가 말한다. 그렇다면 멋진 말을 안 하면 되는 것이다. 스무 살 정도 되는 남자는 누구든 멋지다. 대체로 그것은 남성성이 극에 달한 것일 뿐이며, 서른이 지나면 망가진다.

환상 속 불량소년을 찬양하는 것은 그들이 외부에 대한 적의를 확실히 표하고 그것을 행동으로 옮기기 때문이다. 불량스러운 행동은 시시하다고 해도 자포자기의 용기가 있다. 자기 파괴만큼 도착되어 있지 않다.

도쿄 근교 불량배들의 본거지는 질이 나쁜 측면에서 봐도 가와사키라고 들었다. 항구 마을은 어디든 어느 정도 난잡하지만, 요코하마 쪽은 품위가 있다. 주로 화객선 貨客船이 오고 고급 선원이 내린다. 가와사키는 화물선뿐이다. 그것 말고도 페리보트가 취항하고 있지만.

게이힌도호쿠선을 타고 가와사키역에 이르면, 그 동네의 특징은 메마른 분위기라는 것을 알 수 있다. 요코스카보다도 더욱 메말라 있다. 나는 곧 신이 나서 폭력의 세계를 기대한다. 그곳을 가로지른 것만으로 쉽게 볼 수 있을 리가 없는데도.

붙임성이 없다. 서먹서먹하다. 예를 들어 이토伊東에는 관광지에 걸맞은 친근함이 있다. 내가 비교적 오래 살았던 고장이라는 것을 차치하더라도. 작은 동네치고는 북적이고, 외부인도 두 손을 비비며 맞이한다.

가와사키에는 국철 외에도 게이힌 급행 역이 있고, 그 뒤편은 러브호텔 거리다. 역 앞의 상점가는 무려, 긴류카이銀柳會라는 이름이 붙어 있다. 상점이라기보다 야쿠자 조직에 어울리는 이름이다. 영화관 거리 쪽 또한 긴에이카이銀映會라는 박력 있는 명칭.

"가와사키는 무서운 곳이야. 영화관 거리에서 어떤 아저씨가 말을 걸어왔어." 남동생이 말했다.

"영화 보세요, 하는 거? 선전이야?"

무지한 엄마가 묻는다.

"아니. 수배꾼이야."

"뭔데, 그게?"

"형아, 잠깐 한잔하자, 안주라도 먹자, 하고 권해. 먹고 마시게 한 다음, 문어방*에 감금시키려는 속셈인 거야."

"어머, 무서워라."

"거절하면, 먹은 걸 계산하는 상황이 되잖아. 술집 같은 데도 한통속이 돼서 꼭 말도 안 되는 금액을 뒤집어씌워. 나, 돈이 그렇게 없어 보이나?"

항아리에 들어간 문어가 빠져나갈 수 없듯, 탈출이 힘드니까 문어방이라 한다고 한다. 그곳에서 지내본 사람에게 이야기를 들었다. 일은 힘들고, 물론 외출도 할 수 없다. 이불은 한 장밖에 주어지지 않으니 반으로 접어 쓴다. 하루에 2천 엔 정도의 임금을 받아도 이불값, 담뱃값, 밥값으로 빼앗긴다. 심지어 도박으로 털린다. 진 금액은 사창가에서 하는 것처럼 가불받게 된다. 그런 곳에서 도망치려면 트럭에서 뛰어내리는 것 말고는 방법이 없다. "어째서 일을 챙겨주는 거야?"

엄마가 동생에게 묻는다.

"그것도 몰라? 문어방에 팔면 한 명당 얼마라는 리베이트를 받을 수 있으니까 그렇지. 노동력을 모으니까 수배꾼이라고 부르는 거야. 가와사키는 가마타보다 질이

---

* タコ部屋: 노동자들을 가두고 강제로 노동력을 수탈하던 곳.

나쁠지도 몰라. 거긴 게이힌 공업 지대의 중심이고, 옛날에 사창가가 있었던 데니까."

동생이 예전에 살았던 고탄다도 터키탕이 많은 곳인데, 가와사키의 미나미마치는 그 이상이다. 약간 금이 번쩍거리는 분위기의 건물을 보면, 그 위에 '터키'라는 간판이 야단스럽게 걸려 있다. 남성 주간지에는 반드시 '핑크 존' 같은 페이지가 있어서, 가와사키의 터키탕은 인기가 좋은 듯하다. '노골적인 서비스'라든가 '더할 나위 없는 남자의 천국' 같은 말이 적혀 있다. 그 뒤에는 '여덟 장은 필요' '큰 것 한 장은 각오'라는 돈 이야기.

반년 전까지 라면 가게였던 곳이 터키탕이 되어 있기도 하고. 언젠가 적당히 잘 곳을 찾아다녔는데, 예전에는 호텔이었던 곳이 지금은 터키탕인 경우가 많다. 세상에는 인기 없는 남자가 이렇게 많은 걸까, 고개를 갸웃하게 된다. 겨우 찾은 여관은 정말이지 기묘해서 당연히 실내인데도 야외의 정취가 뿜어져 나오도록 힘쓴 설계였다. 바깥도 아닌데 돌바닥. 종려나무를 묶어 만든 병풍 뒤편은 달님과 비슷하게 꾸민 푸른빛.

거리를 지나가는데, '의상' '만물' 같은 이름의 가게가 눈에 띈다. 이는 하라주쿠에는 없는 풍경으로 헌옷과 헌소품을 파는, 다시 말해 전당포다. 역에서 멀어짐에 따라 얼마간 있었던 색욕도 붙임성도 없어진다. 큰길에서 골목 안으로 들어간다. 호리노우치는 주택가라고 할 수 없는 것도 아니지만, 요요기나 세이조와는 다르다. 훨씬 가난해 보이고 볼품도 뭣도 없다. 필요 이상의 물건은 없다.

"옛날보다 훨씬 더 많이 정리됐어."

안내해준 옛 불량소년이 말한다. 이 근처는 마약상이나 헤로인 중독자들이 출몰했던 곳 아닌가?

국도 2호선을 지나면 오기초로, 여기부터는 공장 지대다. 광활한 토지에 각양각색으로 줄지어 있다. 광차 선로에는 녹슨 곡괭이가 내팽개쳐져 있다. 빵집 앞에 노동자들이 두 명 정도 서서 제각기 빵과 우유로 식사를 하고 있다.

풍경은 거대하고 살벌해진다. 원통형 석유 탱크를 기어 올라가는 계단이, 삐걱거리는 듯한 빛을 눈 깜짝할 새 튕겨낸다. 하늘이 넓다. 하늘은 균일한 회색으로 쓸데없이 넓기만 하다. 콘크리트 벽이 길게 이어지고, 그 옆을 대형 트럭이 달려간다.

문득 『토요일 밤과 일요일 아침』*을 떠올렸다. 그 소설은 이곳 풍경만큼 냉엄한 느낌은 아니다. 마음이 따뜻해

---

* 노동자 계급의 삶을 다룬 앨런 실리토의 1958년 소설.

지는 스토리라는 건 아니지만, 젊은 남자가 겪는 상투적인 연애 편력 이야기다. 그는 유부녀의 바람 상대가 되고, 그녀의 임신에 놀라 법석을 떨다가 밤길에 싸움 비슷한 것을 하고, 끝내는 자신에게 어울리는 아가씨와 약혼한다.

앨런 실리토가 그리는 세계를 폭력과 연결 지을 수는 없다. 나오는 인물은 불량하지도 미치지도 않은 지극히 평범한 소년이다. 이 이야기 속의 그는 분노를 담아 돌이켜 보는 식의 행동은 하지 않는다.

'××제철은 살인마다!'라는 항의의 현수막이 담장에 붙어 있다. 바닷물 냄새가 난다. 바다에 가까운 하늘을 보면, 석유 콤비나트*가 이어져 있다.

보는 자를 거부하는 딱딱하게 긴장된 공기에 잔뜩 흥분하면서, 그 속에 내려선다. 신경은 긴장되어 있지만 결코 초조해지지는 않는다. 여기에 있는 것은 모두 노골적이니까. 잠시 콘크리트에 기댄다. 트럭이 지나가고, 운전사가 이쪽을 본다. 그가 무언가 외치지만, 소리는 의미가 되기 전에 분해된다. 나는 담장에 딱 붙어 있다.

* 석유 관련 산업체의 밀집 지역.

택시를 잡기 위해 국도까지 나갔다. 안 온다. 겨우 길을 건너 경찰서를 지나간다. 작은 공장이 여러 개 있다. 남자가 휘두르는 망치가 천천히 흔들리다 머리 위에 멈춘다. 소리는 산산이 부서져 공간으로 사라져버린다. 눈에 들어오는 것은 또렷한 윤곽을 남긴다.

그들의 생활은 힘들다. 노동자가 귀가 뒤에, 배지가 달린 양복으로 갈아입는 일도 있다고 한다.

"회사에 들키면 어떻게 해?"

"잘리겠지? 들키지 않도록 하는 거지."

"노동자인데, 또 다른 조직 사람인 거야?"

"스무 살까지를 불량하다고 하는 거야. 그걸 넘어가면 프로 야쿠자지."

내 친구가 인쇄소에서 중노동을 한 적이 있다. 백과사전을 상자에 담는 작업을 거의 열 시간이나 반복하고서 집으로 돌아가면, 관념 같은 것은 다 없어져버린다고 말했다. 낙이라고는 야한 책을 읽는 것 정도. 잘 풀리면 여자와 잔다.

관념을 표현한다,라고 한다. 하지만 그것만으로는 안 된다. 표현이 아니라 실현할 수 있는 관념이 아니면, 그의 것이라고는 할 수 없다.

이렇게 노골적인 풍경에서 살다 보면 육체의 감각을

수반하지 않는 관념은 사라져버리겠지.

"공원에 막일꾼들이랑 수배꾼이 모여. 아침 일찍, 거기에 시장이 열려. 노점에서 밥 같은 걸 팔거든. 어떤 거냐면, 드러운 그릇에 드러운 밥을 담은 건데. 된장국이랑 장아찌를 곁들인 정식이야."

"얼마 정돈데?"

"40엔…… 지금은 더 올랐을까나. 어쨌든 드러워."

그는 '드러운'이라고 말할 때, 일일이 얼굴을 찌푸려 보였다. "거긴, 밤이 되면 매춘부가 나올 텐데."

"매춘부는 많아. 다른 데서 나오지."

작은 공장이 있는 지역을 지나, 미나미마치로 간다. 전당포에 잠시 들러 카메라를 산다. 영화관 거리의 음식점에 들어간다. 가와사키에서 가장 맛있다고 하는 가게에서 설구운 스테이크를 먹는다. 역 앞의 찻집으로 간다.

내가 나온 고등학교는 입학 3년 전에 다른 학교 학생들이 엄청나게 드나들었다. 명물인 소나무가 있는 학교 뒤편 공원에 모여 무시무시한 광경을 연출했다. 한 명이 죽었다든가 안 죽었다든가, 그런 부분에 대해 선생님들은 입을 닫고 있었다. 학교에 다니는 동안, 나는 그림으로 그린 듯한 고지식한 사람이었다. 불량소녀였던 적은 한 번도 없다.

3년쯤 지나 동급생을 만나니, "모두들 돌림빵 같은 거 했다고"라고 한다. 폭력에 대해서는 듣고도 흘렸다. 나는 그 말에 엄청난 호기심을 불태우기 시작했다. 그것은 질투와 비슷하다.

타인이 경험하고 자신은 접하는 일조차 불가능했던 인생에, 타들어가는 듯한 고통과 동경을 느낀다. 세계에 45억 명의 인간이 있다면, 그 45억 명 모두가 되고 싶다. "그런 건 인생의 질투라고 해"라고 누군가 말했다. "그런 건 이미 옛날에 니체가 말했어." 옛날에 누가 말했는지는 모르지만 그 누군가의 책을 읽기 전에, 이런 종류의 감정은 형성되어 있었다. 그래서 소설을 쓰고 싶어 하는 걸까. 타인에게 동화되고 싶다는 욕구를 방해하는 것은 내가 상상할 수 없는 말씨와 예의범절과 원칙이 버젓이 통용되는 세계다. 예를 들어, 누군가가 도리에 맞지 않는 행동을 했다는 것 때문에 일으키는 분노 발작 따위, 이해할 수 없는 부류이다. 그런 친구를 처형할 때, 어떤 표정으로 어떤 인사를 할까? 싸움이 끝나고 집에 돌아가면 부모나 형제에게 어떤 얼굴을 해 보이고, 어떤 분위기로 잠들까? 그때의 저녁 반찬이라든가, 목욕물 온도라든가, 엄마에게 어리광 피우는 모습 따위를 상상할 수 없다.

나는 우선, 생각하는 작업을 할 수 없다. 다시 말해,

상상력이 없다. 이건 글 쓰는 사람으로서는 치명적이다. 사실을 놓고 상황을 추리할 때, 앞을 가로막는 것은 언제나 이것이다. 상상하는 것이 아니라 망상하는 것이다. 기분에 비슷할 거라는 생각이 드는 상태로 자신을 몰아넣는다. 유아가 부모 흉내를 내듯, 흉내 놀이를 시작한다. 굶주린 사람의 심리를 알고자 할 때는 굶고, 맹인의 기분을 느끼고 싶을 때는 눈가리개를 하고서 방 안을 돌아다닌다.

가와사키의 찻집에서 불량소년 열전을 들으며 질투를 참고 있다. 살고 싶다는 의지와 감정이 눈앞이 어질어질할 정도로 나를 압도한다. 그것이 너무 강렬한 탓에, 타인의 인생마저 가지고 싶어 한다.

옛 불량소년이 말하는 도덕이라든가 도리에 맞게 행동한다든가 하는 것을 이해할 수 없어서, 조바심이 들기 시작한다. 내 머리가 너무 저급하니까,라고 단정 짓고서 곧바로 포기할 수는 없다. 누군가가 "나는 도리에 맞게 행동하는 사람입니다"라고 할 때, 나는 웃으며 대답했다. "주름인지 빗질 자국인지 뭔지,* 헤어 제품도 아니

---

* 일본어로 도리는 '스시', 주름은 '스지메', 빗질 자국은 '구시메'. 비슷한 발음을 이용한 말장난.

고." "아뇨, 제가 쓰는 건 VO파이브입니다." 그때는 그런 말로 정리했다. 그의 편안한 인생은 애당초 불가능한 상상력을 불러일으킬 필요도 없는, 명료하고 단순하며 합리적인 것이었으니까. 다시 말해 정신성이 없었기 때문이다. 정신적인 것이 완전히 결여되어 있어서 생긴 정신조차 느껴지지 않았으니까.

내가 할 수 없는 일을 하는 인간에게는 경의를 표한다. 그래서 음악가와 운동선수는 내게 대단한 사람들이다. 정치가는 너무 허허실실 망상할 마음조차 안 들지만.

타인이 소유하고 있는 어떤 관념을 통째로 흡수하기는 어렵다. 그것이 형성되기까지의 잡다한 과정을 다시 한번 유사체험 해야만 한다. 그런 생각이 들자 언젠가 본 푸른 하늘은 아니지만, 그가 본 하늘색이나 그의 연인이 항상 쓰는 샴푸 냄새까지 소중해지기 시작한다.

그것은 다시 말해, 어떤 인간이 산 십몇 년, 이십몇 년을 일주일이나 열흘 만에 주파하려 하는 것이다. 나는 친한 타인에게서 '상냥하다'는 말을 듣는 경우가 있다. 상냥한 게 아니라 타인의 몸이 되어보기를 좋아하는 것이다. 그것은 동화되고 싶다는 격렬한 욕구와 자신이 경험하지 못한 인생에 대한 질투에 지나지 않는다.

"불량의 세계란 드러워. 하지만 거기에서는 인간의

연약함이나 나약함이 적나라해지니까 말이야. 머리가
깬 노인 같은 사람들 중에도 옛날엔 엄청난 짓을 했던
인간들이 의외로 많지 않아?"

우등생이 지내는 세계에서는 타인의 감정과 계획이
풀솜에 감싸인다. 흐릿하다.

육체적인 폭력은 무섭다. 직접 그것과 관련되었던 적
은 없다(만약 체험했다면, 당연히 피해자일 것이다. 그
랬다면 지금쯤 코가 납작해져서 복서 같은 얼굴이 되었
을 것이다). 그리고 이해할 수 없어 괴로운 '그들의 세계'
에서 핵심적인 것은 직접적인 폭력이다.

"넌 좌절한 적이 없어서 그렇게 태평한 거야."

아주 오래전, 어떤 남자가 단정 지었다. 섬세함이 없
다고 비난받았는데, 정색할 만큼 섬세함이 없지는 않았
기 때문에 나는 몹시 상처를 받았다. 당시 열일곱으로,
'좌절'이라는 말을 알고는 있었지만 실제로 체험한 적이
없었기 때문이다. 그 뒤로 많은 친구가 쉽게 '좌절'하는
것을 보았다. 상황이 안 좋아지면 처음에는 고통을 느끼
지만, 금방 익숙해져버리는 듯하다. 계속 추락해가는 사
이에, 처음에 가지고 있었던 가치관이나 세계관을 견지
하기는 어렵다. 심지어 바닥이 없으니 당연히 그럴 수밖
에 없다.

나를 비난한 그 당사자는 어쩐지 그 뒤로도 계속 '좌절'했던 모양이다. 너무나 간단하게 포기해버리는 것을 계속 보면, 고마움도 없어진다. 그는 자기 정당화를 위해 계속 그때그때의 논리를 허둥지둥 만들어냈다. 정신없이 인생을 계산하려고 초조해했지만, 타고나기를 타산적인 사람이 아니었던 것이 딱하다. 그의 '좌절'이란 '한다'고 말한 것을 자기가 하지 않은 경우를 가리키는 듯하다. 아무리 동정해보려 해도, 그래서는 그가 '깨갱, 깨갱'하고 꼬리를 내리며 도망친 꼴이라는 생각밖에 안 든다.

마지막으로 만났을 때는 밤늦은 시간인데도 노란 바탕에 얼룩말 무늬가 그려진 골프 모자를 쓰고서 처진 눈을 미러 안경으로 커버하고, 뭐라 설명하기 힘든 만화경 같은 스카프를 목에 감은 멋진 스타일로 자기도취와 함께 나타났다. 한껏 기분 좋은 척을 하며 새로운 가치관을 전달하시려 이렇게 말씀하셨다.

"난 이제 어떤 종류의 욕망도 없어. 사람이 어떤 식으로 살고, 어떤 식으로 서로 사랑하고, 어떤 식으로 헤어지는지를 알아버리면, 향상심 같은 시시한 건 없어져버리거든. 어떤 의지를 계속 가지다니, 정말 촌스러운 일이야. 지금 내 소원은 맛있는 걸 먹고, 예쁜 옷을 입는 것 정도야. 죽을 때는 번드르르하고 예쁜 모습으로 죽고 싶어.

넌 옷에 흥미가 없다고 하지만, 그거야말로 인생을 행복하게 살고자 하는 '의지'가 없다는 증거야. 의지라는 건 딱 그 정도야. 어떻게 우아하게 살 것인가,밖에 없어. 프랑스제랑 메이드 인 재팬 스카프의 차이를 모르면 살아갈 자격이 없어. 그러니까 너 같은 사람은, 살아 있다고 해도 소용없는 인간이야. 패션을 모르니까."

나는 그를 경멸하는 일 정도밖에 할 수 없었다. 그런 식으로 단정 짓는 상대에게 '산다는 것에 대하여' 토론하려는 마음은 안 든다. 그는 좌절에 안주하니 행복한 것이다.

사람은 손쉽게 좌절 따위 하면 안 된다. 좌절해서는 안 되는 것이다. 사회와 조직에 진다는 표현이 있다. 졌다는 실감이 드는 것은 처음뿐이다. 잊어버리는 건 불가능하다고 해도, 정당화를 위한 발뺌은 얼마든지 가능하다. 머지않아 자신의 변명을 믿게 된다. '아무래도 이런 느낌이 든다'는 것은 감정이 아니라 기분에 지나지 않는다. 사람은 1초마다 계속 변화한다.

이상하게도 거의 모든 사람이 논리 없이는 행동할 수 없다. 어떤 중요한 것에 대해서는 논리가 따라잡지 못한다는 것을 모른다. '사랑한다'거나 '죽는다'는 것에 대해 합리적인 설명을 요구하는 것은 그 행위 자체를 가벼이

본다는 증거다.

  "왜 발가락을 자른 거야?"

  어떤 문학상 파티에서 그런 식의 질문을 받았다. 수
년 전, 주간지가 물고 늘어져서 열심히 시침을 떼고 있
었던 그 일이다.

  "내가 얼마나 독한지 가르쳐주려고."

  제대로 된 대답이 아니다. "논리는 뒷전이다, 모두 죽
어라"라고 말한 것과 마찬가지다. 자신이 한 말에 책임
을 진 결과 이렇게 되어버렸지만. 어떻게 그렇게 되었는
지는 내가 제삼자라면 얼마든지 떠올릴 수 있다. 살다
보니 그렇게 되었을 뿐이라고 말해버리면 그만이다. 이
유 따위, 나중에 아름답게 꾸며내면 되는 것이다.

  어떤 심리의 메커니즘인가, 하고 누구든 이상하게 여
겼을 것이다. 어찌 됐든 내가 '한' 것이니까. 했는지 안 했
는지 말하자면, 정말로 했다.

  거기서 또다시 새로운 관념이 형성되어간다. 당연히
시간은 죽음을 향해 무서운 속도로 떨어져간다. 한순간
한순간은 회복 불가능하다. 돌이킬 수 없는 일이 연속되
는 상황 한복판에 내던져져 있는데, 평소에는 누구도 깨
닫지 못한다.

또 하나는 폭력에 대해서이다. 자신이 육체적으로 상처를 입는 것에 대한 공포는 엄청나다. 체제가, 조직이, 라고 한들 애매한 공포에 지나지 않는다. 그것들에 맞설 때의 구체적인 육체의 공포는 그것을 뛰어넘은 자만이 알 것이다.

무언가가 무섭다는 것과 무서움을 느끼는 마음은 다르다. 지금도 돌이켜보면 얼마나 무서운 짓을 해버린 건가 싶어 기가 막히다. 하지만 공포심 자체는 없다. 공포의 실체는 사라지지 않지만, 공포심을 뛰어넘는 것은 어떤 상황이라도 어느 정도 가능하다.

'변명을 아는 인생'을 목격하면 진저리가 난다. 변명이란 대부분의 경우 그가 저질러버린 일이 아닌, 그가 하지 않은 일을 향한다. 저질러버렸다는 사실의 크기에는 변함이 없다. 이루지 못한 일에 대한 후회는 망상의 도움을 받아 어디까지나 계속 증식한다. 그것을 견딜 수 없게 되면 대상행위를 찾게 된다. 즉 오믈렛에 대해 준엄한 의견을 몇 개씩이나 가져보거나 한밤중이라도 얼룩말 무늬의 골프 모자를 쓰고 있어야만 하며, 그렇게 하지 않는 인간은 살아 있지 않은 거라고 단정 짓는다. 이혼한 적이 있으며 지금은 독신이고, 패션 관계의 직업을 가지고 있으며 노동시간은 자유롭다는 매력 있는 남성 중 이런 부류가 많다. 굉장한 멋쟁이이며, 면 셔츠의 소맷부리에서 에메랄드 커프스 버튼을 슬쩍 보여주거나. 조금 더 이전이었다면, 루이비통 가방을 은근슬쩍 들고 있거나.

취미를 가지는 것은 자유지만, 레토릭에 탐닉하는 것은 무언가를 잊기 쉽게 해준다는 것을 놓쳐서는 안 된다. 예전에 그렇게 멋진 말을 했던 남자가, 하고 눈을 크게 뜰 필요는 없다. 그에게는 원래 정열도, 세계에 대한 인식도 없다. 젊은 혈기의 소치는 정열과는 다르다.

무엇이 적인지를 정하기는 어렵다. 자신이 무엇을 느끼고 있는지를 고민해도 소용없다. 우리는 주위 사람들이 기대하고 강제하는, 우리들이 가져야만 하는 '어떤 종류의 기분'이나 '감정' 따위를 자기 것이라고 착각하도록 훈련받아왔다. 그것이 교육이라는 것이다. 타인의 불행에는 동정하고, 파티에서는 신이 나서 들뜨도록 길들여져왔다.

감각으로 의견을 말해서는 안 된다는 말을 자주 듣는다. 좋고 싫음으로 의견을 말해도 물론 상관없지만. 자신이 멋대로 지껄인 말에 책임을 지기는 꽤 힘들기 때문이다. 행위에는 그가 책임을 느끼든 그렇지 않든, 그것에 수반되는 상황의 변화가 있다. '세계동시혁명'인가 뭔가 하는, 멋진 노래만 만들었던 어떤 밴드가 떠오른다. 대학 축제에 기동대분들이 오셨을 때, 그들은 도망쳤다. 그들의 신조를 바탕으로 추리하자면 '죽음을 두려워하지 않고 싸울' 터였는데. 죽음을 두려워하지 않고라니 불가능하다. 나는 죽는 게 무섭다. 죽고 싶지 않다. 죽음을 두려워하지 않고,가 아니라 '죽음을 두려워하며 싸운다'가 아닐까,하고 감히 생각해본다. 폭력은 언제나 무섭다. 어떤 폭력적인 행위를 '부질없다'고 정리하는 것은 간단하다. 하지만 그런 사람은 어떤 방법으로 이 세계에 대한 공포심을 뛰어넘고 있을까.

여배우의 자아

여자는 지나치게 솔직하다. 입으로는 아무 말도 하지 않아도, 여자의 얼굴은 그녀의 생활을 드러낸다. 그래서 나는 여배우를 좋아한다.

「사랑의 갈증」*의 아사오카 루리코는 훌륭했지만, 그녀가 그 무시무시한 에쓰코를 이해하고 있었다는 생각은 안 든다. 연기란 그런 것이다. 이해할 필요는 없다. 여자에게 있어 똑똑함은 일반적으로 말하는 지성과는 다른 것이기 때문이다. 적어도 이 남성 중심 사회에서

---

* 구라하라 고레요시 감독의 1967년 영화. 미시마 유키오가 쓴 동명의 소설을 영화화한 것으로, 죽은 남편의 아버지와 젊은 하인 사이에서 흔들리는 여자 에쓰코의 기괴한 정념을 그려낸 작품.

살아가기 위해서는.

자기보다 강한 자, 자신을 보호하고 지배하는 자의 의향을 재빨리 알아챈다. 지성으로 이해하려 하면 너무 늦는다. 동물 그 자체의 미숙하고 원시적인 감수성, 어떤 대상이든 노력하면 쉽게 감정이입 할 수 있는 유연함이 가장 중요하다. 일상생활에서는 세세한 것을 바로 적절히 처리할 수 있는 능력. 머릿속은 아무리 복잡하다 해도, 단순 그 자체인 행동. 그것이 여자의 똑똑함이라고 생각한다. 가능하다면 남자도 그랬으면 좋겠다. 남자들은 언제나 쓸데없는 논리만 내세운다. 그것이 이 세계를 종말 직전까지 몰고 왔다. 투덜대지 않고 하는 수밖에 없는데.

여자다운 여자에게는 대부분의 경우 이해력이 없다. 그보다 더 타인 속으로 들어갈 수 있는 것을 가지고 있다. 그것을 통찰력이라고 말해버리면, 남자들의 지성(같은 것)에 대한 모독일지도 모른다. 즉 일종의 ESP*다.

상상력에 대해서도 똑같이 말할 수 있다. 나는 상상력이라는 것이 티끌만큼도 없는 여자이며, 이것을 가지고 다른 모든 여성을 헤아리는 것은 바람직하지 않을지

* 초감각적 지각, 영감.

도 모른다. 하지만 상상력이 있는 여자를 만난 적은 없다. 그런 사람은 기분 나쁘다. 여자가 아니라 괴물이라는 생각밖에 안 든다. 여자에게 풍부한 것은 상상력이 아니라, 일단 움직이기 시작하면 무시무시한 속도로 증식해가는 망상력이다. 망상하고 동화되는 것. 무언가의 속으로 머리부터 몸을 던지는 것. 무언가의 고통을 자신의 고통으로 느끼고, 다양한 타인으로서의 인생을 자기 안에서 사는 것. 그것이 여배우에게 불가결한 것이다. 세상 사람들은 그것을 연기력이라 부른다.

비비안 리는 금세기 최고의 미인 여배우지만, 그녀는 연기를 못한다. 「바람과 함께 사라지다」에서 뛰어난 연기를 보여준 것은 아니다. 「욕망이라는 이름의 전차」와 「해밀턴 부인」 같은 영화는 끔찍하다. 조연 배우 연기의 아기자기함만 눈에 띈다. 거기에는 인도에서 태어나 부유하게 자란, 영국의 피가 흐르는 한 여자밖에 없다. 데뷔작에서는 로런스 올리비에 경이라는 남자를 자기 것으로 만든 자신감 절정의 얼굴밖에 안 보인다. 바로 그래서 그녀는 언제나 주연 여배우다.

여자의 얼굴은 모든 것을 비춰낸다. 노인이 된 비비안 리의 얼굴은 형편없다. 타고난 이목구비는 단정하지만, 어떤 심각한 불행에 빠져 있다. 남자와의 관계가 안 좋아진 것, 미모가 시들기 시작한 것이 그녀의 신경을 갈기갈기 찢었다. 이제 연기할 여지 따위 남아 있지 않은데, 그래도 연기파를 지향하려 한다. 그런 노골적인 불행이 그 아름다운 얼굴을 뒤덮었다. 너무 애처로워서 영화를 볼 수가 없다.

여자든 남자든 중년에 접어들고 나서부터가 승부처이며, 나는 스물다섯부터가 중년이라고 열대여섯 즈음부터 늘 생각해왔다. 그렇다고는 해도 서른이 되지 않으면 충분히 성숙했다고는 할 수 없다. 서른둘부터 서른여덟까지가 여자의 전성기이다. 조숙한 것은 좋지 않다. 열네 살 때부터 남자와 놀았다는 스물두 살의 패션모델을 아는데, 그녀는 벌써 할머니의 심경이다. 이 모델 아가씨는 "아무런 후회도 미련도 없어"라고 딱 잘라 말한다는 점이 대단하다.

'박력' 있다고 무심코 칭찬한다. 나는 어림도 없다.

"그렇지도 않아. 여자 따위, 시시한 존재야. 난, 하고 싶은 건 남김없이 다 했어. 열여덟에 결혼해서 작년에 이혼했어. 아이는 전부 지웠고. 이제 아무것도 필요 없어. 옷도 구두도 돈도, 차고 넘치니까. 시시해!"

그 외에 두어 명의 불량소녀들을 만나보았다. 옛 일진 우두머리나, 소년원인지 뭔지 하는 곳을 마구 드나들던 이들이 어떤 연령에 접어들면 하나같이 슬퍼져버린다. 그녀 자신은 슬프지 않더라도 그녀의 얼굴이, 말로는 할 수 없는 무언가를 이야기하고 만다.

언제나 남자에게 버림받는 여자가 있다. 이것은 그녀의 지병 같은 것으로, 어쩔 도리가 없다. 딱히 옹고집을 부린다거나, 남에게 마음을 내어주지 않을 만큼 기가 세다거나, 남자보다도 중요한 직업이 있다거나, 그런 건 아니다. 오히려 그 정반대다. 그때그때 남자에게 온몸을 다 바쳐 열중한다. '죽으라고 하면 죽을 수도 있다'는 모습으로, 무척 사랑스럽다. 하지만 거듭 버림받고 만다. 그녀 자신도, 남자들도 깨닫지 못하는 중대한 결함이 있다고 생각할 수밖에 없다.

무서운 것을 알아버렸다,라는 이유가 있을지도 모른다. 인생에서 일어날 수 있는 다양한 일을 체험하고, 심지어 스칼렛 오하라처럼 강렬한 욕망이 있다면 상관없다. 하지만 일찍이 세상에 나온 불량소녀들에게는 그럴 에너지가 남아 있지 않은 듯하다. 그래서 스물셋에 얼굴이 할머니처럼 변해버리는 것이다. 어떤 종류의 체념과 함께.

포기한 거라면 얼른 돼지면 될 텐데, 같은 생각을 하는 건 내가 아직 미성숙한 증거인 듯하다. 스스로 포기하는 게 아니라 이 세상이 포기하게 만든다는 것 같다.

여자에게 확고한 자아를 지니라고 해도, 그건 무리다. 아직도 한참을 더 남의 기분을 살피다 일생을 끝내야만 하는 운명인 것 같으니. 거의 모든 여성의 인생은, 여자의 자아는, 남에게 강제당하지 않고 스스로의 의지로 타인 속에 몸을 던질 수 있는 것이라고 생각한다. 즉 여배우 같은 여자야말로 훌륭한 에고이즘을 지닐 수가 있다.

영화에서 보는 남자 얼굴 따위, 시시한 것이다. 험프리 보거트도 제임스 딘도 젊은 시절의 천박한 알랭 들롱도 더스틴 호프만도 멋지지만, 그들의 얼굴은 그들 내부를 이야기하려 하지는 않는다. 자못 자연스러운 듯 보이면서, 사실은 연기를 하고 있다. 여배우의 얼굴만큼 정직함이 없다. 그들의 연기는 여배우의 연기와는 전혀 다르다.

그들은 자신의 일로 연기를 하지만, 여배우는 사는 것 그 자체를 드러낸다. 여배우에게 연기는 허구가 아니라, 사는 것 그 자체라고 해도 좋다. 연기적인 여자라는 말을 자주 듣는 사람이 있는데, 세상 남자들에게 그런 식으로 불릴 정도로는 연기도 뭣도 아니다. 단순히 멋진 거짓말을 할 수 있는 사람에 지나지 않는다.

여자의 연기는 거짓이 아니다. 그녀의 생활 방식과 관계가 있다. 감수성과 망상력이 강한 여자에게만 연기를 할 수 있는 힘이 있다. 타고난 여배우는 지나치게 솔직하다 싶은 자기주장을 지니고 있다.

타인에게 동화되는 능력, 남자를 따를 수 있는 마음을 가진 사람이 여자다운 여자라면, 여배우만큼 여자다운 존재는 없기 때문이다. 그것이 좋고 나쁨을 떠나서.

나이가 들어도 더욱 열심히 하는 것을, 나는 좋아한다. 그래서 여배우도 할머니가 되어야 진면모가 나온다고 생각한다. 아직 젊은데 지쳐버리는 것은 자아가 약하기 때문이다. 그런 의미에서 여자에게도 자아가 필요하다.

흡사 아다치가하라* 느낌의 존 크로퍼드, 베티 데이비스.「제인의 말로」**는 박력 그 자체이며, 여자는 모두 이래야만 하지 않을까 하는 착각이 든다.

혹은「페드라」***의 멜리나 메르쿠리. 마스카라도 아이라인도 다 번질 정도로 추접스럽게 우는, 그 처절함.

* 일본의 마귀할멈 민담.
** 헨리 패럴의 소설을 원작으로 한 로버트 올드리치 감독의 1962년 영화.
*** 줄스 다신 감독의 1962년 영화.

여자로서 핵심에 근접한 것 아닐까 하는 생각이 든다.

대개 불행한 여자는 아름답지 않다. 아름답고 불행한 여자라는 관념은 사춘기 소년 소녀와 통속 멜로드라마 속 말고는 존재하지 않는다. 불행은 여자를 추접스럽게 만든다. 그래도 여전히 남아 있는 것이 있다면, 그것은 외적인 미를 뛰어넘은 무언가이다.

어떤 처지에 놓여도 행복을 추구하는 자세라고 해도 좋다. 독이라는 걸 알면서도 불행 속으로 뛰어들고, 그럼에도 다시 행복을 추구하지 않고서는 견딜 수 없는 자아이다.

아사오카 루리코가 연기하는 에쓰코는 집요하게 행복을 추구했다. 그녀는 사랑에 집착하고, 대부분의 남자들에게는 흥미롭지도 않은 '사랑하는가, 사랑하지 않는가'의 문제에 얽매여, 남들 눈에는 그것 때문에 불행해졌다. 불행해지면서도 불도그처럼 물면 놓지 않는 그 마음가짐이, 아름다움 이상의 것을 그녀에게 주고 있다.

일상생활의 편의에서 보면, '사랑한다'는 문제 따위 딱히 중요하지 않다. 그 중요하지 않은 일에 무섭게 돌진하는 에쓰코의 강인함은 현실의 여자가 가진 것이 아니라고 생각한다. 하지만 아사오카 루리코는 연기에서 그것을 얻었다. 그녀는 에쓰코를 살았다. 형이상학적으로 자신을 사는 게 아니라, 형이상학적으로 연기를 사는 것이다.

사는 방식의 문제라고 하면 무언가 철학적으로 꾸며내야만 할 것 같지만, 그런 복잡기괴한 것이 아니다. 남자는 늘 여자를 그런 식으로 파악하려 한다. 이해하려고 한다. 그래서 실패하는 것이다. 참으로 단순명료한 문제다. 여자와 비슷하게 솔직해지면 되는 거니까. 그런 건 물론 불가능하지만.

여배우의 얼굴이야말로 모든 것을 나타내고 고백한다. 그 정도의 정직함을 갖춘 여자를, 여배우가 아닌 사람들 중에서 찾기는 어렵다. 단순히 휩쓸려 가버릴 위험이 기다리고 있기 때문이다. 저항하지 않고, 더불어 휩쓸려 가지 않을 만큼의 여배우 같은 자아가, 그래서 필요한 것이다. 그런 사람이야말로 진정 만만찮은 여자라고 할 수 있다.

이상한 풍경

어느 해 여름, 매일같이 미우라 해안을 오갔다. 수영하러 간 게 아니다. 해수욕장 방문객과는 반대 방향으로 버스나 택시를 더 타고 가서, 언덕 위 정신병원으로 가는 것이다.

그 여름은 온도가 없는 듯했다.

갖가지 일들이 악몽 속 에피소드 하나하나처럼, 의미도 의의도 없이 배열되어 있었다. 나는 언제나 지쳐 있었지만 '피곤하다'고 입 밖에 내서는 안 되었다.

"이렇게 더운 건 짜증 나네, 진짜. 폭탄으로 지구를 날려버리고 싶어지는구먼." 택시 운전사가 말했다. 냉방을 틀었는데도 그는 러닝셔츠 한 장만 입고 머리에 수건을 비틀어 두르고 있었다. 게다가 땀을 줄줄 흘리고 있는 것이다. 그는 최근에 일어난 살인사건에 대한 자세한 이야기를 독창적인 해설을 덧붙여 장황하게 이야기했다. "피해자는 토막 났으니까. 그런 걸 모른 채로 영업소로 돌아가면, 형사가 와서 기다리고 있으니까 짜증 나지, 정말."

뭐가 짜증 나는지 잘 모르겠다. 병원 근처까지 오니 환자들이 허수아비처럼 서 있었다. 그들은 산책을 즐기고 있는 것일 터이다. 하나같이 공허한 눈으로, 가끔가다 지나가는 자동차를 쳐다본다. 그런데도 운전사는 아직도 살인 이야기를 멈추지 않는다. 이럴 때면 사람을 죽이고 싶어지는 법이다, 같은 말을 한다. 칼로 마구 찌르면 얼마나 기분이 좋을까, 같은.

나는 가만히 있었다. 그의 이야기가 재미있어서가 아니라 대꾸를 할 기력도 없어서였다. 차가 멈추고 요금을 낼 때가 되자 그는 겨우 그 피비린내 나는 이야기를 멈췄다. 내심으로는 더 하고 싶다는 얼굴을 하면서.

그런데 그는 어째서 그런 얘기를 한 걸까. 행선지로 정신병원 이름을 말한 상대에게. 내가 아기를 업고 있었으니 환자로 여길 수 없었기 때문인 걸까. 하기야 나는, 진료 기록에는 없었다. 입원 중이었던 사람은 그 무렵 결혼했던 상대이다. 남편의 머리 상태는 그보다 일 년 전부터 조금 이상했다. 하지만 남들은 남편이 말도 안 되는 말을 지껄이거나, 그에게만 보이는 부재의 대중을 향해 알몸으로 연설할 때까지 그것을 믿어주지 않았다.

"미친 것은 이 세계일까 나일까?"라는 말은 자주 회자되지만, 그것을 현실에서, 일상에서 피부로 체험하는 인간은 그렇게 많지 않을 것이다. 남편은 때때로 나더러 "너는 머리가 이상하다"고 하고, 그렇게 단정 짓고 있었다. 임신을 알고 나서 계속 그런 말을 들어왔다. 나는 거의 밖에 나가지 않았다. 커다란 배를 안고 거리를 걸으면, 어쩐지 너무도 비참한 기분이 들었다. 친구와 전화로 이야기하는 일은 있었지만, 그들의 세계와 내 내부는 너무도 동떨어져 있었다. 남편이 이상해짐에 따라, 내 내부도 서서히 비뚤어져갔다. 머리가 이상한 사람은 나일지도 모른다고 막연히 생각하고, 그렇게 생각하니 지쳐서 대낮부터 이불을 파고드는 일이 많았다. 잠시 자면 잠든 시간 내내, 길고 긴 꿈을 꾸었다. 눈을 뜨면 대체로 아무도 없었다. 배 속에서 아기가 움직이고, 나는 화장실에서 토했다. 하루에 몇 번이고 토했다. 11개월째까지 입덧이 있었다. 산부인과 분만실에서 토했을 때, 심한 고독을 느꼈던 게 생각난다.

둘의 세계는 달걀 껍질 내부 같은 것이었다. 실재하

는 육체는 남편과 자신 둘뿐이면서, 상상력으로 만들어진 것이 돔처럼 우리를 감싸고 있었다. 그와 내 머릿속에 있는 것이 붉고 검게, 외부에서 들어오는 빛처럼 반질반질한 벽에 비쳐 있었다. 그는 머릿속에서 만들어낸 이상의 여성과 나를 비교하면서, 언제나 나를 꾸짖었다. 그 여성에게는 이름이 붙어 있었고, 예전에 그의 주변에서 숨도 쉬고 있었지만, 죽은 지 7년이나 됐다. 그의 내부에서도 상세하고 생생한 기억은 희미해져서 점차 강조되어가는 감정적인 인상만이 활개를 치는 듯했다. 그것은 그 여성 개인에 대한 신앙이 아니라, 그의 10대에 대한 끝없는 애석함이 이미 살아 있지 않은 한 인간에게 집적되어간 결과 같았다.

나는 줄곧 심한 괴롭힘을 당했다. 너무나 여러 번 반복되었기에 묘지에서 일어나는 좀비처럼 말 없는 검은 그림자가 부스스 움직이기 시작했다. 그 그림자는 터무니없이 커져서, 깨어 있을 때도 자고 있을 때도 내 죄를 고발했다. 거기 살아 있는 것만으로 죄악이다, 하고. 사춘기에 세셰이예의 『조현병 환자의 수기』*를 읽고서 많

* 조현병이 있는 르네라는 아이의 심리 상태를 그린 책. 1950년 프랑스에서 출판되었으며 국내에는 『르네의 일기』라는 제목으로 소개된 적이 있다.

은 영향을 받은 적이 있다. 광기 어린 소녀의 세계가 피부로 느껴지는 듯한 감각을, 나는 가지고 있었다. 그 뒤로 우니카 취른의『재스민 남자』를 읽었는데, 페이지를 넘기기도 전에 다음을 내다볼 수 있어서 재미가 없을 정도였다. 애너그램 같은 사고는 얼마나 의미 없고 재미도 없는 작업일까! 몇 개의 숫자와 말이 그 의미를 빼앗기고 머릿속에서 계속 춤춘다. 그 숫자들은 언제나 같은 노래를 해댔다. '네겐 죄가 있다. 죄가 있다…… 있다.'

남편의 입원은 나를 아주 조금 구원해주었다. 그는 자신을 꾸짖는 대신, 그것을 입 밖에 내어 나를 꾸짖었던 것이다. 자기 자신은 도망가고. 그것을 확실히 알고 나서도 몇 번이나 채찍을 맞은 흔적은 내 내부에 너저분한 얼룩이 되어 남기는 했지만.

미우라 해안의 역 앞에는 전화박스 세 개가 줄지어 있었다. 장거리용으로 백 엔짜리도 넣을 수 있는 대형 노란색 전화였다. 언젠가 그 박스 문을 열고 거기서 비일상의 틈새를 엿보았다.

전화에는 다이얼도 번호판도 없었던 것이다.

나는 소리 없는 비명을 질렀다.

그것은 내 꿈에 언제나 나오는 것 중 하나였다. 나는 어떻게든 누군가에게 전화를 걸려고 한다. 하지만 다이

얼의 둥근 구멍과 그 테두리는 공백이고, 숫자가 적혀 있지 않다. 나는 전화를 할 수가 없다. 몇 년 동안이나 없었던 남편과 나 사이의 커뮤니케이션을 상징하는 듯한 단순한 꿈인데, 캄캄한 방에서 눈을 뜨고 나서도 나를 괴롭히는 종류의 불쾌한 맛을 남겼다. 그 꿈이 갑자기 대낮에 나타난 것이다. 나는 아기를 안고서 박스 내부의 벽에 기대어 결국 주저앉아버렸다.

전화는 고장 나 있었을 뿐이었다.

하지만 그것은 몹시 큰 충격이 되어 나를 때렸다. 이 세계는 꿈이라고 해서 안심하고 지낼 수 있는 간단한 곳이 아니었던 것이다.

그 광경은 한 번밖에 볼 수 없었다. 고장은 즉시 수리되었는지, 무서워하면서 문을 열어도 다이얼과 숫자가 제대로 있는 보통 전화가 보일 뿐이었다. 지금도 전화박스를 열 때마다, 나는 생각한다. 그것은 현실에서 있었던 일일까, 스스로의 악몽이 머릿속에서 스며 나온 징표가 아니었을까 하고.

너무 빨리 고쳐져서 두 번 다시 볼 수 없었기에 더욱 자신을 의심하는 것이다. 이런 일이 하루에 한 번 이상 있으면, 우리는 역에서 표를 사거나 전철을 탈 수도 없게 되고 말 것이다.

그 이후로 전화박스는 무언가 이상한 상징 같은 것이 되었다. 평소에 보는 것들 중에 그 정도로 이상한 것은 없다고, 나는 생각한다. 도대체 무엇을 위해 그 홀쭉한 네모 상자가 길모퉁이에 서 있는 것일까. 사람들의 의지를 소통하기 위해서다,라는 것 그 자체가 무척 공허하게 느껴진다.

남편은 그해 말 또 다른 병원으로 들어갔다. 오랫동안 했던 약물을 서서히 끊자, 남편의 기괴한 행동과 말은 점차 정상이 되어갔다. "너를 괴롭힘으로써 난 너를 소중히 여겼던 거야. 내 안에서 너는 그 정도로 중요한 위치를 차지하고 있었던 거야."

그것은 이기적인 변명이지만 분명 진실이다.

함께 산책하는 것이 그 후로 둘의 습관이 되었다. 나는 다양한 집을 보고는 이러쿵저러쿵 평가했다. 근대적이면서 새로 지은 주택을 보면, 이 집 주인은 자기들의 집을 구입하기 위해 20년 대출로 고통받고 있지 않을까 하는 생각도 한다. 현관에 작은(보는 사람에 따라서는 훌륭한) 세공이 되어 있기라도 하면, 더욱 그런 느낌이 강하게 든다. 고리 쇠가 금속제 사자 얼굴이거나, 현관등이 연극에 나올 법한 유럽 중세풍이거나, 어쨌든 예쁘고 멋지면 멋질수록 잔재주라는 느낌이 든다. 진정한 중

후함은 이런 게 아니라고 생각한다. 그것은 대출로 할 수 있는 게 아니다.

내가 살고 싶은 집은 대체로 처마가 기울어져 있고 기와가 무너지기 시작했으며, 정원에는 잡초가 무성하다. 때로는 낡은 집의 창이 진짜 배에서 떼어 온 둥근 창이기도 해서 나를 즐겁게 한다.

"이 집 사람, 분명 계속 선원이었을 거야. 지금은 은퇴했고." 이런 해설을 한다. 신난 얼굴로 한 집 한 집씩 무언가 말을 한다. 남편은 웃으며 덧붙인다. "주택평론가 스즈키 이즈미 씨."

부자가 되면 어떤 집에 살고 싶은가, 같은 생각을 하고 그것을 말한다. 옛날에 지은 병원을 개조한 듯한 건물도 좋다. 창문은 홀쭉하며 흰 페인트가 칠해져 있고, 칠이 조금 벗겨져 있기도 하다. 천장이 높은, 여름에도 썰렁한 듯한 방이 좋다. 살풍경하고 아무 장식도 없는 방이 좋다.

남의 집에 갔는데, 그곳에 봉제 인형이 많이 있기라도 하면 속이 안 좋아지는 묘한 감각이 있다. 그런 말을 하면, 수백 명의 여자아이 방에 가본 경험이 있는 그는 더욱 심한 말을 한다.

"그건, 다 쓰고 피가 묻은 탐폰을, 심지어 한 달이나 지난 걸 늘어놓은 것 같아서 싫어. 그 여자애랑 할 생각이었던 게 시들해질 때도 있어."

그러고 보니 내 남동생들 중 막내는 언제나 여자아이들에게 많은 선물을 받는데, 대부분 동물 인형이다. 10대 혹은 20대를 갓 지난 정도의 아이는 자기가 좋아하는 것을 남자도 좋아한다고 생각한다는데, 동생은 그것을 방구석에 쌓아놓고 먼지투성이인 채로 두고 있다. 어느 정도 쌓이면 무려 욕실 불쏘시개로 쓴다고 할 지경이니까!

동생이 여자아이에게 무언가를 사줄 때는 콤팩트나 핸드백으로, 그런대로 상대의 입장을 생각해준다고 한다. 하지만 동물 인형만 주는 무신경한 상대와는 별로 길게 가지 않는 것 같다.

햇빛이 눈부신 오후에 산책하는데, 아스팔트 도로가 반짝반짝 빛나고 있었다. "어째서일까. 미세한 유리 가루를 넣은 걸까?" 그 반짝이가 들어간 길을 걸으면서, 나는 말했다.

그러자 이상한 풍경이 나타났다.

아마도 고등학교나 어딘가의 부속물이겠지만, 금속 네트를 둘러친 테니스 코트가 보였다. 심지어 왜인지 쓸데도 없는데(라고 생각할 수밖에 없는 기묘한 위치에) 전화박스가 있었다. 그 박스가 켄터키 후라이드치킨과

맥도날드 햄버거 가게 가까이에 있었다면 아주 자연스러워 보였을 것이다. 아무도 없는 테니스 코트 근처에, 그것도 지나가는 데 방해가 되도록 길 한가운데에 지어져 있으면, 정말 묘한 기분이 든다. 마치 땅속에서 솟아난 듯 보였다. 너무 비현실적이라 잠시 쳐다보고 있었을 정도다.

어떤 때는 저녁 즈음 하늘이 붓으로 그린 듯한 짙은 보랏빛이면 멈춰 서버린다. 그 하늘 탓에 건물과 건물에 붙어 있는 비상계단이 연극의 배경 그림처럼 평면적으로 보이기 때문이다.

어딘가 비현실적인 느낌이 드는 풍경이 내가 돌아갈 장소라는 느낌이 든다.

쨍쨍 무자비하게 빛나는 거대한 돔형의 하늘 한가운데에 움직이지 않는 태양이 달라붙어 있다. 그것은 치즈 같기도 하고 눈알 같기도 하다. 그 태양이 지켜보는 가운데 사람들은 개미가 되어 의미도 없이 지면을 기어 다닌다. 멀리서 파국을 고하는 사이렌 소리가 들린다.

소학교 시절, 하늘을 반구형으로 그렸었다. 다른 아이들은 지면과 하늘을 평행으로 그렸었는데. 선생님이 이상한 표정을 지었던 게 기억난다. 그러고 나서는 다른 친구들 흉내를 내어 하늘을 직선 한 줄로 나타내도록 했다.

하늘이 반구형이라는 사고 형태는 원시인의 것이라고 누군가가 말했다.

그럴지도 모른다. 시야를 방해하는 건물 없이, 그들은 어디까지나 이어지는 이 풍경을 보고 있었으니까.

'원풍경'이라는 것을 여자인 친구에게 물어본 적이 있다. 그건 언제까지나 이어지는 긴 황혼이야,라고 그녀는 답했다. 그만 놀고 슬슬 집으로 가야 하는데, 더 놀고 싶다. 아이들 몇 명은 이미 집에 갔다. 하늘은 흐리고 무거운 색을 띠며 그 어둠이 점차 더해져가는 분위기지만, 밤은 좀처럼 오지 않는다.

그녀의 말을 이해할 수는 있지만, 약간 딱 들어맞는다는 생각은 안 든다. 그녀 안의 그러한 풍경은 '어릴 적 기억'이지 '내면의 풍경'과는 다른 듯한 느낌이 들어서다.

그것에는 향수라는 감정이 들러붙어 있다. 하지만 내 내면의 풍경은 온갖 감정이 떼어내어져 있다. 쌀쌀하고 인간을 거부하는 듯한 비현실감을 가진 풍경에 이상한 친근감을 느끼는 것이다.

왜 그럴까 생각해도 잘 모르겠다. 어떤 남자는 "새파란 하늘을 면도칼로 쓱 자르면, 조금 있다가 거기서 피가 번지는 거 아닐까? 그러면 예쁘겠지"라고 말했지만, 그것도 좀 아니다. 그는 싸웠을 때 상대가 흘린 피가 예뻤다는 말도 했다. 그 사람은 자기가 피를 흘리기는 싫지만 누군가가 피 흘리는 것을 보기는 좋아하는 듯하다.

나는 그런 걸 참을 수 없다. 타인이 피를 흘린다는 것은 어쩐지 무척 두렵다. 그 자체가 두려운 게 아니라, 타인이 피를 흘려도 자신은 아무 느낌이 없을 거라고 상상하는 게 두려운 것이다. 타인을 육체적으로 다치게 하는 게 무서운 것은, 자신 이외의 인간을 살상해도 태연히 있을 자신이 무섭기 때문이다.

애당초 나는 다쳐도 비교적 태연히 있을 수 있는 부분도 있다.

그해 미우라 해안역에 여러 번 갔는데, 언제 한번은 내가 장딴지에 구멍을 내고 발꿈치까지 피를 흘리면서 계단을 내려갔다. 뒤에서 온 시누이가 깜짝 놀라 아프지 않은지 물었다. 당연히 아프다고, 나는 웃으며 대답했다. 이대로 피가 안 멈추면 온몸의 혈액이 흘러나와 죽어버리겠지, 하고 아무런 감정도 없이 생각했다. 거기에 아무런 감정이 없다는 것에 오싹함을 느낀다.

당연하게도 방치했던 그 구멍은 커졌고, 여름이기도 해서 썩기 시작했다. 혈액은 공기에 닿아 응고되기 시작했다. 그래서 죽지는 않았지만, 보기 흉한 커다란 흉터가 다리에 남았다. 스스로가 언제 죽어도 상관없을 것 같은 기분이었다. 그보다 입원 중인 남편이 가엾다는 생각이 더 강했다. 동정이나 불쌍함과는 다르다. 나도 어느 날 갑자기 정신병원에 들어가 있다는 사실을 깨닫는다면 무서워질 거라고 상상했기 때문이다.

내가 죽는 것은 너무 무섭다고 남에게 말한다. 그것은 스스로의 죽음에 아무런 감정이 없지 않을까 생각하는 것이 두렵기 때문이다. 나는 '죽음'과 마주한 경험이 적다.

소학교 때 할아버지가 돌아가셨다. 어느 날 아침에 일어나보니 노환으로 죽어 있었다. 그때 아무 느낌이 없었다. 닭장이 있어서 아버지가 닭의 목을 잘랐던 일도 기억난다. 머리가 없어진 닭은 거기서 피를 내뿜으며 두세 발짝 걷고는 쓰러졌다. 나는 그것을 보고 웃었다. 잘린 닭의 다리를 주워 안의 힘줄을 당기며 놀았다. 그러면 닭발이 펴지거나 오므라지는 것이 웃기기 때문이다.

어떤 여성은 정육점 앞을 지나기가 무섭다고 했다. 어린 시절 닭 잡는 것을 본 적이 있기 때문이라고. 깃털이 뽑혀 거꾸로 매달린 닭을 보면 분명 기절할 거라는 말도 했다. "그래서 나, 지금도 닭고기를 못 먹어. 너도 그런 걸 어릴 때 봤다면 나처럼 됐을 거야."

본 적 있어,라고 나는 대답했다. 하지만 조금도 무섭

지 않았고, 지금도 무섭지 않다. 그 정도쯤이야 별거 아니잖아. 난 닭고기를 제일 좋아해. 그래도 입덧할 때는 못 먹었지만.

그 여성은 인간이 아닌 것을 보는 듯한 눈으로 나를 쳐다보았다. 그걸 보고 이런 건 입 밖에 내면 안 되는구나, 하고 깨달았다.

어린 시절 손가락 다친 이야기를 그 사람에게 하지 않아서 다행이었다. 이제 와서 생각해보면 아픔 따위, 전혀 기억나지 않는다. 캐러멜을 싸고 있던 셀로판지를 컵처럼 만들어 그 안에 내 손가락에서 흘러나오는 피를 담았다. 언제 한번은 흰 도자기 그릇에 내 손에서 흐르는 피를 담은 적도 있다. 그것은 굳이 말하자면 해부학적 흥미 때문이었다.

오래 사귄 남자 친구에게 '사람을 죽이고 싶다'는 이야기를 했다. "죽는 사람한테 고통을 주지 않도록 신속하게 도끼 같은 걸로 머리부터 탁 하고 둘로 자르는 거야. 그리고 내부를 살펴보는 거지. 장 같은 거, 표면이 반짝반짝 빛나고 흐늘흐늘하잖아. 그 감촉을 손으로 맛보고 싶어."

"자기한테 권력이 있어서 누구든 마음대로 사형시킬 수 있는 건 어때?" 그가 물었다.

"그런 건 싫어. 합법적으로 사람을 죽이는 건 싫어. 그래서 전쟁이 싫은 거야. 역시 살인은 비합법적이고 나쁜 일이어야지."

흐음, 하고 그는 끄덕인다. 나는 신나서 말을 이었다. "그리고 죽인다면, 남자보다 여자가 좋아. 왜냐하면 남자는 몸이 딱딱하잖아. 바로 뼈에 닿으니까 재미가 없어."

"그게 그거 아냐?"

"아니, 좀 다를 것 같은데. 왜냐하면 여자 가슴 같은 건 부드러우니까. 재미있지 않을까 싶어."

정말이지 무책임하다. 이런 말을 해도 괜찮은 걸까. 그는 잠시 생각하고는 "이즈미는 새디스트가 아냐. 너무 어린애 같은 거야"라고 결론지었다.

"하지만 역시 무서운 건 말이지, 나도 모르게 법을 어기지 않을까 하는 거야. 한창 일을 저지르는 중에 알아차리면 괜찮겠지만, 무의식중에 무언가 말도 안 되는 짓을 저지르고서 어느 날 정신이 들고 보니 감옥 안에 있는 거."

"거기서 재판이 시작되면, 카프카네."

"심판받는 것도 무섭지만, 그런 거 말고 몽유병 같은 상태로 남을 죽이거나 상처를 입히는 건 진짜 무서워. 의식이 있는데도 그때 그것에 대해 아무런 감정이 없는 것도 무섭고. 잠자리 날개랑 다리를 뜯듯이 남을 다치게 하는 게."

카프카가 그린 상황은 물론 공포를 불러일으키지만, 그 이전에 자신에게 인간적이라 불리는 감정이 없는, 그때의 상태가 더 두렵다. 카프카라는 사람은 내심 게으름뱅이여서 사실은 애벌레처럼 매일 잠만 자고 싶다고 생각한 것 아닐까,라는 생각도 든다. 딱히 어느 날 아침 벌레가 되어 있더라도 전혀 상관없지만, 그렇게 되어서 감정도 벌레처럼 되어버린다면 그건 어떻게든 피하고 싶은 사태이다.

내가 이런 식으로 여러 가지를 무서워하는 것은 감정의 에어포켓 같은 그 상태가 오래 지속되는 거 아닐까, 라는 상상을 하게 되기 때문이다.

"그건 네가 일상에서 너무 인간적인 감정을 남의 곱절보다 더 강하게 가지고 있으니까 그렇지. 감정이 없을 때란 분명 잠깐 쉬는 상태일 거야."

남자 친구는 생각하면서 말을 이었다.

그러면 나의 원풍경이란 내가 감정 활동을 쉬고 있는, 그럴 때 보이는 광경을 말하는 것일까. 그런 탓에 기묘한 친근함과 그리움 같은 걸 느끼는 것일까.

"왜냐하면, 허구한 날 뭔가를 느끼고 있으면 인간은

지쳐버리니까. 살아 있는 인간으로 지낸다는 건 역시 피곤한 일이지. 거의 30년이나 숨을 쉬고 있으면."

그는 요즘 굉장히 쓸쓸하다고 한다. 내가 그때 으음하고 끙끙대는 소리를 내버렸다.

"스무 살쯤엔 외부에 대한 흥미라는 게 강했잖아? 뭔가를 엄청나게 하고, 뭘 해도 재밌었어. 그 시절엔 여자랑 같이 살아도 외부 세계에 끌렸던 거니까 동거한다는 것 자체가 거의 의미가 없었어. 지금은 이렇게 혼자 사니까 너무 쓸쓸하거든. 그래서 변명을 하기도 싫어. 그래도 우리의 나날*—이라는 느낌은 싫고. 그렇다고 해서 옛날을 되돌아보면, 어쩌다 앞을 봤을 때 거기에 되돌아보는 자기가 보이잖아. 그것도 싫어."

겨우 도달한 감정이 단순히 쓸쓸하다는 것이라면 정말 견딜 수 없겠다는 생각도 든다.

"이즈미도 곧 쓸쓸해질 테니까."

"나는 옛날부터 쓸쓸한 아이야."

"그런 게 아냐." 그는 명상하듯 말했다.

쓸쓸하다는 것도 견딜 수 없겠지. 나는 누군가와 함께 있으면서 쓸쓸하다고 느끼는 게 가장 견디기 힘들다. 하

---

* 시바타 쇼의 1960년 청춘소설 제목.

지만 그러는 데도 지쳐버려서 더 이상 아무 느낌이 없는 때가 오지 않을까. 그야말로 자신에게 배반당할 때다. 자기라는 것을 잃는 때인 것이다.

나는 지금, 온갖 것에 감정이 없어져버린 소녀의 이야기를 쓰고 있다. 그 여자는 자기 때문에 세 명이나 되는 인간이 희생되고, 그 때문에 더욱 감정을 잃는다. 그녀는 한 남자를 좋아하게 되어 (도구로 이용해서) 자신을 상대와 동일시함으로써 자기 회복을 꾀한다. 하지만 머리가 나빠서 상대에 대해 모르는 탓에, 남자에 대한 환상을 품는다. 그 미치광이 같은 상대를 '신'으로 여기는 듯한 환상 속에 상대와 자신의 관계성도 잃고, 결국은 자멸해버린다.

그 스토리를 남자 친구에게 말했더니 그는 이렇게 말했다.

"넌 그렇게는 안 되겠지. 왜냐하면 네 건 이해하는 작업이 아니라 직감 같은 거니까."

옛날에 남편도 같은 말을 했었다. 거기에 덧붙여 이런 말도 했었다.

"넌 환상을 가질 능력이 없어."

내가 볼 때 환상이란 어떤 특정 인물과 일에 대해 품는, 정정할 수 없는 커다란 착오이며 오해이다. 환상을

가질 수 있는 인간, 그것을 끝까지 믿을 수 있는 인간은
그래서 행복한 것이다.

　나는 환상을 가지는 것조차 불가능하다. 그러면 완전
히 지쳐버렸을 때는 어떻게 하면 좋을까.

옮긴이의 말

이 책은 스즈키 이즈미의 걸작선인『스즈키 이즈미 프리미엄 컬렉션』(분유사文遊社, 2006)을 한국어로 옮긴 것이다. 스즈키 이즈미가 SF작가로서 활발히 활동한 시기는 1976년부터 1982년에 이르는 6년간인데, 분유사에서 '스즈키 이즈미 컬렉션'이라는 이름으로 여기저기 흩어져 있던 작품들을 모아 작품집이 발간되기 시작한 것이 1990년대 중반인 것을 보면, 스즈키는 어떤 의미에서 볼 때 뒤늦게 '발견'되고 평가된 작가임을 알 수 있다. 스즈키 이즈미 SF전집의 해설을 맡은 서평가 오모리 노조미는 "그 당시 사람들이 그녀를 SF커뮤니티의 아웃사이더, 혹은 손님으로 취급했다는 인상이 있으며, 사람들이 그녀를 SF작가로 인식했는지도 확실하지 않다"고 말하면서, 그 이유가 '여성'이었기 때문일 것이라고 지적한다. 당시 SF작가는 거의 다 남성이었기에, SF문학계에서 여성은 어디까지나 손님 취급을 받았다는 것이다. 또한 그녀의 강렬한 삶의 이력도 한몫했을 것이라 여겨진다. 누드모델, 성인영화 배우로서의 활동, 천재 색소폰 연주자와의 결혼과 이혼, 발가락 절단 소동 등, 1986년 자택에서 목을 매어 자살하기까지 세상을 떠들썩하게 한 많은 사건과 가십들이 그녀의 삶을 채우고 있기 때문이다.

이런 연유로 활동 당시에는 제대로 평가받지 못했던 작품들이 1990년대에 이르러 비로소 재평가되기 시작해 작품집이 발간되고, 2000년대에는 평론가들의 입에 오르내리기에 이른다. 2005년 8월, 『SF매거진』의 m스즈키 이즈미 RETURNSn라는 대담에서 스즈키 이즈미는 '시대를 앞서 나간 SF작가' '일본을 대표하는 SF작가'라는 칭호로 거론되는데, 이 대담 자체도 여성 문제나 만화, 애니메이션, 대중문학 등 소위 서브컬처가 비평의 대상으로 막 주목받기 시작한 당시의 분위기를 반영하고 있는 듯 보인다. 그녀의 작품이 그렇게 재발견되었을 때 평자들이 비로소 깨달은 가장 중요한 점은 일본 페미니즘 SF의 계보를 논할 때 가장 꼭대기에 이름을 올려야 할 소설가가 바로 스즈키 이즈미라는 사실이다.

스즈키 이즈미가 SF작가로서 활발히 활동한 1970년대 후반에서 1980년대 초반은 일본 여성운동의 확립기로, 그 명칭이 '우먼 리브woman lib'에서 '페미니즘'으로 이행하던 시기이다. 한편으로 고도 경제성장으로 인한 환경오염, 인구과잉 문제 등을 끌어안고도 일본 자본주의의 '버블'이 꺼질 줄 모르고 부풀어 오르기만 하던 그때, 스즈키는 세계에 대한 절망과 체념, 관조, 혹은 자조를 담은 듯한 냉소적인 시선과 유머로 가공의 시공간을 쌓아 올린다.

그렇다고 해서 온전히 가공의 시공간을 그린 것은 아니다. 작품 대다수의 주인공은 요즘 세상에도 어디에나 있을 법한, 정신적으로 어딘가 불안정한 여학생들이다. 작가는 때때로 주어와 서술어의 위치를 뒤바꾸거나 주어나 서술어 혹은 연결사를 생략하는, 어딘가 덜컹이는 문체를 구사하면서 그들을 소설 세계에 배치한다. 그 세계는 현실 세계와 다르지 않은 듯 보이면서도 성별이나 관습, 시간 등이 뒤틀려 있다. 남자들은 특수 거주구에 가둔 채, 이제는 거의 바닥난 자원을 가지고 여자들끼리만 살아가는 세계(「여자와 여자의 세상」), 인간의 습관이나 시간, 성 역할을 의식적으로 일일이 학습하며 살아가는 가족의 세계(「밤 소풍」), 너무 많아져버린 인구 관리를 위해 무작위 추첨으로 선택된 사람들을 냉동시키고, 그 정신을 타인의 꿈속으로 전이시키는 세계(「유 메이 드림」), 연애나 식사, 일 같은 일상생활을 귀찮아하고 피곤해하며 미디어에 몰입하면서, 모든 것에 프레임을 씌우는 것이 편하다는 젊은이들의 세계(「무조건 지루해」) 등등. 언제, 어느 곳의 이야기인지 모를 소설 중간 중간에는 당대 일본에서 유행하던 패션이나 음악이 끼워 넣어져 있어, 작가가 이곳은 소설 속 세계가 아니라 바로 우리가 사는 세계라고 설득하는 듯하다.

이를테면 일본의 그룹사운드 '블루 코메츠'의 세계적인 히트곡이자 싱글 '블루 샤토'의 B면 수록곡 「달콤한 이야기」(1967), 록 밴드 '시나 앤 더 로케츠'의 두번째 싱글 「유 메이 드림」(1979), 가수 지카다 하루오의 두번째 솔로 싱글 「일렉트릭 러브 스토리」(1979), 그리고 우리에게도 친숙한 롤링 스톤스, 골든 컵스 등. 이러한 1960~70년대 음악이 흐르는 가운데 우리가 마주하는 작가의 묵직한 메시지는 이 세상에 반드시 지켜내야 할 관습 따위는 없으며, 그저 자기답게 살아가면 되지 않느냐는 것이다. 여성으로서, 가족의 구성원으로서, 혹은 정해진 시간에 정해진 일을 하며 사는 '보통 사람'의 삶이란 피곤하고 쓸쓸하고 절망적일 수밖에 없다. 그런데 어차피 그런 관습 자체도 다 인간이 꾸며낸 것 아닌가? 그렇다면 그 관습을 바꾸고 무너뜨리면 되지 않을까?

역설적이게도 어떻게 살 것인지를 누구보다 절실히 고민했던 수많은 예술가들이 젊은 나이에 스스로 목숨을 끊었는데, 스즈키 이즈미 또한 그렇다. 그녀는 닿을 수 없는 곳을 상정하고, 현실과 그곳의 간극을 글쓰기로 치열하게 메꾸다 이미 다른 세계로 가버렸지만, 여기에 남겨진, 불가능할지언정 꿈꿀 수 있던 세계는 지금의 우리에게도 여전히 많은 시사점을 준다.

1949   7월 10일, 스즈키 이즈미鈴木いづみ(본명: 스즈키 이즈
        미鈴木いずみ), 시즈오카현 이토시 유카와에서 태어난
        다. 아버지 에이지는 요미우리신문 기자. 전쟁 중에는
        미얀마에서 특파원으로 근무하며 폭격기에 동승하여
        전쟁 지역을 취재했다. 저서에『아아, 사무라이의 날개』
        (고진샤)가 있다.

1958   소학교 3학년, 50장짜리 동화를 쓴다.

1965   현립 이토고교 입학. 문예부에 소속. 1학년 때, 시집
        『바다』에 「숲은 어둡다」「새벽」「소년이 있던 곳」「소
        리 없이 다가오는 시간」을,『바다』 26호에 소설 「분
        열」을 발표.

1968   현립 이토고교를 졸업한 뒤, 이토시청에서 근무. 지역

동인지『이즈문학』동인이 되어 소설을 발표.

1969 「밤이 끝나갈 때」(『이즈문학』, 필명 에마 오모이江間 想/1월 10일호). 시청을 퇴직하고 상경. 모델, 호스티스를 하면서 성인영화계에 들어간다(히이시 프로덕션에 약 4개월간 소속).「보니의 블루스」가 제12회 소설현대 신인상 후보 작품 여덟 편 중 하나로 뽑힌다(총 응모 작품은 756편).「주간 아사히」가 공모한『8월 15일의 일기』에「삐뚤어지다」입선(9월 12일호). 이때 선고위원 중 한 명이 가와모토 사부로이다.

1970 아사카 나오미淺香なおみ라는 예명으로「처녀의 장난」(밀리언 필름 데뷔작),「눈 뜸」(밀리언),「매춘폭행백서·성폭력을 처단한다」(밀리언),「여성의 성징기」(밀리언),「절묘한 여자」(관동 무비),「정염·여인도」(관동 무비),「이유 없는 폭행·현대 성범죄 절규 편」(와카마쓰 프로덕션) 등의 성인영화에 출연, 본명으로「돈의 노예」(도호·근대 방영, 감독: 와다 요시노리, 주연: 미도리 마코, 가라 주지로)에 출연. 또한 도쿄12채널의「다큐멘터리 청춘」(디렉터: 다와라 소이치로)에도 주역으로 출연한다.「소리 없는 나날」이 제30회『문학계』신인상 후보가 되어, 이후 작가의 길을 걷는다. 극단 덴조사지키天井棧敷의「인력비행기 솔로몬」에 출연.『11PM』등에 누드 사진이 실리고, 일레븐학상(심사위원: 야자키 야스히사, 우노 아키라, 마유무

라 다쿠)을 수상하기도 했다.

1971   1월 3일~13일, 극단 덴조사지키에서 '스즈키 이즈미
       전위극 주간'이 개최된다. 상연된 것은 스즈키 이즈미
       의 희곡 「어떤 예감」(현대시 수첩), 「마리는 기다리
       고 있다」(미발표), 연출은 다케나가 시게오, 주최는
       극단 덴조사지키. 당시 전단지에는 "화제의 배우 스즈
       키 이즈미가 연극 공간에 도전한다. 덴조사지키 아뜰
       리에 공연"이라 적혀 있다. 「책을 버리고 거리로 나가
       자」(ATG·인력비행기 프로덕션, 감독 데라야마 슈지)
       에 출연. 낭시 국제연극제(「사교」「인력비행기 솔로
       몬」상연)에 참가하는 덴조사지키와 동행하여 파리,
       암스테르담 등에 체재한다. 나카하라 마유미의 싱글
       「테이크 텐 / 이젠 전부」(빅터)를 작사. 작곡은 덴조
       사지키의 다나카 미치. 아라키 노부요시가 촬영한 사
       진집이 출판사의 자발적 규제로 발행 중지된다.

1973   재즈 뮤지션(알토 색소폰 연주자) 아베 가오루와 만나
       약혼. 『태양』에 연극평을 연재하기 시작.

1974   2월 9일 이른 아침, 동거 중이었던 아베 가오루와 다
       툼 끝에 왼쪽 새끼발가락이 잘린 일이 해프닝으로 보
       도된다.

1975   첫 SF 단편 「마녀 견습생」 발표 (『SF매거진』 11월호).
       이후 10년간 25편의 SF를 발표한다.

1976   4월 장녀 아즈사 출산. 아베 가오루 정신병원에 입원.

1977   아베 가오루와 이혼.「SF·남자와 여자」(『기상천외』
        3월호)에서 마유무라 다쿠와 대담.

1978   9월 9일 아베 가오루가 불면증 약 과다 복용으로 사망.
        「이즈미의 사적인 영화사」(위켄드 슈퍼) 연재 시작.

1980   「스즈키 이즈미의 무차별 인터뷰」(위켄드 슈퍼) 연재
        시작. 비트 다케시, 사카모토 류이치, 오타키 에이이
        치, 지카다 하루오, 도코로 조지, 기시다 슈, 가메와다
        다케시, 에디 반, 자가즈 등과 인터뷰.

1986   2월 17일, 자택의 2층 침대에 팬티스타킹으로 목을 매
        어 자살, 향년 36세 7개월.

출간 도서 목록

1973 『난 천사가 아냐あたしは天使じゃない』(브론즈사)

『사랑하는 당신愛するあなた』(현대평론사)

1975 『잔혹 메르헨残酷メルヘン』(세이가서방)

1978 『여자와 여자의 세상女と女の世の中』(하야카와문고)

『언제나 티타임いつだってティータイム』(뱌쿠야서방)

1980 『감촉感触(터치タッチ)』(고사이도출판)

1982 『사랑의 사이키델릭!恋のサイケデリック!』(하야카와문
고)

1983 『마음에 불을 붙여줘! 누가 끄지ハートに火をつけて! だれ
が消す』(산이치서방)

1986 『사소설私小説』, 아라키 노부요시 공저(뱌쿠야서방)

1993 『소리 없는 나날声のない日々』, 스즈키 이즈미 단편집(분

유사)

1996   스즈키 이즈미 컬렉션 제1권 장편소설『마음에 불을 붙
        여줘! 누가 끄지』(분유사)

        스즈키 이즈미 컬렉션 제3권 SF 작품집 Ⅰ『사랑의 사이
        키델릭!』(분유사)

        스즈키 이즈미 컬렉션 제5권 에세이집 Ⅰ『언제나 티타
        임』(분유사)

1997   스즈키 이즈미 컬렉션 제4권 SF 작품집 Ⅱ『여자와 여자
        의 세상』(분유사)

        스즈키 이즈미 컬렉션 제2권 단편소설집『난 천사가 아
        냐』(분유사)

        스즈키 이즈미 컬렉션 제7권 에세이집 Ⅱ『이즈미의 사적
        인 영화사いづみの映画私史』(분유사)

        스즈키 이즈미 컬렉션 제6권 에세이집 Ⅲ『사랑하는 당
        신』(분유사)

1998   스즈키 이즈미 컬렉션 제8권 대담집『남자의 히트 퍼레
        이드男のヒットパレード』(분유사)

1999   『이즈미의 잔혹 메르헨』(분유사)

        [1975년/세이가서방 판]

        『터치』(분유사)

        [1980년/고사이도출판 판『감촉』개고]

2001   『이즈미 어록いづみ語録』(분유사)

        좌담: 아라키 노부요시×스에이 아키라×스즈키 아즈

사/대담: 마치다 고×스즈키 아즈사

2002   『IZUMI, this bad girl.』(분유사)(사진: 아라키 노부요
       시)

2004   스즈키 이즈미 세컨드 컬렉션 제2권 SF 작품집『무조건
       지루해ぜったい退屈』(분유사)
       스즈키 이즈미 세컨드 컬렉션 제1권 단편소설집『펠리컨
       호텔ペリカンホテル』(분유사)
       스즈키 이즈미 세컨드 컬렉션 제3권 에세이집 I『연애 거
       짓말 놀이恋愛嘘ごっこ』(분유사)
       스즈키 이즈미 세컨드 컬렉션 제4권 에세이집 II『무아지
       경ギンギン』(분유사)

2006   『스즈키 이즈미 프리미엄 컬렉션鈴木いづみプレミアム·
       コレクション』(분유사)

2009   분유사 편집부 편집,『스즈키 이즈미×아베 가오루 러브
       오브 스피드鈴木いづみ×阿部薫 ラブ·オブ·スピード』(분
       유사)

2010   스즈키 아즈사, 분유사 편집부 편집,『이즈미 어록 콤팩트
       いづみ語録·コンパクト』(분유사)

2014   오모리 노조미 편집,『SF 매거진 700(국내편)—창간
       700호 기념 앤솔로지SFマガジン700(国内篇): 創刊700
       号記念アンソロジー』(하야카와 서방)
       『계약—스즈키 이즈미 SF 전집契約: 鈴木いづみSF全集』
       (분유사)

[미국 출간 도서]

2021   *Terminal Boredom* (Verso Fiction)

2023   *Hit Parade of Tears* (Verso Fiction)

추천의 말

　나답게 산다는 게 대체 무슨 말일까. 이 책을 읽고 난 후 여러분은 아마 자연스레 이런 질문으로 이끌릴 것이다.

　자신의 기원으로부터 괴리된 (혹은 괴리됐다 느끼는) 이들의 강박과 불안을 집요히 파고들며, 스즈키 이즈미는 메마른 어투로 하지만 몹시 뜨겁게 증언한다.

　나답게 산다는 건 참으로 고되고, 피로하고, 파괴적이며, 나아가 불확정적인 일이라는 걸 말이다.

윤아랑(평론가)

스즈키 이즈미 소설의 인물들은 외계인일 수도 있고 외계인이라고 믿는 망상증 환자일 수도 있고 사기꾼일 수도 있다. 이렇게 신분이 불확실한 주제에 외계 동족과의 약속은 무겁게 받아들여 그들은 사명대로 아무렇지 않게 사람을 죽인다. 사람을 죽이고 싶어 외계인이라고 믿는지, 진짜 외계인이라 사람을 죽이는지 알 수 없다.

나는 스즈키 이즈미가 왜 SF라는 장르를 택했을까 궁금했다. 책 후반부에 수록된 에세이를 읽으면 그가 사소설을 비롯해 여러 종류의 소설 쓰기에 능통했으리라 짐작할 수 있다. 때로는 에세이 자체가 또 다른 소설처럼 읽힌다. 어쩌면 그는 자기 자신을 이해하지 못하고 감당하지 못해서, 다른 인간도 다 가엾고 신기해서, 우리가 이토록 이상한데 어떻게 우리가 외계인이 아닐 수 있어? 생각했는지도 모르겠다. 그 의아함이 그가 설계한 가상적 세계의 토대일지도.

이미상(소설가)

수록 작품 발표 지면

여자와 여자의 세상:『SF매거진』1977년 7월호, 하야카와서방
계약:『SF매거진』1978년 10월호, 하야카와서방
밤 소풍:『기상천외』1981년 8월호, 기상천외사
유 메이 드림:『기상천외』1981년 4월호, 기상천외사
페퍼민트 러브 스토리:『SF매거진』1981년 2월호, 하야카와서방
달콤한 이야기:『SF매거진』1976년 6월호, 하야카와서방
무조건 지루해:『SF어드벤처』1984년 8월호, 도쿠마서점

언제나 티타임:『언제나 티타임』, 1978년, 뱌쿠야서방
메마른 폭력의 거리:『현대의 눈』1974년 8월호, 현대평론사
여배우의 자아:『영화평론』1974년 9월호, 영화평론사
이상한 풍경:『언제나 티타임』, 1978년, 뱌쿠야서방